rororo

rororo

Zu diesem Buch

«Es zählt zu den großen erzählerischen Fähigkeiten von Péter Nádas, daß er Persönliches und Historisches zu überschneiden weiß ... Viele dieser Geschichten enden düster, aber nicht ausweglos ... echte Meisterwerke.» («Frankfurter Allgemeine Zeitung»)
Péter Nádas, geboren 1942 in Budapest, wurde im Alter von sechzehn Jahren Waise. Er arbeitete als Fotoreporter und Journalist. Heute gehört er zu den wichtigsten Schriftstellern Europas. 1992 erhielt er den Kossuth-Preis, die höchste ungarische Auszeichnung für Kunst und Literatur. Für sein «Buch der Erinnerung» wurde er mit dem österreichischen Großen Staatspreis für Europäische Literatur ausgezeichnet.
Weitere Informationen zum Werk des Autors finden sich im Anhang dieses Buches.

Péter Nádas
Minotauros

Erzählungen

Aus dem Ungarischen
von Hildegard Grosche, Agnes Relle,
Christian Polzin, Christina Viragh

Rowohlt Taschenbuch Verlag

Veröffentlicht im Rowohlt Taschenbuch Verlag GmbH,
Reinbek bei Hamburg, Oktober 1999

Die Texte wurden zusammengestellt aus den Erzählungsbänden
«A Biblia» und «Leírás», erschienen 1967 und 1979
bei Szépirodalmi Könyvkiadó, Budapest

Lektorat Ingrid Krüger
Umschlaggestaltung Susanne Heeder
(Foto: Archiv für Kunst und Geschichte, Berlin)
Gesamtherstellung Clausen & Bosse, Leck
Printed in Germany
ISBN 3 499 22580 8

Minotauros

Die Mauer

Ende August war es, der Himmel strahlte seit Wochen unerbittlich blau, auf dunstige Morgen folgten drückende Tage, bis sich die schwüle Stille der Nächte schwer über die Zimmer mit den weit geöffneten Fensterläden senkte. Schlaflos, ohne Decke, wälzte ich mich auf feuchten Laken, dem folgte betäubtes Abstürzen und immer wieder Aufschrekken vor sich brutal nähernden Träumen. Tagsüber streunte ich im Garten benommen zwischen den vor Farben strotzenden Blumen umher, badete hin und wieder in den Wassergarben des in die Mitte des Rasens gespießten Sprengers oder legte mich in den lautlos vibrierenden Schatten. Gegen Mittag, wenn die Hitze unerträglich wurde, griff ich mein Buch – das zu lesen ich doch überhaupt keine Kraft hatte – und zog mich in das dichte Gestrüpp am Ende des Gartens zurück. Den Rücken an die Ziegelmauer gelehnt, genoß ich die kühle Berührung des an der Mauer hinaufkletternden dunklen Efeus. Bis hierher drang kein Sonnenstrahl, der feuchte Boden verströmte den süßlichen Atem modernder Pflanzen, dichte Stille umfing mich.

Zusammengekauert saß ich da, lauschte auf die Stille, dann schrie ich plötzlich in sie hinein. Ein unartikuliertes, klägliches Schreien war es; gurgelnde Laute schlugen als Antwort auf mein Trommelfell zurück. Langsam stemmte ich mich hoch, bog die wirr verzweigten Sträucher auseinander. Behutsam arbeitete ich mich am Fuß der Mauer entlang, doch eine Schlingpflanze mit stark duftenden Blüten rankte sich immer wieder um mich, zog mich zurück. Mich überkam plötzlich das Gefühl, dieses Gewächs mit seinen weichen Blütenkelchen wolle sich durch mich hindurchwinden und in die Tiefen der Erde hinabziehen; wild kämpfte ich mich weiter, doch der aus Angst geborene Affekt kam nicht an gegen den aus harten Sehnen geflochtenen Sproß der Pflanze. Ich verstrickte mich immer mehr und sah mich erschrocken im Dickicht um, doch hier öffnete sich kein Ausblick auf die Welt; reglose Blätter wandten mir gleichgültig ihre durchscheinenden Rückseiten zu. Mein Blick schlug zum Himmel, um einen Ausweg zu suchen, aber nur die unverputzte Steinmauer ragte auf zum graublauen Firmament. Mit vorsichtigen Bewegungen (als könnte ich die Heimtücke der Pflanze so überlisten) klammerte ich mich an einen hervorstehenden Ziegel. Der Ziegel hielt. Ächzend zog ich mich hinauf. Das um meinen Fuß gewickelte Gewächs streckte sich mir nach. Mit einer geschickten Bewegung erreichte ich die Mauerkante. Die Pflanze glitt langsam zurück.

Von hier oben konnte ich weit in den verwilderten Buchenwald sehen. Keine Spur menschlicher Hände, nur unmittelbar an der Mauer, in einem etwa einen Meter breiten Streifen, lagen abgestorben ausgerissene Sträucher und Baumtriebe. Weiter drinnen, so weit das Auge sehen konnte, reihten sich düstere Buchen unregelmäßig aneinander, bald in Gruppen, bald vereinzelt, wieder anderswo in einer Linie wie Soldaten. Der Raum zwischen den kahlstämmigen Bäumen war ausgefüllt von Hagedorn und mehr noch von gewaltsam wucherndem Holunder, von Wildtrieben, Ranken und hochgewachsenem Gras.

Lange blieb ich, wie ich mich heraufgezogen hatte, in hockender Stellung und vergaß den vorherigen Schrecken.

Ohne es ausdrücklich zu denken, hielt mich die Hoffnung fest, vielleicht *ihn* zu sehen, vielleicht, daß er gerade jetzt hier entlangspazierte.

Doch der einzige Pfad, der von dem grob gerodeten Streifen unterhalb der Mauer ins Dickicht führte, war längst von Gras überwachsen, hier und da streckte bereits ein Strauch den Kopf aus dem festgetretenen Boden. Plötzlich überkam mich dennoch das Gefühl, hier ginge jemand. Man fühlt das. Vorsichtig stand ich auf, so sah ich um eine Körperlänge mehr von dem unbekannten Garten, doch vergeblich tastete ich die ineinander verschwimmenden Linien der Pflanzen ab, keine menschliche Gestalt weit und breit. Äußerst behutsam, denn die Mauer war sehr schmal, ging ich vorwärts. Jetzt raschelte etwas in den Büschen, und wieder war mir, als beobachte jemand meine Bewegungen. Da, wo das Geräusch herkam, pickte eine Amsel mit ihrem gelben Schnabel die bläulich reifenden Holunderbeeren, schüttelte dann affektiert ihre Federn und flog auf. Lange verfolgte ich ihren Weg; sie beschrieb, als wollte sie noch einmal zurückkehren, einen Kreis über den sich wie auf einem Teller darbietenden Früchten, dann verschwand sie mit plötzlichem Entschluß im Laub der Buchen.

Mein Blick kehrte unwillkürlich zu dem Strauch zurück, von dem die Amsel aufgeflattert war. Aus dem zu Stroh getrockneten Gras blickte mich ein Paar brauner Augen an.

Ich dachte, es sei eine Vision. Erschrocken schritt ich weiter. Das Rascheln des trockenen Grases wiederholte sich. Diesmal ließ der Schreck mich auf der Mauer erstarren. Unter den ausgefransten Holunderblättern erhob sich mit trägen Bewegungen ein riesiger, muskulöser Schäferhund. Ich freute mich über das schöne Tier; mich niederkauernd – zum Zeichen, daß ich näher kommen wollte – lächelte ich zu ihm herab. Doch das Tier erwiderte die freundliche Annäherung nicht, es drückte sich starr in den Hintergrund der fetten Blätter und blickte nicht freundlich, nicht unfreundlich, auch meine kleinste Bewegung verfolgend, mit leicht verschleierten Augen zurück zu mir. Verlegen hielt ich ihm die offene Hand hin, als hätte ich einen leckeren Happen anzubieten. Da bewegte sich der Hund, machte, weder übermäßig schnell noch wild, einen Satz nach vorn und verharrte wieder in seiner unbequemen, sprungbereiten Position. Es war klar, mit ihm kam ich nicht weiter, also wollte ich meine Entdeckungstour auf der Mauer fortsetzen.

Das Tier sprang in den gerodeten Streifen, direkt unter mich. Jetzt versteifte es sich nicht in Lauerstellung, sondern schien, wie es sich an die Erde preßte, eher erschöpft und matt; in seiner Schnauze blitzten starke weiße Zähne, mit hochgeworfenem Kopf beobachtete es mich, als wollte es im nächsten Augenblick zu mir auf die Mauer klettern. Ich hockte mich hin und streckte die Hand nach ihm aus.

«Schöner Hund…», sagte ich, heiser schmeichelnd.

Der Blick des Tieres zeigte keine Reaktion. Dadurch ermutigt, drehte ich mich ganz herum und beugte mich, im Bewußtsein der Gefahr hinabzufallen, zu ihm herunter.

Drohend rührte sich das Tier, schob sich ein paar Zentimeter vor und blinzelte rasch nach allen Seiten. Es war eine vollkommen menschliche Bewegung, als suchte es die Distanz abzumessen, die sich zwischen uns spannte. Jetzt sah ich mich um, wie ich von hier wieder herunterkommen könnte, doch der Ziegel, an dem ich mich festgehalten hatte, war ein paar Schritte hinter mir. Den Blick fest auf den Hund gerichtet, wich ich zurück. Ein paar Zentimeter kroch er mir nach. In seinen Augen glomm ein seltsames Leuchten, er hob den Kopf wie zum Sprung, doch kein Laut kam aus seiner Kehle, nur die Zähne schlugen aufeinander. Nur ein einziges Mal. Ich ließ meinen Fuß nach hinten gleiten... ein Fehltritt, und ich würde fallen...

Die letzte Bewegung mochte den Hund aufs äußerste gereizt haben, er sprang aus seiner erschlafften Haltung auf, scharlachrotes Fell sträubte sich, er wich zurück. Doch darin lag etwas von einer neuen Angriffsabsicht. Ich erstarrte. Minutenlang rührten wir uns nicht. Die Sonne stach erbarmungslos meinen Nacken. Ich fühlte meine Haut verbrennen, aus meinen Muskeln schwand die Kraft. Wenn ich mich nicht bewegte, würde ich von der Mauer stürzen... hinüber auf die andere Seite...

«Lieber Hund...», wimmerte ich verzweifelt, «... ich bin nicht... bin kein Feind...»

Von der eigenen Stimme ermutigt, beteuerte ich: «Verstehst du? Niemand...»

Im Schutz des Sprechens rückte ich weiter in Richtung des herausstehenden Ziegels. Das Tier stieß sich mit seltsam gekrümmtem Rücken ab und stürzte auf die Mauer zu. Nur die Bewegung sah ich und den fleckigen Gaumen... dann fiel ich mit geschlossenen Augen rücklings in die Tiefe...

Ich glaubte, dieses eigenartige Wiegen sei schon der Tod. Doch es waren nur die sich über die Büsche ausbreitenden Schlingpflanzen, die mich schaukelten.

Als ich Minuten später meine krampfhaft geschlossenen Augen öffnete, dampfte das unendliche Blau über mir. Der Hund kauerte oben auf der Mauer, beobachtete mich mit trägem Blick, dann verschwand er.

Es gab nur einen Weg, um hinter die sich lang hinziehende, unverputzte Mauer zu gelangen – durch die Schranke, die die Straße zerteilte. An der Schranke standen zwei Soldaten mit Maschinenpistolen, wortlos; selbst miteinander sprachen sie nicht. Lajoschka saß dort am Rand des Gehsteigs und reparierte sein Fahrrad. Versunken beugte er sich über die zerlegten Teile, nur die stark aus dem braunen Gesicht hervorspringenden Kinnladen bebten grimmig. Er bekam den Reifen nicht wieder auf die Felge. Ab und zu wischte er mit dem Unterarm seine schweißverschmierte Stirn, dann setzte er seine erfolglosen Versuche fort. Hatte er den Reifen mit Hilfe des Schraubenziehers an einer Stelle endlich in der Felge, war er woanders wieder herausgesprungen. Dann lief ein Zucken über sein breites, klares Gesicht, und er beugte sich noch verbissener über die Arbeit.

Niemand anderes hätte hier vor der Schranke sitzen dürfen. Nur Lajoschka. Lajoschka wohnte gleich hier in der grüngetünchten Villa, die sich an die Mauer lehnte. Er unterhielt sich oft mit den Soldaten. Sie alberten miteinander herum, schubsten sich, und manchmal (wenn sie nicht im Dienst waren) spielten die Soldaten sogar Fußball mit ihm. Aber nur mit ihm.

Lajoschka brachte gelegentlich Bilder in die Schule mit. In den kurzen Pausen winkte er ein paar Jungen zu sich und legte diese geheimnisvollen Bilder aus einer zerschlissenen braunen Brieftasche eins nach dem anderen auf der Schulbank aus. Heiseres Lachen, vertrauliches, gepreßtes Flüstern schlug aus dem Kreis der eng übereinander gebeugten Köpfe heraus, doch näherte sich neugierig ein Unberufener – den Lajoschka für nicht würdig erachtete, die Bilder anzusehen –, dann beugten sie sich noch tiefer über die Bank, hüteten mit ihren Körpern das Geheimnis, das blitzschnell in Lajoschkas Brieftasche verschwand.

Ich nahm an solcher Neugierde nicht teil, steif nach vorn gewandt blieb ich auf meinem Platz sitzen und versuchte, den Inhalt des Geflüsterten herauszubuchstabieren. Es gelang mir nicht.

Auf dem Nachhauseweg erkundigte ich mich einmal ganz nebenbei nach den Bildern. Lajoschka lächelte rätselhaft und verriet nur, daß er sie von den Soldaten hatte und daß sie im übrigen nichts für mich seien. Das war eine Beleidigung, doch ich sagte nichts. Ein ganzes Stück gingen wir schweigend nebeneinander. Lajoschka schwenkte gutgelaunt seine Tasche, und ich starrte mit schmal zusammengezogenen Augen zu Boden.

«Soll ich sie dir zeigen?» stichelte er nach einer Weile.

«Friß doch deine Bilder!» gab ich grob zurück.

Lajoschka sah mich erstaunt an, hockte sich dann neben seine Aktentasche auf den Boden und holte die braune Brieftasche hervor. Im Mundwinkel hatte er wieder dieses Lächeln. Mit hochgezogenen Schultern, die Bilder vor mir verbergend, wählte er lange aus und reichte dann eins herüber. Er lachte seltsam. Im ersten Moment begriff ich die beiden nackten, ineinander verknoteten Körper nicht so recht, mein Gesicht lief dunkelrot an.

Lajoschka schluckte vor Lachen, er schnappte sich das Bild aus meiner Hand, zerriß es in kleine Stücke und streute sie in den Abfluß.

Wieder gingen wir wortlos. Dann klopfte er mir auf den Rücken.

«Sag ich doch, ist nichts für dich...»

Das Rückenklopfen trieb ein haßerfülltes Zischen aus mir heraus.

«Warum hast du sie dann weggeschmissen?»

Er hatte nichts darauf gesagt.

Jetzt stand ich, die Hände in die Taschen vergraben, über ihm. Abwartend blinzelte ich zu den Wachsoldaten hinüber, aber sie schickten mich nicht weg. Wir tauschten keinen Gruß. Lajoschka wischte sich wieder die schweißnasse Stirn, schniefte durch die Nase und spuckte aus. Schön weit.

«Na, faß schon mit an...», sagte er.

Zum Zeichen gnädigen Einverständnisses zuckte ich mit den Schultern. Er drückte mir das Rad in die Hand, und wir versuchten zusammen, den Reifen hineinzuzwingen. Als er auf beiden Seiten auf der Felge lag, schlug Lajoschka das Rad geschickt auf den Boden, und der Reifen sprang hinter die Wulst. Er zwinkerte vergnügt, fluchte mit Genuß. Mit schnellen, geübten Bewegungen zog er die Schrauben fest, brachte die Kette auf die Kränze und stellte das Fahrrad leichthin wieder auf.

«Willst du ein Stück fahren?» fragte er.

«Mal sehen», antwortete ich und verzog den Mund, griff aber schon nach dem blitzenden Lenker. Langsam und schlenkernd fuhr ich los. Lajoschka hechelte mir hinterher.

«Wann bist du wiedergekommen?» fragte er. «Ich gestern.»

«Och, schon vorige Woche...»

«Und, war's gut?»
«Klasse.»
«Wo warst du?»
«... in Belgien...», warf ich nach hinten und trat in die Pedale. Lajoschka schrie mir nach, ich solle stehenbleiben, das trieb mich an, noch schneller zu fahren.

Ich trat zu, mit hochgeworfenem Kopf, die Geschwindigkeit surrte in meinen Ohren. Nach einer Weile wandte ich mich um und sah, daß Lajoschka schon hinter der Biegung der Straße verschwunden war. Der Weg fiel hier steil ab, wild ließ ich das Rad laufen, der Wind schlug mir ins Gesicht. Dann stieg ich ab und schob zurück. Lajoschka trottete gemütlich daher. Als wir auf einer Höhe waren, stieg ich wieder auf.

«Ich war in Tomajkér», sagte Lajoschka.

Ich sammelte Spucke im Mund und spie aus. Aber es kam nicht gezielt, sondern spritzte herum, auch aufs eigene Knie bekam ich etwas.

«So muß man... guck mal...», sagte Lajoschka, zog durch die Nase hoch und spuckte gezielt auf den Gehweg.

«Belgien ist ganz in Ordnung», sagte ich.

«Was gibt's da?»

«Na, das Meer... und riesige Städte... das Meer, mußt du wissen, ist schrecklich groß...»

Quietschend öffnete sich das Eisentor. Ein etwa achtzehnjähriges, hochaufgeschossenes Mädchen trat auf die Straße. Sie schloß das Tor, nickte uns zu, wir antworteten mit lautem «Küß die Hand». Lajoschka verdrehte den Hals nach ihr.

«Ganz in Ordnung, die Kleine», sagte er.

«Nicht mein Fall...»

«Ganz in Ordnung.»

Gedankenversunken griff er nach dem Fahrradlenker und stützte sich leicht darauf.

«Dort soll man seekrank werden können, auf dem Meer», er blickte zu mir auf.

«Ja, schon... kann man... aber das geht noch...»

Er blinzelte fragend.

«Stell dir vor, es fängt auf einmal an zu regnen, und der Regen ist rot, und es regnet sogar Frösche.»

«Red keinen Quatsch!»

Ich verzog das Gesicht. Grübelnd fragte er: «Wie soll das gehen?»

«Ganz einfach... die große Hitze, weil die Hitze so groß ist, daß sie sogar die Frösche aufsaugt, und wenn es dann regnet, dann fallen auch die krepierten Frösche...»

Lajoschka hielt sich angeekelt die Ohren zu.

«Och... das macht nichts...», fuhr ich gutgelaunt fort, «die Belgier essen sie sogar. Sie sammeln sie auf und essen sie.»

Zweifelnd schüttelte er den Kopf, maß mich mit mißtrauischem Blick.

«Gib her», sagte er, «jetzt fahre ich ein bißchen.»

Wir wechselten die Plätze. Jetzt nahm ich den Lenker und er trampelte schlenkernd.

«Und du hast auch welche gegessen?»

«Hab ich.»

«Setz dich auf die Stange», sagte er ungewohnt still. «Ich fahr dich.»

Vor der Schranke blieben wir stehen. Lajoschka stützte das Fahrrad am Bordstein ab und setzte sich.

«Und du hast dich nicht geekelt?»

«Nein.»

Wieder schwieg er lange, dann fragte er, die Stimme zu einem Flüstern gedämpft: *«Willst du ihn sehen, wenn er kommt?»*

Für ein paar Augenblicke war ich vor Angst und Überraschung außerstande, etwas zu sagen.

Lajoschka stand auf, sah sich um und winkte, ich solle ihm folgen.

Die Villa stand etwas erhöht zur Straße, oberhalb eines Steingartens, direkt an der unverputzten Mauer. Aus einigen Fenstern konnte man geradewegs hinter die Mauer sehen, aber in diese Zimmer war noch kaum einer von meinen Klassenkameraden gekommen. Lajoschka ging lieber zu den anderen spielen, aber zu sich nach Hause – man wußte nicht wieso – lud er niemanden ein. Einmal war Csider dort gewesen. Aber auch er nur ein paar Minuten. Er erzählte, daß im Zimmer von Lajoschkas Vater – der der Kommandeur der Wachmannschaft war – eine rote Lampe aufleuchtet, bevor die drei Autos kommen, und daß man von Lajoschkas Zimmer direkt in den Raum sehen kann, *wo er arbeitet*...

Ängstlich folgte ich Lajoschka, der mit ruhigen Bewegungen das Fahrrad unter die Treppe zum Eingang schob und dann die Natursteinstufen hinaufging.

Von dem langen, korridorartigen Vorzimmer gingen vier oder fünf Türen ab. Eine, an der ein kleines Schild mit der Aufschrift «KDR» hing, war grau, die anderen weiß gestrichen. Ich wußte nicht, was dieses Ka-De-Er sein mochte, fragte aber nicht. Leisen Schrittes schlich ich Lajoschka hinterher, der sich völlig ungezwungen und lärmend bewegte. Er schleuderte seine Sandalen in die Ecke und bedeutete mir, meine ebenfalls auszuziehen.

Da öffnete sich die Tür mit der KDR-Aufschrift, und ein beleibter Mann steckte sein verschlafenes Gesicht heraus. Sichtlich war er gerade aufgewacht.

«Ach, du bist es...», sagte er gedehnt, maß mich mit kurzem Blick und zog sich wieder hinter die Tür zurück.

«Mein Alter schläft immer auf dem Schreibtisch», kicherte Lajoschka leise und schob mich in die Küche.

Wie im Wohnzimmer herrschten auch hier peinliche Ordnung und Sauberkeit. Auf den weiß-rosa Küchenmöbeln lagen bestickte Deckchen und Spitzen, oben auf dem Buffet stand ein kleiner Rundfunkempfänger, darauf eine weißlackierte Stalinbüste, auf dem Tisch ein rundes, spitzengeschmücktes Tablett mit einer Karaffe Wasser und einem großen Glaskrug. In der leicht knoblauchgeschwängerten Luft schwirrten grünschillernde Fliegen, die sich mit Vorliebe auf den Glasrahmen der zahllosen Urkunden an den Wänden von ihrer Plagerei ausruhten.

Mit ausgetrockneter Kehle blickte ich nach dem Krug, aber es kam mir ungehörig vor, zu fragen.

«Ich such uns was zu futtern», sagte Lajoschka wichtig und verschwand in der dunklen Speisekammer, wo an einer langen Stange Würste und zwei Schinken hingen, dann kam er wieder, riß die Schublade des Küchenschranks auf, schob die gemusterten Milchglasscheiben zur Seite und nahm kleine geblümte Teller heraus, er prüfte die Schneiden der Messer, blieb endlich bei einem und ging zurück in die Kammer. Er streckte sich nach dem Schinken, schnitt ein gutes Stück ab, angelte mit seinen schmutzigen Händen Gurken aus einem Glas und servierte das Ganze mit Brot auf einem Teller.

«Iß», sagte er kurz und hatte auch schon den Mund voll.

«Ich hab keinen Hunger...», antwortete ich, unsicher auf die nach Rauch riechenden Fleischstücke starrend.

Er zuckte mit den Schultern und schob mir das Messer zu.

«Danke...», sagte ich und machte mich nun auch an den Schinken.

Nach einer Weile ging die Tür auf, und wieder erschien das vor Schlaflosigkeit aufgedunsene Gesicht. Lajoschkas Vater sah sich mit schnellen, scharfen Blicken um, dann kam er herein.

«Wir essen», sagte Lajoschka mit vollem Mund.

Der Vater hatte eine leicht zerknitterte Hauptmannsuniform an, seine russische Bluse war über dem Koppel faltig zusammengewürgt, darunter hing sie in ordentlichen Wellen herab. Die Hose stülpte sich harmonikaartig über die blankgeputzten Stiefel.

«Eßt nur...», sagte er unsicher.

Vor Verlegenheit konnte ich nicht schlucken. Ohne mich zu beachten, kam er an den Tisch, goß sich Wasser ein, trank laut schluckend zwei Krüge leer und stellte den Krug umgestülpt auf das Spitzendeckchen zurück. Mit zögernden, fraulich weichen Bewegungen wischte er sich das Wasser vom Mund und blickte über Lajoschka hinweg zur Wand.

«Aber bleibt nicht zu lange», sagte er leise und ging mit wiegenden Schritten hinaus.

Ich würgte erschrocken an dem Brei in meinem Mund. Lajoschka blinzelte mir zu und fuchtelte mit der Hand, die das Küchenmesser hielt, zur Tür hin.

«Das sagt er nur so... weißt du, er dürfte uns eigentlich nicht...»

Wieder wälzte ich den zu Brei zerkauten Happen. Lajoschka schnitt sich ein anständiges Stück Schinken ab und stieß den Teller zu mir herüber. Genüßlich betrachtete er das Stück, bevor er es sich ganz in den Mund stopfte.

«Das ist besser als Frösche… was?» lachte er. «Hab ich gerade von meiner Großmutter mitgebracht… Sie sagte, besser wenn ich ihn mitnehme, sie müssen ihn sowieso abliefern.»

«Aber Froschschenkel ist auch nicht schlecht», warf ich dazwischen, «ungefähr so wie Hühnchen.»

Anstelle einer Antwort begann Lajoschka zu schmatzen.

«Und hast du was Gutes zum Spielen mitgebracht?» fragte er, während er mit dem Bissen kämpfte.

«Klar, eine ganze Menge…»

«Sascha bringt auch allerhand…»

«Ich auch. Weißt du, so einen kleinen Röntgenapparat…»

«Einen Röntgenapparat?»

«Ja.»

«Den komme ich mir ansehen», sagte er lebhaft.

«Komm nur… Ich hab ihn zwar noch nicht ausgepackt…»

Er aß zu Ende, nahm sich den Krug und trank. Dann goß er nach und schob ihn mir zu. Als ich zufassen wollte, schrillte vom Flur her ein scharfes Klingeln. Es entstand fiebrige Geschäftigkeit, jemand rief, suchte den Genossen Hauptmann, darauf folgte zweimaliges Türenschlagen und Schimpfen. Lajoschkas Hand verharrte am Glas, dann winkte er verschwörerisch, sprang auf und rannte aus der Küche, seine nackten Sohlen klatschten auf dem Stein. Auf Zehenspitzen lief ich ihm hinterher, über den Korridor, durch eine der weißgestrichenen Türen.

Das Zimmer hinter ihr diente wohl als Schlafzimmer, ein altertümliches Ehebett und Stahlrohrmöbel standen darin.

Lajoschka stellte sich an das geöffnete Fenster und wies nach draußen. Mein nervöser Blick erfaßte zuerst nur die mit Stacheldraht bedeckte Mauer, doch Lajoschkas Hand winkte weiter. Erregt beugte ich mich vor.

Von hier aus war die Schranke gut zu sehen, dahinter – in einer Linie mit der Mauer – das genietete Eisentor, auf dessen Innenseite Soldaten scheinbar ziellos hin und her liefen. Kurz darauf erschien Lajoschkas Vater, im Laufschritt, sich die Haare unter das spitze Sommerkäppchen ordnend, darauf endete das Gerenne, die Soldaten stellten sich in einer Linie am Rand der breiten Betonstraße auf.

Die Betonstraße verlief schnurgerade durch den Buchenwald, etwa in der Mitte verbreiterte sie sich vor einer ziemlich heruntergekommenen einstöckigen Villa zu einem kleinen Platz, von dem ein paar Stufen zum Eingang führten.

Es schien, als müßten wir lange warten, doch dann öffneten sich auf einmal die schweren Flügel des Eisentors (ihr unangenehmes Quietschen war bis hierher zu hören), und drei schwere ZIM fuhren auf die Betonstraße. Lajoschkas Vater salutierte, die Soldaten hielten die Köpfe steif. Die Wagen wendeten schon auf dem Platz, als sie noch immer so standen. Dann senkte der Hauptmann ruhig die Hand und sagte etwas zu den Soldaten...

Ein Mann in Offiziersuniform, der vor der Treppe zur Villa gewartet hatte, trat zu dem mittleren Wagen und öffnete die Tür mit schnellen Bewegungen. Im selben Augenblick sprang ein kleines, dunkelgekleidetes Männchen vom Sitz und lief mit vorgerecktem Kopf die Treppe hinauf. Bedeutend langsamer – denn seine Beine waren länger – schritt ein großer, ziemlich dünner Mann mit Aktentasche hinterdrein. Er folgte mit kurzem Blick den Bewegungen der Empfangsmannschaft, sagte etwas zu dem Offizier, der die Türen offenhielt – worauf dieser salutierte –, dann verschwanden sie im Inneren der Villa.

Lajoschka schlug mir auf den Rücken. Aus meiner Benommenheit aufwachend, sah ich ihn erschrokken an.

«Jetzt schnell!» flüsterte er.

Ungeschickt schlüpfte ich im Flur in meine Sandalen und machte mich mit dem Gefühl, als würde ich etwas Gestohlenes herausschmuggeln, davon.

«Das mit der roten Lampe war aber doch gelogen!» triumphierte ich nach einer Weile.

Die Terrasse war mit türkisch gemusterten Mosaikplatten gepflastert und ragte in leichtem Bogen über den Garten. Vom blaßroten Licht des Sonnenuntergangs funkelten die aus Eisen geflochtenen Blumen des Gitterwerks, gespreizte Blüten von zierlichen, matt herabhängenden Rosen und das sorgfältig ausgearbeitete Geäder ihrer Blätter. Von dem Gitter, das vor der beidseitig herabführenden Treppe in gedrungenen Marmorkelchen endete, war die einstige weiße Lackierung längst abgeblättert, und der Rost fraß an den geschmiedeten Pflanzen. In dem wohltätigen Licht des zu Ende gehenden Tages aber war das nicht zu sehen.

In den Marmorkelchen verströmten prächtige dunkelviolette Petunien einen schweren Duft in die abkühlende Luft. Unmittelbar unter den Blumen stand ein etwas wackliges Tischchen mit einer ovalen Marmorplatte, darauf Zeitungen, einige Briefe und Rechnungen sowie ein Körbchen aus in Zuckerwasser gestärkten Spitzen, darin ein Wollknäuel, von dem ein dunkelbrauner Faden zu den Fingern meiner an dem Tischchen emsig strickenden Mutter lief.

Der Korbsessel, einst ebenfalls weiß lackiert, knarrte ab und zu leise, da meine Mutter in kurzen Abständen von der Arbeit aufschaute und, während die Nadeln in ihren Fingern unverändert schnell dahinflogen, zu dem Vorhang blickte, der an der Tür zum Zimmer hing. Dann neigte das schmale Gesicht, das von feinem blondem, glatt zu einem Knoten gekämmtem Haar eingerahmt wurde, sich wieder über den Pullover, der unter den Nadeln hervorwuchs.

Ans Geländer gelehnt, starrte ich in die Reglosigkeit der dunstüberzogenen Stadt.

«Janó...», sprach mich meine Mutter irgendwann an.

Träge wandte ich mich um.

«Du müßtest die Blumen sprengen...»

«Nachher...», antwortete ich gereizt.

«Sie verbrennen sonst ganz», sagte Mutter, doch ich hatte keine Eile, in ihrer Stimme spürte ich jenen Beiklang, an dem zu merken war, daß sie gerade an etwas anderes dachte. Ich wandte mich wieder zum Garten. Sprengen mochte ich ohnehin nicht, denn sosehr ich auch aufpaßte, immer beschmutzten mich der lehmige Schlauch und die vom Wasserstrahl hochspritzende Erde. Statt dessen zielte ich auf eine feuerrote Lilie und spuckte. Ich traf nicht. Ich sammelte Speichel und versuchte es noch einmal.

«Was spuckst du da?» fragte Mutter.

Also beendete ich den wütenden Angriff auf das rote Blütenhaupt, antwortete aber nicht.

Wieder knarrte der Sessel. Mein Vater trat auf die

Terrasse heraus, stellte sich mit unruhiger Hast neben mich und stützte seine Ellenbogen ebenfalls auf das vom Rost klebrige Geländer. Eine Weile verharrte er so, dann drehte er sich um und holte mit einer eigentümlich heftigen Bewegung eine Zigarette aus der Tasche, strich gierig ein Streichholz an und nahm einen langen ersten Zug. Danach wurde er stets etwas ruhiger, hielt die Zigarette, die Glut abdeckend, zerstreut in der Hand und hob sie nur selten zum Mund. Mein Vater war ein großer, breitschultriger Mann mit leicht gebeugtem Rücken und festem schwarzem, an den Schläfen bereits ergrautem Haar. Das kurzärmlige hellblaue Hemd ließ die muskulösen Arme sehen, die in riesigen Händen mit gleichwohl feingliedrigen, langen Fingern endeten.

Früher hatten diese Hände mich oft hochgehoben, so daß ich von oben auf die leuchtende braune Stirn und die verschmitzten blauen Augen hinabsehen konnte. Doch er hob mich schon lange nicht mehr hoch. Manchmal, wenn er – selten genug – sehr gut gelaunt war, trat er mich nicht gerade sacht in den Hintern, lachte über meinen Schreck und beklopfte mir dann die Wangen. Schaffte ich es dann, hinter ihn zu kommen, durfte ich zurücktreten, aber er schnappte meinen ausholenden Fuß, und wir stürzten aufeinander los und lachten. Meine Mutter schaute diesen Spielen mit stillem Lächeln zu, und es freute mich besonders, daß ihr leicht besorgter Blick stets mir galt.

Jetzt legte sie das Strickzeug in den Schoß und schaute Vater nach, der auf der Terrasse auf und ab ging. Doch mein Vater blickte nicht zurück. Vornübergeneigt, sich das ergrauende Haar glattstreichend, schritt er hin und her; er war derart in sich versunken, daß man ihm bald vom Mund ablesen konnte: er zählte seine Schritte. Hin und zurück fünfzehn. Eins, zwei, drei, vier, fünf, sechs, sieben, acht, neun, zehn, elf, zwölf, dreizehn, vierzehn, fünfzehn, dann noch einmal, jetzt rückwärts: genau so viel. Dann besann er sich, hielt inne und fragte: «War etwas?»

«Nein, nein, nichts...», der im Nacken zusammengesteckte Haarknoten meiner Mutter zuckte. «Ich habe mich beeilt, nach Hause zu kommen... Du warst so seltsam am Telefon...»

«Bitte sehr? Ja...»

«Du willst nichts sagen?»

Mein Vater setzte seinen Gang fort.

«Pardon?» fragte er noch einmal zerstreut.

«Setz dich doch», sagte Mutter sanft und schob die Stricknadeln auf die Tischplatte.

Nach ein paar zögernden Schritten hielt mein Vater inne und ließ sich in den alten Sessel plumpsen, schlug eine Zeitung auf, sah kurz hinein und legte sie wieder zurück.

«Alles wie immer...», sagte er, und sein Blick fiel auf mich. «Neu ist nur, daß ich endlich herausbekommen habe...»

Er verstummte, jetzt sah meine Mutter zu mir.

«Gehst du nicht die Blumen sprengen?» fragte sie.

Ich mochte es nicht, wenn sie mich wegschickten. Ich zuckte die Achseln und starrte weiter zum Garten hinunter. Plötzlich wurde mein Vater laut.

«Herrgott noch mal. Hast du nicht gehört?»

Auch jetzt rührte ich mich nicht. Er sprang auf mich zu und schüttelte mich.

«Redet deine Mutter umsonst?» brüllte er.

Mutter machte eine zage Bewegung.

«Sándor», sagte sie sehr leise.

Vater gab mir einen Stoß, so daß ich mich am Geländer festhalten mußte, und ließ sich wieder in den Sessel fallen. Ich sah sie Blicke tauschen. Lange war es still. Mein Vater rieb sich die Stirn.

«Was hast du herausbekommen?» fragte Mutter ganz ruhig.

Vater sah eine Zeitlang mit starr in die Ferne gerichtetem Blick zu ihr hin, dann neigte er sich vor und flüsterte, wobei seine Gesichtsmuskeln zuckten:

«Sie werfen mir Unterschlagung vor...»

Meine Mutter rührte sich nicht. In der plötzlich entstandenen Stille knirschte der geflochtene Stuhl.

«Unterschlagung...»

Meine Mutter nahm das Strickzeug auf, aber die Bewegung war so plötzlich, daß sie Maschen von der Nadel verlor. Fahrig fädelte sie sie wieder auf.

«Wer war da?» fragte sie.

«Der Genosse Minister und die beiden Stellvertreter...»

«Piller? Natürlich...»

«Bitte sehr? Na sicher... Piller als Zeuge der Anklage... der Kronzeuge...»

«Und der Minister? Hast du ihm alles gesagt?...»

Mein Vater forschte verkrampft und argwöhnisch in Mutters Gesicht.

«Meinst du, ich hätte vor ihm etwas richtigstellen können?»

«Ja.»

Vater lachte auf.

«Da ist nichts richtigzustellen... Ich habe ihm gesagt, daß ich die Aufgabe erfüllt habe, die er mir selbst übertragen hat. Die chemische Abwehrtruppe steht... Ich habe mich selbst nicht ausgenommen, bin mit eingerückt... eben daran haken sie sich fest… Daß ich Geld für mich selbst angewiesen habe! Lächerlich…»

«Und von dieser Frau hast du nichts gesagt?»

«Welcher Frau?»

«Von der Zelenák…»

«Sei nicht närrisch!» Das anheimelnd klingende Wort paßte nicht zu der Aggressivität, mit der er es aussprach. «Glaubst du, dem Piller kommen wegen einer Geschichte die Tränen? Der hält sich ans Gesetz. Und da zählt es nicht, daß unsere Gesetze manchmal… Ach was!» Er winkte ab, doch die eigene Verzichtsgeste brachte ihn wieder in Fahrt. «Da zählt nicht, daß, während einer eingezogen wird, die vierzigjährige kranke Frau und das anderthalbjährige Kind… Was mußten sie ein Kind kriegen! Verstehst du? Ein-ein-halb… Daß die glatt verhungern!»

Er sprang aus dem Sessel.

«Ich bitte dich, das ist völlig gleichgültig… Das zählt nicht. Es gibt Gesetze. Und das Gesetz sagt zwar, daß ich als Generaldirektor befugt sei, Geld für die Reservisten anzuweisen, aber im Gesetz steht auch, daß ich hierzu doch kein Recht… Und jetzt gilt das. Fertig. Nichts weiter.»

Er zog lange an seiner Zigarette, die er wie ein Halbwüchsiger hinter der Hand versteckt hielt, und begann wieder herumzulaufen.

«Morgen rufst du Gyuszi Jójár an», sagte meine Mutter.

«Der ist bereits instruiert…»

Meine Mutter erwiderte nachdrücklich: «Verliere doch nicht völlig den Kopf…»

«Pardon?»

«Ver-lie-re nicht völ-lig den Kopf», skandierte Mutter.

Vater lachte auf.

«Ich habe ihn angerufen. Er ließ sich verleugnen. Ob sie ihn nun instruiert haben oder nicht.»

Hartnäckig streckte Mutter ihre gewölbte Stirn vor.

«Dann rufe ich ihn an... Er war der Verbindungsmann unter mir... Er muß das verstehen. Wenn er sich verleugnen läßt... Gyuszi ist ein ernstzunehmender Mann... ich kenne ihn...»

«Jetzt ist er nicht mehr der Verbindungsmann ‹unter dir›.»

Sie schwiegen. Unter meiner Mutter knackte wieder der Korbstuhl.

«Bitte sehr?»

Plötzlich brach es aus mir heraus:

«Immerzu sagst du nur ‹Bitte sehr?›, ‹Bitte sehr?›, ‹Pardon?›... auch am Telefon immerzu ‹Bitte sehr?›!»

Mein Vater blieb stehen, er sah mich forschend an.

«Da magst du recht haben», sagte er langsam und sprach die Worte mit Mühe aus.

«Am Telefon immerzu nur... wie ein...»

«Du hast recht.» Er winkte ungeduldig.

Im Zimmer schrillte das Telefon. Dann klingelte es ausdauernd. Vater ging zur Tür, hielt dann jedoch inne. Das Klingeln vibrierte dumpf und ausdauernd in der Luft. Verständnislos beobachtete ich die Szene, wollte mich erheben, da ich meinte, sie wollten nicht abnehmen. Schon manches Mal hatten sie mich gebeten, sie zu verleugnen... Doch mein Vater kam mir zuvor und eilte ins Zimmer.

Wir horchten in die plötzliche dumpfe Stille, konnten aber nichts hören. Nach einigen Augenblikken rief es aus dem Zimmer: «Janó! Für dich...»

Für mich? Wer konnte das sein? Sascha war noch

in Moskau bei seinem Vater und würde vor Mitte September kaum wiederkommen... Lajoschka. Er will den Röntgenapparat sehen!...

Vaters Stimme schlug ungeduldig herüber: «Janó!»

Das brachte mich in Bewegung. Ich hob den Hörer ans Ohr, sagte aber nichts. Taub knackte die Leitung. Jemand hustete, dann mischte sich der zerhackte, ineinander gewundene Dialog zweier Frauen aus einer anderen Leitung dazwischen. Endlich sagte ich leise: «Ja...»

Jetzt wurde es am anderen Ende auch lebendig.

«Du, Jancsi! Komm! Es gibt einen Mordsspaß!» schrie Lajoschka und japste nach Luft.

«Was ist?» fragte ich und dachte immer noch an den Röntgenapparat.

«Ein Mordsspaß! Drüben beim Propheten! Komm schnell... Ich warte auf dich am Garten von Frau Róza...», damit legte er auf. Unbemerkt grinste ich. Jetzt zurück auf die Terrasse und fragen, oder mich durch den Zaun drücken.

Mutter kam ins Zimmer herein.

«Wer war das?» fragte sie und legte Stricksachen und das gestärkte Spitzenkörbchen auf dem Nachttisch ab.

«Lajoschka. Er sagt, ich soll rüberkommen, weil er eine Aufgabe nicht schafft... Weißt du, er muß nachschreiben.»

«Der Lajoschka muß nachschreiben?»

«Ja, in Algebra...»

Meine Mutter schüttelte verständnislos den Kopf.

«Dann geh... Hilf ihm», sagte sie.

Voll Freude über den unerwarteten guten Einfall stürzte ich aus der Tür und rannte zum Garten von Frau Róza.

Frau Róza hatten wir selbst nicht mehr kennengelernt. Nur ihr Name war in ehrfürchtigem Angedenken bewahrt worden und gab Kunde von der einstigen Besitzerin des riesigen Obstgartens.

Das einstmals gepflegte Grundstück war völlig von Pflanzen überwuchert. Der verrostete Maschendrahtzaun war heruntergerissen, die Wege von Unkraut bedeckt, das Gras ungemäht; die Obstbäume streckten unbeschnitten ihre trockenen, krallenähnlichen Zweige zum Himmel, Reste überwinternder Blumen mischten sich mit einjährigen, deren Samen der Wind hergeweht hatte, und mit anspruchslosen Feldblumen zu großen bunten Flecken; die wilden Triebe des Flieders vom Gartensaum stießen tief in den Garten vor und hatten sich immer neue Reviere erobert, in der Erde klafften Gruben (wo die Anwohner sich Lehm holten), oder es türmten sich Haufen (wo sie ihren Abfall hinterließen).

Das gutshausähnliche, mit einer Säulenveranda ausgestattete Gebäude, das einst stolz auf den Obstgarten niedergeblickt haben mochte, war vor Altersschwäche in sich zusammengefallen. Morsche Dachbalken waren herabgestürzt, fest genug noch, die Decken zu durchstoßen. Der Putz war abgebröckelt und alles abhanden gekommen, was man abhanden kommen lassen konnte: vom Dach die noch erhaltenen Schieferplatten und aus den Wänden die Fenster, sogar Türen samt Rahmen. Glasscherben, Stoffetzen, Papierschnipsel lagen um das Haus, dessen geschundenen Mauern hier und da koloriert wurden von sich hartnäckig festhaltendem Wein.

Am Ende der Säulenveranda machte das Haus einen L-förmigen Knick, und hier, um den als Schuppen vorgesehenen hinteren Flügel, schien es Zeichen von Leben zu geben. Die Ritzen in der

Mauer waren von ungeschickter Hand mit Lehm zugeschmiert, sogar die Scheiben des kleinen quadratischen Fensters waren heil, und vor der geöffneten Brettertür schaukelte ein sauberer – wenn auch leicht zerschlissener – Stoffvorhang.

Hier wohnte der Einsiedler, der ‹Prophet›, dessen Namen niemand kannte, ein Greis von achtzig, neunzig Jahren, der angeblich schon nach dem Ersten Weltkrieg als Invalide von Frau Róza für die leichteren Arbeiten aufgenommen worden war. Frau Róza war seit dreißig Jahren tot, ihre Verwandten hatten alles abgeholt, und nach dem Krieg waren auch sie verschwunden; seitdem erntete niemand mehr das Obst, beziehungsweise jeder erntete, der Lust dazu hatte. Meist waren das hierher verirrte Ausflügler, denn uns Kinder lockte die leichte Beute nicht, uns zog es eher hinter die intakten Zäune.

Wovon lebte der Einsiedler? Einmal im Monat trottete der Briefträger mit zweihundertachtzehn Forint hier herauf (er kannte wahrscheinlich auch den richtigen Namen), lieferte das Geld ab, steckte einen Forint Trinkgeld ein und wechselte ein paar Worte mit ihm.

Der Prophet saß den ganzen Tag allein unter der alten mächtigen Linde auf einem Steinhaufen, den er sich jeden Morgen mit frischem Gras polsterte. Von hier aus betrachtete er mit ruhigem, versunkenem Blick die in leichtem Dunst schwimmende Stadt, die weichen Züge der umliegenden Berge und Hügel. Vom beginnenden Frühling bis zum ersten Frost.

Wir störten seine Einsamkeit selten, denn wenn wir uns wild kreischend um ihn scharten, dann sprach er nicht, er betrachtete weiter die Landschaft oder seinen im Laufe der Jahre blankgewetzten Knotenstock. Sein hartnäckiges Schweigen ließ auch uns verstummen. Nach langem Warten fing er an, von seltsamen und unverständlichen Dingen zu erzählen, von Christus und irgend etwas in der Art, daß alles auf der Welt Ursache und Folge sei... Wir ertrugen das nicht lange, zuerst kam, hauptsächlich hinter seinem Rücken, unterdrücktes Kichern auf, bis das Lachen langsam auf alle übergriff und wir ihm unverblümt ins Gesicht prusteten, ihn ausfragten und hänselten. Der Einsiedler hob dann seinen Stock und richtete den Blick auf das von der Linde herabhängende Laub.

«Lacht nur...», sagte er mit heiserer Stimme. «Lacht jetzt, solange ihr jung seid. Ich habe auch gelacht. Das macht nichts.»

Er verirrte sich in Erinnerungen und im Geäst der Linde, hin und wieder streifte er, als suche er etwas, auch uns mit seinem Blick, um sich dann wieder ins Schweigen zurückzuziehen.

Bei anderen Gelegenheiten – etwa bei einer Frage von der Art: «Wie konnte die Jungfrau Maria eine Jungfrau sein, wo Gott sie doch einmal gedingst hat?» – geriet der Einsiedler außer sich, seine hohe, braungebrannte Stirn verdüsterte sich, mit dem Stock herumfuchtelnd krächzte er, streute zusammenhanglose biblische Flüche über uns aus, aber sein Zorn riß ihn nur für Augenblicke mit, und als wäre das Zahnrad seiner Gedanken plötzlich hängengeblieben oder als wäre ihm plötzlich die Sinnlosigkeit seiner Wut aufgegangen, verstummte er, und der unruhig vibrierende Blick seiner kindlich blauen Augen kehrte zurück zu der Kette der Hügel.

Zwar erwarteten, ja provozierten wir diese Ausbrüche, trotzdem erweckte sein in Hitze geratender alter

Körper Schaudern und Antipathie in uns. Manchmal, wenn sich am faltigen bläulichen Hals des Alten die Adern spannten, fürchtete ich, er würde jetzt, hier, vor uns sterben.

Und die wütenden Beschimpfungen nahmen uns auch die Lust, ihn weiter zu hänseln. Wir mimten ruhmreichen Sieg, zogen jedoch mißmutig davon.

Wir mochten den Alten nicht. Lieber spähten wir nach den schlanken, gutgewachsenen Gestalten aus, die im gepflegten Park des Klubhauses der amerikanischen Botschaft Golf spielten oder auf der Terrasse saßen, lauerten auf ihr vergnügtes Lachen, das Geräusch der in langstieligen Gläsern klappernden Eiswürfel, auf die seltsam nasalen Töne der im Schwimmbassin quiekenden Kinder, die genauso alt waren wie wir.

Besonders liebten wir es, verlegen einem schlanken, etwas linkischen blonden Mädchen zuzusehen. Dieses Mädchen war immer schön und sauber, sie trug ein breites buntes Band im blonden, zu Locken gedrehten Haar und, seltsam und erregend, Hosen. Mehrere von uns waren verliebt in sie.

Einmal, als sie am Zaun entlangspazierte, sah sie mich und erschrak, sie lief zu einer älteren Dame mit schweren Ohrgehängen und flüsterte ihr etwas zu. Doch als sie uns sah, winkte die Dame nur ab. Da beruhigte sich auch das Mädchen.

An diesem Abend beschlossen wir, die Amerikaner nicht länger zu dulden.

Das schloßartige Gebäude stand nachts völlig leer, niemand bewachte es. Wir kletterten über den Zaun und klebten große, von uns vorgefertigte Anschläge an die Wände. Auf diesen Anschlägen stand: AMI GO HOME!

Doch am Nachmittag, als die Golfspieler kamen,

waren die Plakate von unbekannter Hand, wahrscheinlich durch die Gärtner oder das Reinigungspersonal, entfernt worden. Wir verabredeten uns, neue Plakate anzufertigen, doch in der Nacht erschienen die anderen nicht. Ich wartete lange allein in der tauben Sommerstille, dann stahl ich mich erleichtert in mein Bett zurück.

Der Prophet saß unter der Linde, auf seinem Steinsitz. Er ließ die faltigen braunen Hände auf dem Stock ruhen, den er zwischen den Knien hielt. Sein langer weißer Bart und das auf die Schulter fallende taubengraue Haar hoben sich gegen die rasch nahende graue Dämmerung ab und waren schon von weitem gut zu sehen. Auf dem sonnenverbrannten Gesicht und der kahlen Stirn gab es kaum Falten, die Haut spannte sich nicht entlang der Linien des Schädels, sondern schien ein Eigenleben zu führen, sie hatte sich von Stirn- und Backenknochen gelöst und zitterte seltsam bei jeder Bewegung. Auf den kindlich blauen Augen spielte der blasse Schleier des Alters, seine Gestalt aber war hager und aufrecht geblieben, nur die Fersen waren ihm in der letzten Zeit geschwollen, so daß er schlecht laufen konnte.

Zu einer hellblauen Flanellhose, die er sich selbst zurechtgeschnitten und mit großen weißen Stichen zusammengenäht hatte, trug er blankgeputzte braune Schnürstiefel; zwischen Hosenaufschlag und Stiefeln waren weiße Wollsocken zu sehen. Den Oberkörper (auf dem man tagsüber drei schlecht vernarbte Wunden, Spuren von Lungenschüssen, sehen konnte) bedeckte er zu dieser Abendzeit mit einem grünbraunen ärmellosen Mantelfutter, unter dem er ein weißes Sporthemd mit offenem Kragen trug. Im

Ausschnitt des Hemdes kräuselte sich jungenhaft spärliches Haar, das verjüngte den Alten um einiges.

Er mochte bei guter Laune sein, denn er ließ seinen Blick wohlwollend über die um ihn sitzenden fünf oder sechs Kinder schweifen.

«Heute ist doch der sechsundzwanzigste August?» fing er an.

«Woher wissen Sie das?» fragte eins der Mädchen, das einen Scherz witterte.

«Ich habe es ausgerechnet. In der Nacht konnte ich nicht schlafen... Ich habe gespürt, daß irgend etwas passieren wird. Um so etwas zu merken, braucht man keine Wissenschaft. Die Wissenschaft ist nur Blendwerk, für das man büßen muß, auch ich.»

Er verstummte, sein Blick glitt über uns hin. Ich wollte nicht stören, trat näher und ließ mich langsam auf die Erde nieder. Der Alte sah mich an, forschte in meinem Gesicht.

«Wer ist der?» fragte er die anderen.

Lajoschka, der, man wußte nicht wieso, eine große Schneiderschere in der Hand hielt, zwinkerte mir zu und sagte mit lauter Stimme, als spreche er zu einem Schwerhörigen: «Ja, kennen Sie ihn nicht? Das ist Jancsi... der in der Villa Klapka wohnt.»

Der Prophet wiegte noch immer mich prüfend den Kopf, dann gab er sich zufrieden.

«Ach so...», sagte er.

Lajoschka schnappte mit der Schere, während er mich in die Seite stieß. Auf den metallischen Klang hin rührten sich auch die anderen. Das Mädchen von vorhin juchzte. Lajoschka machte eine unwirsche Handbewegung, und die Unruhe legte sich.

«Und warum seid ihr so viele auf einmal gekommen?» fragte der Alte.

Der dickere der beiden Hangai-Zwillinge konnte seine Spottlust nicht bezwingen.

«Wegen der Wahrheit... und der Ursache...»

Der Einsiedler antwortete, ohne zu ihm hinzusehen: «Wegen der Wahrheit... Ihr seid also gekommen wegen der Wahrheit... Ich habe euch gesagt, auch wenn ihr lacht, einmal müßt ihr kommen und die Wahrheit... Seht ihr...», er wies auf den dickeren Hangai, «noch versteht er die Wahrheit nicht ganz...» Und mit erhobenen Armen setzte er fort: «Aber das ist schon ein gutes Zeichen! Daß auch er mitgekommen ist. Und irgendwann, vielleicht wenn er so alt ist wie ich, dann wird er die Wahrheit verstehen... Vielleicht auch nicht... Es kann sogar sein, daß ihr sie früher versteht...»

Sein Blick blieb wieder auf meinem Gesicht hängen. Verlegen stieß ich Lajoschka an.

«Der Jancsi, der versteht die Wahrheit...»

Jetzt sprach er schon zu mir, während ich um mich herum das Gras ausriß.

«Einmal, im Augenblick des Todes, versteht sie jeder. Denn die Wahrheit, das ist die Geburt und der Tod. Sie steht nicht in unserer Macht. Sie hat eine Ursache... Denn auch Geburt und Tod stehen nicht in unserer Macht... Wir sind bloß die Folge... Nichts sonst...»

Der dickere Hangai mußte lachen.

«Die Folge...»

Der Alte schien nicht zu hören, er lächelte.

«Also deshalb seid ihr gekommen...»

Ich sah, wie allen ob der sich nun heranwälzenden Beschaulichkeit langweilig wurde. Doch Lajoschka ergriff, wie zu einem Tauben schreiend, das Wort.

«Wir sind auch noch wegen etwas anderem gekommen, Herr Einsiedler... Neulich haben Sie gesagt, daß Ihre Haare und der Bart schon so lang sind. Da dachten wir, wir schneiden sie Ihnen.»

Im Gesicht des Einsiedlers kam die Haut in Bewegung.

«Seht ihr...», sagte er gedehnt. «Auch das heißt, daß ihr wegen der Wahrheit gekommen seid. Denn wer Gutes tut, der sucht die Wahrheit...»

Jetzt lachten schon mehrere von uns. Die Hangai-Zwillinge sprangen fast gleichzeitig auf, um anzufangen.

«Sie werden sehen, wie gut Sie dann aussehen. Wir haben eine Schere und einen Friseurumhang mitgebracht!» rief Lajoschka eifrig, worauf das Mädchen vortrat und den Umhang vorzeigte.

Der Alte schüttelte den Kopf, auf seinem Gesicht wabbelte sacht die Haut.

«Ich werde es nicht sehen, seit fünfunddreißig Jahren habe ich in keinen Spiegel mehr gesehen.»

Wie vom Zauberstab berührt kam alles in Bewegung. Sie sprangen um den Alten herum. Lajoschka klapperte mit der Schere, der dickere Hangai rief mit künstlich heiserer Stimme: «Herein, immer frisch hereinspaziert! Haareschneiden, Pitralon, Essig, Bürsten... Hereinspaziert...»

Das Mädchen schwenkte den weißen Umhang, sprang hinter den Alten, legte ihm das Tuch um und machte hinten einen großen Knoten.

Der Prophet betrachtete lächelnd die wildgewordene Gesellschaft, doch plötzlich, als sei ihm etwas eingefallen, griff er Lajoschka, der vor ihm herumsprang, am Handgelenk. Wir verstummten, doch der Alte fragte mit weicher Stimme: «Kannst du denn Haare schneiden?»

«Ob ich Haare schneiden kann? Mein Vater ist doch Friseur...»

Jetzt sprudelte das Lachen aus uns heraus. Lajoschka schnippte mit der Schere um den gelblichweißen Bart herum und sagte dann wirklich in der unterwürfig-höflichen Manier der Barbiere: «Den Kopf... ein wenig höher... bitte untertänigst...»

Der Alte hob den Kopf an, versuchte aber, den herumfuchtelnden Lajoschka im Auge zu behalten. Der dünnere Hangai fiel vor Lachen gegen einen Baum.

«Viereckig... aber viereckig...», japste er.

«Aber gewiß doch, bitte schön», antwortete Lajoschka, «wie der Kunde befiehlt... bitte vielmals...»

Noch einmal ließ er die Schere zuklappen, dann schnitt er mit einer einzigen Bewegung das Ende des spitz und kräuselnd auf die Brust herabhängenden Barthaars ab. Ein dickes Büschel fiel auf die Hand des Alten, die den Stock umklammerte. Die Hand bewegte sich, langte nach dem Haarbüschel, doch Lajoschka hatte es schon fortgewischt. Er war von dem Ergebnis wohl selbst überrascht, denn sein breites, muskulöses Gesicht zuckte. Stille trat ein. Alle Blicke klebten starr an dem verstümmelten Bart. Nur der Alte erforschte mit arglosem Lächeln das Geäst der Linde.

Lajoschka grinste gezwungen.

«Bitte untertänigst... verehrter Kunde...»

Der dickere Hangai sprang dazu und schüttelte die Hand, als hielte er in ihr eine Flasche.

«Ein wenig Pitralon gefällig?»

Anerkennung heischend suchte er Lajoschkas Blick. Die Stimmung schwang sich wieder auf. Der dünnere Hangai wieherte ausgiebig, worauf alle lachen mußten. Sich gegenseitig anstoßend, wuselten sie um den Bart herum.

«Auch an den Seiten... auch an den Seiten...», quäkte der dünnere Hangai und hielt sich den Bauch.

Lajoschka schnitt. Erst auf der einen Seite, gerade nach oben, dann auf der anderen; die herabfallenden Haare riß das Mädchen mit dem Tuch an sich und verstreute sie lachend und tanzend in der Luft. Sie fielen ihr in den Mund zurück, sie spuckte und prustete vor Lachen...

Nun aber schon als einzige. Denn es war wieder still geworden. Das Mädchen blickte verwundert um sich, konnte aber nicht aufhören. Lajoschka trat ein paar Schritte zurück. Starr wie ein Ziegel ragte der Bart unter dem Kinn des Alten hervor. Lajoschka sah sich um. Der dünnere Hangai betastete noch immer seinen Bauch, der kräftigere hielt die Pitralonflasche in der Hand. Lajoschka lachte auf.

«Na, ist das keine Gaudi?»

«Gaudi... Gaudi...», echote es gleichzeitig.

Das Mädchen, das die Haare verstreut hatte, drehte sich auf den Fußspitzen um und rannte den Abhang hinab. Wie auf Kommando folgten ihr drei von uns nach. Der dickere Hangai ließ die Hand mit dem Pitralon sinken.

Da erhob der Alte seine auf dem Stock ruhende Linke und betastete den Rest seines Bartes, rieb ihn mit der Hand.

«Sehr gut...», sagte er freundlich zu Lajoschka, der von einem Fuß auf den anderen trat. «Man merkt, daß dein Vater Friseur ist... Du könntest auch Friseur werden... jetzt schon...»

Lajoschka betrachtete den zufriedenen Alten mit einem gezwungenen Grinsen, das noch breiter wurde, als er sich umsah, doch er sah nur noch die Rücken der beiden Hangai... und mich.

Das Grinsen verschwand, er sagte nur noch: «Werde ich auch. Friseur.»

Keuchend hielt er ein, trat ein paar Augenblicke unschlüssig auf der Stelle, rannte dann zurück. Ich ihm hinterher. Er blieb wieder stehen.

«Die Schere», keuchte er. «Ich habe die Schere vergessen…»

«Das gibt Prügel zu Hause, was?»

Er beugte sich zu mir und schrie mir ins Gesicht: «Ich krieg keine Prügel!»

Ich wußte, daß er geschlagen wurde, wich nicht zurück. Ich beugte mich noch näher zu ihm. Wut schlug in mir hoch, genauso zischend wie damals, als er diese Bilder vor mir versteckt hatte.

«Und wenn sie herausbekommen, daß du das gemacht hast?»

Sein gespanntes Gesicht wurde weich vor Erstaunen. Er zog die Schultern hoch.

«Die Schere… Ich hab sie liegenlassen…»

«Warum hast du das gemacht?»

«Was? Der alte Reaktionär…», warf er mir hin und lief schon wieder, doch schon viel langsamer. Ich blieb ihm auf den Fersen.

«Das mit der Russischlehrerin warst du auch… Ich weiß es… Warum hast du ihr das Bein gestellt?»

Überrascht wich er zurück.

«Und dann hast du dich geduckt, als sie gefragt haben, wer es war.»

Er kam näher und schubste mich. «Du lügst.»

«Meinst du, ich hätte es nicht gesehen!»

«Ist ja nicht wahr. Du lügst ja immer…»

«Warum hast du das gemacht mit dem Alten?»

«Das mit dem Röntgenapparat stimmt auch nicht… und das mit den Fröschen!»

«Klar stimmt das!»

Er lachte auf. Als er den Kopf nach hinten warf, geriet sein breites, braunes Gesicht in den Lichtkreis der Straßenlaterne.

«Der Hangai hat es mir erzählt…», sagte er höhnisch.

«Wozu das mit dem Propheten?»

«Kannst du dich nicht erinnern an Hangai?»

«Denkst du, du darfst alles? Weil ihr *dort* wohnt?!»

Wütend zog sich sein Gesicht zusammen. Mit vorgestreckter Stirn sprang er mich an und schubste mich wieder. Er preßte die Worte durch die Zähne.

«Habe etwa ich den Hangai am Balaton getroffen?»

Es wurde still. Mit unverstellter Neugier musterte er mich, hielt es aber nicht lange aus.

«Ganz aus Versehen hast du Belgien statt Balaton gesagt, was? Dachtest du, ich merke es nicht?»

Er spuckte weit und zielsicher gegen den Gehsteigrand. Ich trat ganz dicht an ihn heran und packte ihn am Hemd, doch schienen wir beide erschreckt von dieser wilden Nähe.

«Du bist ja sehr schlau…», stieß ich hervor.

Verlegen standen wir herum. Dann sagte ich: «Geh nur deine Schere holen, damit du keine Prügel kriegst…»

Befriedigt drehte ich mich weg, um auf der dunklen Straße nach Hause zu gehen.

«Du Idiot, du…», es folgten kurze Flüche, dann drehte er sich und sprang um mich herum. «Ich komm rüber und seh mir den Röntgenapparat an…», zischte er und spuckte wieder aus.

Die in Reglosigkeit erstarrten grauen Wolken hatten den ganzen Himmel umfaßt. Als hätte sich die ganze Welt verengt. Die stehende Luft war mit schweren Düften geschwängert, doch hinter dieser angespannten Ruhe schien sich etwas vorzubereiten. Selbst die Grillen zirpten seltener, im vertrockneten Gras sprang träge ein brauner Grashüpfer beiseite.

Hinter der Hecke, wo ich stand, bot sich eine gute Sicht auf das Grundstück, und ich sah den Propheten, wie er im Schatten der Linde saß. Er lächelte. Bald strich er mit der Hand über seinen ziegelförmig zurechtgestutzten Bart, bald hob er ihn an, um ihn zu betrachten. Dann sann er zufrieden weiter.

Mit leicht zitternden Beinen, den Puls am Hals spürend, trat ich hinter der Hecke hervor. Er nahm mich sofort wahr und zog rasch seine Hand vom Bart, mit einer Bewegung, als habe sie nur gerade so dort geruht. Ich wollte es ihm sofort sagen, aber er kam mir zuvor. Schon von weitem setzte er an.

«Na, kommst du wegen der Wahrheit?»

So als sagte er nur: ‹Na, kommst du wegen der Milch?›

Ich ließ mich auf der Erde nieder.

«Ich wußte, daß du kommen wirst», sagte er, «ich spüre alles. Schon gestern nacht habe ich gespürt, daß etwas passieren wird... siehst du!» Er stieß mit dem Stock zum Himmel. «Es gibt Sturm...»

Ich gab mir einen Ruck. Mein Herz klopfte immer heftiger, aber er ließ mich nicht zu Wort kommen. Er sprach jetzt anders als sonst, seine Stimme war ohne die aggressive Schärfe, schien eher wehmütig. Das machte mich ruhiger, ich war froh, nichts sagen zu müssen. Den Kopf auf den Ellenbogen gestützt, streckte ich mich auf dem Fußboden aus.

«Du wirst sehen... die Wolken verschwinden, und die Nacht wird sternenklar... weil auch die Sphären heute ihren Kampf haben... Verstehst du? Aus diesen Wolken kann kein Regen fallen... Die Ursache fehlt noch... Und alles kommt erst zustande, wenn die ganz spezielle Ursache herangereift ist...»

Traurig blickte ich auf seinen verunstalteten Bart, der sonst so schön zitterte, während er sprach. Sollte auch dafür eine Ursache herangereift sein? Viel ruhiger als beabsichtigt, als wäre die Stimme nicht meine eigene, fing ich an.

«Aber es hat doch nicht alles seine spezielle Ursache... wie Sie sagen!»

Der Prophet, der bis dahin, in seine eigenen Worte versunken, den Himmel betrachtet hatte, wandte sich erstaunt wieder mir zu.

«Es hatte auch keine Ursache, daß Ihr Bart... es war nur aus Spaß...», mich ergriff Aufregung, «...wie sie Ihnen den Bart geschnitten haben! Ich kann wirklich nichts dafür! Das müssen Sie mir glauben! Die anderen haben mir erzählt, daß sie eine große Gaudi vorhaben, deshalb bin ich gekommen...»

Seine Augen starrten auf den seltsamen Strunk, der von seinem Bart übrig war. Erschreckt stand ich auf.

«Ich sage das nicht, um die anderen zu verpfeifen, sondern nur, weil Sie sagten, Sie gucken nie in den Spiegel... Und sie haben es auch gemacht, damit es was zu lachen gibt, wenn Sie mal einkaufen gehen...»

Gemessen an seiner großen Ruhe griff er unerwartet schreckhaft nach seinem Bart. Argwöhnisch blickte er sich um und hob ihn an.

«Sie haben ihn viereckig geschnitten...»

Die Hände des Alten tasteten nervös die Ecken des Vierecks ab. Als er es endlich gefühlt hatte, legte er die Hände resigniert nieder und griff nach dem

Stock. Unwillkürlich rückte ich fort, doch er stieß ihn nur gegen den grauen Himmel. Lange war es still. Die Grillen zirpten gedehnt, und manchmal bewegte ein Lufthauch die Blätter der Linde. Die Blätter baumelten vergnügt wie Glocken an ihren Stielen.

Der Alte preßte den blanken Stock wieder zwischen die Knie und legte seine gebräunten Hände auf den knotigen Griff. Er schien sich völlig beruhigt zu haben. Unerwartet brach aus dem ruhigen Körper die feindselig wilde, heisere Stimme: «Du kennst eben die Bibel nicht!»

Wieder wich ich ein Stück zur Seite.

«Stimmt's, du kennst die Bibel nicht?» fragte er noch einmal.

Ich konnte nicht antworten.

In der ersten Klasse hatte ich Religionsunterricht gehabt, damals war das noch Pflicht, aber mir war nur eine einzige Erinnerung geblieben.

Während der Religionslehrer auf und ab ging, dabei etwas erklärte und manchmal mit einem schwarz gebundenen Buch auf den Tisch schlug, versuchte ich dem Jungen neben mir klarzumachen, daß die Mädchen etwas anderes haben als wir. Er glaubte es nicht. Aber ich weiß es, beteuerte ich, weil ich es gezeigt bekommen habe, von einer Cousine... Der Religionslehrer schlug eben auf den Tisch und brüllte meinen Nachbarn an, der zum wiederholten Male – und zu unserem Unglück gerade, als der Schwarzkittel sich zu uns wandte – Worte für seine Ungläubigkeit suchte. Mein Nachbar sprang erschrocken auf, der Religionslehrer fragte, was wir geredet hätten, und er sagte es ihm. Sofort flogen wir aus der Bank, ab in zwei Ecken des Klassenraumes, mit dem Rücken zu den anderen. Später mußten wir uns umdrehen. Und auf Kommando des Religionslehrers wiederholte die Klasse dreimal hintereinander schwerfällig: «Un-züch-tig und ver-dor-ben!»

Das fiel mir ein. Der Prophet wartete vergeblich.

«Siehst du, du kennst sie nicht! Dabei ist in der Bibel alles geschrieben... Auch die Wahrheit...»

Milder fuhr er fort, wie bei einem schönen Märchen: «Hast du vom Apostel Johannes gehört? Sieh mal, du kannst ein János sein, weil es einen Apostel Johannes gab... Bloß du weißt das nicht...»

Er senkte den Kopf, seine schweren Lider schlossen sich.

«Das zweite Kapitel des ersten Johannesbriefes geht so», er sprach den ersten Satz still und andächtig: «Liebt nicht die Welt, noch was in der Welt ist. Wenn einer die Welt liebt, ist die Liebe des Vaters nicht in ihm.»

Seine Stimme schlug hoch.

«Denn alles, was in der Welt ist, die Fleischeslust und die Augenlust und die Hoffart des Lebens, ist nicht aus dem Vater, sondern es ist aus der Welt.»

Er verstummte wieder.

«Und die Welt vergeht und ihre Lust, wer aber den Willen Gottes tut, bleibt in Ewigkeit.»

Er schloß wieder die Augen. In seine Haare, die ihm auf die Schulter herabhingen, fuhr ein plötzlich aufgekommener starker Wind. Die Grillen schwiegen, und jetzt empfand ich die Luft als noch drükkender. Fern, irgendwo über der Stadt, entzündete sich der Rand des Himmels, und nach langen Minuten rollte sachtes Donnergrollen über uns hinweg.

Der Prophet warf den Kopf hoch und betrachtete die aufeinander zueilenden Wolken.

«Die gehen gleich weg... Es gibt eine sternklare Nacht...», sagte er.

Ich stand auf. Der Blick des Greises blieb erschrokken auf mich geheftet.

«Verstehst du nicht? Was ich an mir trage, das ist der Leib. Und den Leib kann man nur verabscheuen... Du wirst ihn noch eine Weile lieben... aber einmal verabscheut ihn jeder... im Tode... Am wichtigsten ist die Seele! Die kann keiner mit der Schere abschneiden... Sie ist ewig...»

Und wirklich hob er angeekelt den gestutzten Bart an. Ich mußte lächeln. Jetzt entging ihm nicht einmal das.

«Du glaubst es nicht?»

«Doch doch...»

«Siehst du, du glaubst es nicht...», er begann zu krächzen. «Kommst her wegen der Wahrheit, und glaubst es nicht?!»

Warum hast du dann vorhin deinen Bart so freudig betrachtet, dachte ich hämisch.

«Weil du ein Sklave des Fleisches bist! Du erfreust dich an deinem Leib! Aber ich verabscheue ihn! Ich muß büßen für die Sünden von vor vierhundert Jahren...»

Mit einer Geste deutete ich meine Absicht an, heimzugehen. Sein dürrer, bis dahin starrer Oberkörper schwang nach vorn, er ergriff mein Handgelenk. Als verrate er mir ein großes Geheimnis, begann er zu flüstern: «Weißt du, was ich vor vierhundert Jahren war?... Denn jeder wird zweimal geboren... Im zweiten Leben büßen wir... Denn für jede Sünde muß man büßen! Jeder! Ich war ein spanischer Priester... Im schönen Spanien...»

«Dort ist es jetzt ganz schlimm.»

«Auch hier ist es schlimm», sagte er stur.

«Dort werden Menschen umgebracht.»

«Überall... aber dann muß man büßen!»

Ich riß meine Hand ungestüm aus der rauhen Umklammerung. Müde und vernichtend blinzelte er herauf zu mir, manisch wiederholte er: «Die Welt ist böse... man darf die Welt nicht lieben... alles ist Fleischeslust... Wenn du die Welt nicht liebst, kann dich keine Enttäuschung treffen... Alles ist Augenlust...» Lebhafter fuhr er fort, seinen Stock ein wenig hebend: «Aber wer sich an ihr vergeht, der muß büßen.»

Ich schwankte zögernd von einem Bein aufs andere. Der Alte sah mich versöhnt an.

«Ich gehe», sagte ich.

«Jeder erkennt einmal die Wahrheit... Ich habe sie vor fünfunddreißig Jahren erkannt. Bis dahin lebte ich im Bann des Fleisches. Ich liebte den Leib. Gib deine Hand. Na, gib sie schon her, so wie vorhin...»

Er sprach immer leiser, von seinen Augen schien der Altersschleier verschwunden. Ich sah nichts anderes mehr, nur diese Augen. Erst jetzt bemerkte ich, daß er Augen hatte wie eine Katze. Er richtete den Blick auf mich. Ich hätte mich gern abgewandt, war aber unfähig, meinen Nacken zu bewegen. Ich fühlte, wie ich rot wurde. Und von diesem Gefühl errötete ich nur noch mehr, mein Körper wurde schwer, und als der Alte seine knochigen Finger nach mir ausstreckte, zitterten mir die Beine.

«Komm her, mein Schätzchen», sagte er mit erstickender Stimme, «setz dich her...»

Mich befiel schon Übelkeit, als er mich plötzlich mit veränderter Stimme andonnerte: «Na, was ist? Hast du Angst, dich hierherzusetzen?!»

«Nein, nein, warum sollte ich Angst haben...», flüsterte ich.

«Ich will mit dir reden...»

Ich stolperte zu seinem mit Gras gepolsterten Sitz und setzte mich so weit entfernt von ihm, wie es ging. Sein Blick verfolgte mich, er maß jede meiner Bewegungen. Dann wandte er sich plötzlich um, ergriff, indem er beide Hände übereinanderlegte, seinen Stock und stützte ihn unter das Kinn.

«Du weißt noch nicht, was die Sünde ist», sagte er wieder mit der von weit her kommenden seltsamen Stimme. «Aber sie schläft auch in dir, wie in jedem... Der Leib... Noch liebst du den Leib... Liebst ihn, weil du ihn nicht kennst...»

Er drehte sich zu mir, und seine Augen rundeten sich wieder, sie schienen mir so groß, daß sie das ganze Gesichtsfeld ausfüllten. Nur seine Augen sah ich, die Stimme klang von irgendwoher.

«Warum antwortest du nicht?» fragte er, und nach einer Weile noch einmal. «Warum antwortest du nicht, mein Schatz?...»

Ich spürte, er näherte sich meinem Gesicht. Und als seine aufgesprungene Hand meine Haut berührte, war mir, als stiege ich aus dunkelster Tiefe ans Tageslicht, so erhellte sich plötzlich sein Gesicht vor mir. Alles wurde gnadenlos einfach. Ich wich seiner Hand aus, rührte mich aber noch nicht von meinem Platz. Er, glaube ich, sah nichts mehr. Seine Hand blieb in der Luft hängen, mit dem Rumpf neigte er sich zu mir, die andere Hand ließ den Stock fallen, der Stock fiel dumpf zur Erde und warf eine kleine Staubwolke auf. Er lächelte. Und seine Stimme. Es war Flüstern und Schreien zugleich. Zwischen Flüstern und Schreien flatterte der Satz: «Weißt du, was den Leib regiert?»

Ich stand auf, trat zwei Schritte zurück. Er lachte kurz und machte eine obszöne Gebärde.

«Das.»

Ich rannte stolpernd durch den Garten und drückte mich durch den gerissenen Zaun. Große Tropfen begannen zu fallen, doch dann regnete es nicht. Am öden Himmel trieb nur der Wind schwarzgraue Massen vor sich her.

Kindergesellschaft

Sanyi Kovács wurde eine spartanische Erziehung zuteil. Als die Einladung eintraf, verzogen seine Eltern daher keine Miene, obwohl sie wenig davon angetan waren. Sie beschlossen, daß Sanyi den Weg zwischen den beiden Hügeln allein und zu Fuß machen sollte. Nachdem sie ihm lange erklärt hatten, wie er gehen mußte, drückten sie ihm eine in Seidenpapier gewikkelte Schachtel in die Hand, von der ein unwiderstehlicher Geruch ausging, und zeichneten ihm eine Wegskizze auf ein Blatt Papier, und so machte sich der Knabe am Sonntag in den frühen Nachmittagsstunden auf den Weg.

In seiner schwarzen Tuchhose, die festlichen Gelegenheiten vorbehalten war, in weißem Hemd und rotem Pullover trat er aus dem Gartentor der elterlichen Villa. Er war ziemlich schlecht gelaunt, einmal der dicken Tuchhose wegen, die aus der Uniform seines Vaters zurechtgeschneidert und gefärbt worden war, angeblich dunkelblau, obwohl sie schwarz wirkte, zum anderen, weil er überhaupt keine Lust hatte, zu diesem Fest zu gehen, zu dem eigentlich gar nicht er, sondern seine Eltern geladen waren, die sich aus einem ihm unbekannten Grund entschuldigen ließen, aber ihm, Sanyi – vielleicht gerade deshalb – diesen Besuch aufgezwungen hatten.

Seinen aus hygienischen Gründen ständig kahlgeschorenen Kopf auf dem kurzen Stiernacken nach vorn gestreckt, schritt er, das Laub vor seinen Füßen vor sich her schubsend, auf den vorerst noch vertrauten Straßen voran. Er ging an der Ora-Villa vorbei, in der – wie er wußte – Görgey, der Verräter, Kriegsrat gehalten hatte, damals freilich war er noch kein Verräter. Trotzdem blickte er mit tiefer Verachtung auf dieses durch Verrat gebrandmarkte Gebäude. Er sah sich immer wieder um, ließ seinen Blick über die gedrungenen, morschen Säulen schweifen, verwundert, daß es Menschen gab, die in einem solchen Hause leben konnten. Und es bestand kein Zweifel, daß dieses denkwürdige Haus bewohnt war; auf der Leine zwischen den Säulen war Bettwäsche zum Trocknen aufgehängt, rosa Bettwäsche.

Von da an führte der Weg steil abwärts, hier kannte sich Sanyi nicht mehr besonders aus, dieser Bereich lag außerhalb seiner Erkundungs- und Kriegspfade; er wagte sich mit seinen Kameraden nur bei wilden Schlittenfahrten während des Winters hierher. Er polterte den ausgewaschenen Weg hinunter, und als er unten ankam, sah er ziemlich mitgenommen aus, seine Schuhe waren staubig, sein Hemd durchgeschwitzt, aber jetzt fühlte er sich wesentlich wohler. Nur die dicke, scharf gebügelte Hose störte ihn noch. Er hüpfte in den Graben am Wegrand, grüßte die Vorüberkommenden scheinbar bockig und amüsierte sich über die verwunderten und irritierten Erwachsenen, deren Gesichtern abzulesen war, daß sie solcher Späße entwöhnt waren.

Nachdem er Straßennamen und Hausnummer verglichen hatte, blieb er vor einer gelben Villa stehen, die mit ihren französischen Fenstern und schmiedeeisernen Erkern einen vornehmen Eindruck machte, und betrachtete den in Rasenflächen unterteilten Garten. Instinktiv den Gegensatz zwischen seiner Erscheinung und dieser Umgebung spürend, sah Sanyi, bevor er die Klinke des Gartentors niederdrückte, an sich herunter, denn seine Hose hatte die Bügelfalte eingebüßt und glich eher einem Ofenrohr, von Distelsamen übersät, und auf seinen staubigen Schuhen – von ihrem Glanz war wirklich nichts mehr übrig – zeigten zwei, drei Tropfen an, daß er unterwegs hatte austreten müssen. Sanyi hätte es nicht in Worte fassen können, aber er spürte etwas von der Dissonanz, die seine Kleidung und die Umgebung, aus der er kam, von dieser hier, in die er jetzt eintreten mußte, trennte. Der Unterschied war nicht groß, ein Erwachsener wäre vielleicht mit einer Handbewegung darüber hinweggegangen, aber Sanyis Welt war, wie die Welt der Kinder überhaupt, viel zu begrenzt, als daß nicht schon der nuancierteste Unterschied auf seine Phantasie gewirkt hätte. War die Villa, aus der er kam, klotzig, überladen und ein wenig verwahrlost, so war diese freundlich, einfach und gepflegt; war der häusliche Garten, Zeuge seiner romantischen Abenteuer, zugewachsen von Buschwerk, so war in diesem hier alles genau geplant und von raffinierter Einfachheit.

In der Welt der Erwachsenen hatte so ein Unterschied nicht viel zu bedeuten, schließlich konnte man sagen, daß es der Zufall bestimmte, wer der Nutzer des einen oder des anderen Gartens war; die Erwachsenen sahen diese ganze Sache in einem gewissen Sinne als dem Wandel unterworfen an, nicht personengebunden und daher jederzeit austauschbar, während Sanyi in dieser scheinbaren Zufälligkeit eine Gesetzmäßigkeit entdeckte; in seinen Augen hatte dieser Zustand etwas Feststehendes, das einzige, woran sein Bewußtsein einen Halt finden und von dem er ausgehen konnte, deshalb war er überzeugt, daß in diesem schöneren Haus (und daß es schöner war, mußte er, wenn auch widerwillig, anerkennen, als er da vor dem Tor stand) auch die vornehmeren Leute wohnten. Und in diesem naiven, kindlichen Empfinden lag in der Tat eine unwiderlegbare Wahrheit.

Er drückte die Klinke herunter, ging den Weg entlang, der zum Hauseingang führte, und stieg, die Tröpfchen auf seinen staubbedeckten Schuhen betrachtend, die Treppe hinauf. Das Klingeln war so nachdrücklich, daß man es kaum wohlerzogen hätte nennen können, trotzdem öffnete niemand. Er ging also die Treppe wieder hinunter und, da er mit den Lebensgewohnheiten solcher Häuser vertraut war, ohne zu zögern um das Haus herum.

Auf der Rückseite des Hauses sah er auf dem giftgrünen Rasen unter einem wolkenlosen blauen Himmel eine große Gesellschaft auf bunten Garten- und Liegestühlen herumsitzen. Man war in eine Diskussion vertieft.

Niemand hatte bemerkt, daß er gekommen war.

Ein hochgewachsener Mann führte das Wort. Keiner der Männer trug ein Jackett, der Wortführer aber hatte im Unterschied zu den anderen sein Hemd bis zum Ellenbogen aufgekrempelt und gestikulierte mit den schwarzbehaarten Armen heftig, deshalb vielleicht schien er wilder und erbitterter und hemdsärmeliger auszusehen als die anderen.

Sanyi suchte unter den vielen bekannten Gesichtern nach demjenigen, in dem er die Hausfrau erkennen zu können glaubte: eine großbusige, sommersprossige Dame mit dicken Beinen.

Den Kopf auf das Stierhälschen gesenkt, ging er mit knirschenden Schritten über den Kies so geradewegs auf sie zu, als wolle er sie aufspießen.

Die gestikulierenden Arme des behaarten Mannes

hielten in der Luft inne, bevor sie sich auf die Lehne des Gartenstuhls senkten. Die Gesellschaft wandte sich dem Jungen zu, auf ihren Gesichtern erschien das obligatorische Lächeln, mit dem Erwachsene im allgemeinen Kinder zu betrachten pflegen. Sanyi merkte nichts davon. Er blickte rasch in das sommersprossige Gesicht der Hausfrau auf und blieb vor ihr stehen. Bevor er grüßte, nahm er das Päckchen aus der einen Hand in die andere und warf einen raschen Blick auf die in ihrem Gespräch gestörten Erwachsenen, und es überkam ihn etwas wie trotziger Zorn, der ihn sofort gegen die hier Sitzenden einnahm.

«Guten Tag», sagte er leise.

Die Gesellschaft reagierte mit einem wohlmeinenden meckernden Lachen.

‹Albern›, Sanyi hörte geradezu die Stimme seines Vaters.

Die Hausfrau stand auf, strich Sanyi mit ihrer fleischigen Hand über den Kopf, umfaßte seinen Nacken und führte ihn zum Haus. Auf halbem Wege blieb sie stehen.

«Geradeaus, Sanyi», sagte sie, und ihre großen Schaufelzähne glänzten. «Deine kleinen Freunde warten schon auf dich...»

Sanyi starrte auf die Tür, durch die er hindurch sollte, und zuckte kaum merklich die Schultern.

«Ja», sagte er.

Die Frau ging zurück zur Gesellschaft, Sanyi aber schritt durch die Tür zum Kinderzimmer.

Es war ein geräumiges, helles Eckzimmer, durch das große, nach Nordwesten gelegene Fenster fiel ein breiter Sonnenstreifen herein, so daß Sanyi im ersten Augenblick in dem hereinfallenden Licht nur ein einzelnes Mädchen erkennen konnte, in einem

Ballettröckchen aus rosa Tüll und Ballettschuhen aus rosa Seide. Die Kleine trippelte und drehte sich in dem Lichtstreifen auf dem glänzenden Parkett, sie war dünn, aber nicht ungraziös, und als sie den Ankömmling erblickte, heftete sie die großen grauen Augen in dem Mausgesicht auf den Eintretenden. Aber Sanyi würdigte sie keines weiteren Blicks, er schaute sich rasch um und entdeckte im Schatten noch fünf oder sechs Gestalten, Jungen und Mädchen, in dunkelblauen Anzügen und bunten Kleidern, die auf dem Boden oder auf Stühlen saßen und das «Programm» mit offensichtlicher Langeweile über sich ergehen ließen. Er wußte nicht, was er tun sollte, und war deshalb sofort voller Feindseligkeit gegen die Dasitzenden, auch wußte er nicht, wem er die Schachtel in dem Seidenpapier, das inzwischen in seinen verschwitzten Händen schmuddelig und unansehnlich geworden war, übergeben sollte. Aller Augen waren auf ihn gerichtet, er aber stand regungslos in der Tür, fuhr sich mit der Zungenspitze über die Lippen, streckte die Schachtel von sich und fragte unsicher:

«Wer will sie haben?»

Die Kleine im rosa Ballettkleid flog auf ihn zu.

«Ich.»

«Hast du Geburtstag?»

«Ja.»

«Also dann», sagte Sanyi und überreichte ihr die Schachtel.

Während sie miteinander sprachen, sprangen die im Kreise Sitzenden erleichtert auf, ein dicklicher Junge rannte im Kreis durchs Zimmer, die Mädchen holten eine Puppe vom Regal und zankten sich, ob sie die Puppe an- oder ausziehen sollten, bis plötzlich der kleine Dicke auf sie zusprang, ihnen die Puppe entriß und davonrannte. Kreischend rannten die Mädchen hinter ihm her.

Regungslos beobachtete Sanyi eine Zeitlang den Kampf. Getrappel erfüllte das Zimmer, das Mädchen im Tüllrock sprang auf die Couch, so daß ihr verrutschtes Höschen zu sehen war, und kreischte mit weinerlicher, aber gebieterischer Stimme, so daß die Adern an ihrem dünnen Hälschen anschwollen: «Gib die Puppe her! Gib sie sofort her!»

Als der dicke Junge hochrot, aber glücklich an ihm vorbeilief, stellte ihm Sanyi, ohne sich von der Stelle zu rühren, ein Bein. Der Dicke stürzte der Länge nach auf den Boden.

Lautlose Stille trat ein, plötzlich lachte die Kleine im Tüllkleid laut heraus, rannte auf den Jungen zu, entriß ihm die Puppe, sprang wieder aufs Sofa und warf wilde Blicke um sich.

«Ich gebe mein halbes Königreich dafür!» brüllte sie.

Der Satz war für die Kinder so unverständlich, daß sie den sich aufrappelnden Dicken, der zu alledem laut heulte, liegenließen und die Kleine auf dem Sofa anstarrten. Doch folgte dem Satz weder eine Fortsetzung noch eine Erklärung. Befriedigt sprang das Mädchen vom Sofa, die Puppe hatte sie inzwischen fallen lassen, tänzelte durchs Zimmer und verschwand.

Sanyi hatte sich in die Ecke zwischen dem rosalackierten Schrank und dem kalten Kachelofen zurückgezogen. Verschwitzt und staubig wie er war. Mit dem Rücken zur Wand schien er auf Verteidigung wie auf Angriff vorbereitet. Aber niemand beachtete ihn, denn im Kinderzimmer griff eine natürliche Unruhe um sich, wie in jeder Gesellschaft, wo sich Menschen begegnen, die sich nicht kennen.

Es finden sich, die zusammengehören, und meiden sich, die nichts miteinander zu tun haben wollen. Die Einzelgänger aber bleiben auch hier allein.

Als die Kleine nach einigen Minuten zurückkam, sprang sie auf einen Stuhl, von dort auf einen zweiten und von dort aufs Sofa, um sich dann aufs Fensterbrett zu schwingen und mit sieghaftem Lächeln auf die Menge zu ihren Füßen herabzusehen. Ihr Blick streifte dabei auch den in der Ecke stehenden Sanyi. Zuerst tat sie, als würde sie ihn gar nicht recht wahrnehmen, später spielte ein spöttisches Lächeln um ihren Mund, als wollte sie damit ihre Sonderstellung und ihre Macht über die übrigen betonen (zu denen sie natürlich auch den Jungen in der Ecke zählte), und als ihre grauen Augen Sanyi zum dritten Mal anblitzten, jetzt mit dem deutlichen Befehl, er möge aus seiner Ecke herauskommen, huldigte Sanyi der Thronenden auf dem Fensterbrett, indem er den Kopf senkte. Diese Nötigung genügte schon, ihm den Gleichmut zu rauben und sich ausgeliefert und gedemütigt zu fühlen. Er preßte sich noch enger an die Wand, wo die Spuren seiner Hände noch lange zu sehen sein würden, doch diese Bewegung, die man auch als Abwehr verstehen konnte, stand in diametralem Gegensatz zu seinem Zorn. Nicht bewußt, aber mit einer Art animalischem Instinkt fühlte er, daß in diesem Zimmer sie beide es waren, das Mädchen und er, die den Anspruch auf Auserwähltheit und Herrschaft in sich trugen, und daß ein Zusammenstoß zwischen ihnen deshalb unvermeidlich war.

Inzwischen bot das Zimmer den Anblick einer friedlichen Kindergesellschaft, die bei den Erwachsenen, wenn sie heimlich durch den Türspalt sehen, immer ein Gefühl von Rührung erzeugt. Spielsachen lagen verstreut umher, Möbel waren von ihrem Platz gerückt, der dicke Junge telefonierte unter dem Teppich mit seinem Freund, der auf dem Bücherregal ritt und offenbar in großer Eile war, denn unentwegt stieß er seinem Pferd die Sporen in die Seiten. Das Regal bäumte sich auf, aber das hinderte den Reiter keineswegs, Weisungen durchs Telefon entgegenzunehmen und mit einem Fernrohr die Gegend zu inspizieren.

«Die Deutschen haben die Armee eingekesselt», tönte es dumpf unter dem Teppich hervor.

Der Junge auf dem Pferd setzte eine kriegerische Miene auf, salutierte und wollte gerade etwas entgegnen, als das Mädchen mit wirbelndem Tüllröckchen von ihrem Fenstersitz heruntersauste und den Reiter von seinem Sitz fegte.

«Runter von meinem Bord!» rief sie mit blitzenden Augen.

Der Junge hatte noch gar nichts begriffen, als er schon unten auf dem Boden saß, doch unfähig, sich so schnell auf die Realität einzustellen, setzte er das Spiel fort und fing, den Arm auf den Kopf des Mädchens gerichtet, ein Auge zugekniffen, wie ein Maschinengewehr zu knattern an. Die Kleine rückte das Regal auf seinen Platz zurück und versetzte dem Maschinengewehr einen Hieb. Der Junge sprang auf, und vielleicht wären sie aneinandergeraten, wäre jetzt nicht eine langgezogene weibliche Stimme von der Tür ertönt:

«Kinder... der Kakao ist fertig... Kommt!»

Die Hausfrau breitete die Arme aus, als wolle sie die auf sie zueilenden Kinder in die Arme schließen. Sanyi stand immer noch in der Ecke. Als die Kleine an ihm vorbeiging, hob er den Kopf. Sie sahen sich in die Augen. Sanyi näherte sich ihrem Gesicht, und aus dieser Entfernung schienen die glänzenden grauen Augen hinter den schmalen Schlitzen einen besonders spöttischen Ausdruck zu haben.

«Fick deine Mutter», zischte er und zog den Kopf blitzschnell zurück.

Das Gesicht des Mädchens hatte sich mit einem Schlag verändert, ihre Pupillen waren geweitet, und eine tiefe Verwunderung lag über der Stirn, doch nur für einen Augenblick und schon hatte sich das Gesicht wieder verwandelt: Ein völlig neues Wesen stand vor Sanyi, der freche Ausdruck wie weggewischt, der herrschsüchtige Blick war einem sanften gewichen, als hätte dieses zotige Wort einen neuen Menschen geboren, in den sich dieses kleine Mädchen eines Tages verwandeln würde. Aber sie hatten keine Zeit, sich gegenseitig zu erforschen, um diese Veränderung zu begreifen, daß nämlich das Mädchen nunmehr bereit war, sich Sanyis Willen zu unterwerfen, denn die Stimme aus der Tür fuhr dazwischen: «Klárika, sofort ziehst du dich um. Wer hat dir das erlaubt?»

Klárika sah ihre Mutter an, doch offenbar hatte sie den Sinn der Worte nicht begriffen, nur, daß ein Befehl an sie ergangen war, denn sie ging schlafwandlerisch hinter den anderen her, die sich vor dem Badezimmer aufgereiht hatten.

«Hast du gehört? Ich habe mit dir gesprochen!» die Stimme klang zornig, wurde dann aber, wie das Erwachsene fertigbringen, ohne jeden Übergang freundlich: «Sanyi, mein Kind, komm, wir wollen Hände waschen!»

Klárika trippelte zurück ins Zimmer, um ihr rosa Ballettkostüm auszuziehen. Sanyi aber wurde von der Gastgeberin zu den Kindern, die aufs Händewaschen warteten, dirigiert. Vor dem Waschbecken stand eine große, magere Frau; sie klemmte sich einen nach dem anderen unter die Achsel und sagte jedesmal: «Also her mit den Händen!»

Als er diesen Satz zum fünften Mal gehört hatte, schaute Sanyi ihr ins Gesicht. Eigentlich war es ein junges Gesicht, Sanyi aber kam es alt vor, denn um Augen und Mund zogen sich eine Menge Falten, und während sie die schmutzigen Kinderhände wusch, schien sie Selbstgespräche zu führen oder etwas zu kauen, jedenfalls bewegten sich ihre Kinnladen ununterbrochen. Sanyi wartete den Satz nicht ab, sondern hob den Kopf, lächelte und sagte: «Ich kann sie mir alleine waschen!»

Aber wie sehr er sich auch graulte, sie zwängte sich seinen Kopf unter die Achsel und sagte: «Also her mit den Händen!»

Als das Händewaschen beendet war, wurden sie in ein noch größeres Zimmer geführt, von dem mehrere Fenster auf den Garten gingen und wo ein riesiger, langer Tisch mit einem rosa Tischtuch gedeckt war, auf dem viele Torten und eine Menge Gebäck standen. In die glänzenden Porzellantassen goß die Hausfrau aus einer goldgeränderten, elfenbeinfarbigen Kanne dampfenden, dicken Kakao. Die Prozession ging um den Tisch herum. Klárika stürzte herein, stieß Sanyi in die Seite und sagte: «Setz dich dorthin!»

Sanyi setzte sich, und die Hausfrau ermahnte ihre Tochter: «Hör endlich auf mit dem Gerenne, du kommst sonst wieder ins Schwitzen!»

Die Kleine gab dem Kind, das gerade im Begriff war, sich auf den von ihr ausersehenen Stuhl zu setzen, einen Stoß und ließ sich auf dem Platz Sanyi gegenüber nieder. Die hagere Frau stellte eine Schüssel mit steifgeschlagener Sahne auf den Tisch, blickte stumm auf die Frau des Hauses, diese lächelte, wobei ihre großen Schaufelzähne aufblitzten, darauf ging die Hagere ebenso geräuschlos, wie sie gekommen war, wieder hinaus. Die Hausfrau verteilte die Schlagsahne, zündete die sechs kleinen Kerzen auf der Torte an, und Klárika blies die sechs kleinen Kerzen wieder aus, danach mußten alle klatschen, dann wurde die Torte aufgeschnitten, und jeder bekam ein Stück davon, und das Zimmer war von dem durchdringenden Geruch der Kerzen erfüllt, selbst das Tortenstück auf dem Teller roch danach, und während der ganzen Zeit lächelte die Hausfrau unaufhörlich, sagte zu diesem ein Wort und zu jenem. Sanyi wetzte unruhig auf seinem Stuhl herum, zupfte an den Haarborsten auf seinem Kopf und versuchte die Blicke von Klárika zu ignorieren, die ihn hingerissen vor Bewunderung anstarrte.

Als die Hausfrau endlich gegangen war, nahm Sanyi einen Schluck von dem heißen Kakao, wischte mit der Fingerspitze ein wenig Creme von der Torte, leckte sie vom Finger und blinzelte vorsichtig zu Klárika hinüber. Klárika schlürfte, die Nase in die Tasse vergraben, ihren Kakao, ohne den Blick von Sanyis braunem Gesicht zu wenden. Auch Sanyi nahm noch einen Schluck, dann blickte er auf.

«Was starrst du mich so an?» fragte er laut.

Klárika lachte, fröhlich und befreit.

«Was grinst du?»

Jetzt konnte sich Klárika nicht mehr halten, das Lachen griff auch auf die anderen über, wogte über den Tisch, der kleine Dicke lachte, daß ihm Kuchen und Schlagsahne als breiige Masse aus seinem vollgestopften Mund quoll. Sanyi lachte ebenfalls und schaute sich um. Alle lachten, stellte er fest.

«Was gibt's da zu lachen?»

Er hatte so laut gebrüllt, daß alle verstummten.

Sanyi blickte sich von neuem um und hatte jetzt das Gefühl, zum Mittelpunkt der Gesellschaft geworden zu sein. Er nahm sein Tortenstück vom Teller, sprang auf seinen Stuhl und rief: «Schaut her!»

Alle Blicke richteten sich auf ihn. Sanyi suchte Klárikas Blick, dann krümmte er langsam die Finger um das Tortenstück. Atemlose Stille herrschte, nur Klárika kreischte immer durchdringender, wie eine Sirene. Sanyi preßte plötzlich die Faust zusammen, so daß die Creme zwischen seinen Fingern herausquoll. Er leckte sie ab. Aber auch darüber lachte niemand. Daraufhin ließ er sich auf seinen Stuhl fallen und fing an, den zerquetschten Kuchen wie ein Hund von seinem Handteller zu lecken. Die Kinder am Tisch hörten auf zu essen und beobachteten stumm, was passieren würde. Klárika stieß ihren Stuhl zurück, galoppierte einmal um den Tisch herum und blieb vor dem Dicken stehen.

«Leck seine Hand ab!» sie zeigte auf Sanyi.

«Ich denk nicht dran», sagte der Junge beleidigt.

Sanyi blickte Klárika an und stand langsam auf.

«Leck sie ab», beharrte das Mädchen.

«Ich tu's nicht!» brüllte jetzt der Dicke.

Sanyi stellte sich mit ausgestrecktem Arm zwischen die beiden und hielt seine Hand dem Jungen unter die Nase. Die Kleine stand ihm gegenüber, der dicke Junge zwischen ihnen. Einen Augenblick nur trafen sich Sanyis und Klárikas Blicke, sie hatten sich sofort verstanden und waren sich einig: Klárika stieß den Jungen mit der Nase auf die Tortenreste auf Sanyis Handteller. Alle brachen in Gelächter aus. Eines der Kinder fegte mit dem Ellenbogen eine Tasse vom Tisch, die mit lautem Klirren zerbrach. Im selben Augenblick gerieten die beiden Jungen aneinander, aber es zeigte sich sofort, daß Sanyi der

Stärkere war. Mit ein paar Püffen und Stößen gewann er die Oberhand und schmierte dem Dicken die Creme ins Gesicht. Klárika wand sich vor Lachen. Die Tischordnung hatte sich völlig aufgelöst, die Kinder rannten, als seien sie verrückt geworden, schreiend um den Tisch, während sich der dicke Junge laut weinend in die Ecke verzog und das Gesicht mit dem Ärmel abzuwischen versuchte. Sanyi stand inmitten des Kreises, sah sich von neuem um, um die Lage zu prüfen, und wieder trafen sich sein und Klárikas Blick.

«Maul halten!» brüllte Sanyi.

Die Kinder verstummten.

«Jetzt spielen wir das Hundespiel!» sagte Klárika und kniete sich auf den Boden.

«Gar nichts spielen wir!» brüllte der kleine Dicke aus der Ecke und wischte sich immer noch die mit Buttercreme vermischten Tränen aus den Augen.

«Maul halten!» sagte Sanyi noch einmal, aber nicht mehr ganz so laut wie vorhin. «Wir spielen Hund!»

In ihr Schicksal ergeben, knieten die Kinder auf den Boden und ließen sich auf alle viere nieder. Im Nu sprang Klárika auf.

«Jeder bleibt auf seinem Platz! Wer schön bittet, bekommt ein Stück Kuchen...», sagte sie und nahm ein Stück Torte vom Tisch. «Also schön bitten...»

Das kleine Mädchen, das vor ihr kniete, machte bitte-bitte. In diesem Augenblick waren näher kommende Schritte zu hören. Sanyi blickte sich rasch um, sprang zu der Tür in der entgegengesetzten Richtung, aus der die Schritte kamen, packte zuvor jedoch mit einem einzigen Griff seiner klebrigen Hand einen Zipfel des rosa Tischtuchs und zerrte daran, so daß Torten und Geschirr auseinanderflogen und auf den Fußboden und die Köpfe der knienden Kinder niedergingen, die Schlagsahne in alle Richtungen spritzte und der Kakao sich über den Boden ergoß... Das war das letzte, was er sah, dann rannte er durch die Tür, riß immer neue Türen auf in dem Labyrinth des fremden Hauses, schlitterte durch Zimmer und Flure, über Teppiche und Treppen, bis er endlich wieder im Freien war, auf der Straße, aber auch da noch machte er nicht halt, zitternd und mit einer noch nie gespürten Leichtigkeit wurde er von seinen Füßen davongetragen, als flöge er, ohne daß er wußte, wohin.

Das Lamm

János Maczelka hatte einen ausgesprochenen Haß auf Rezső Róth.

«Die reißen sich immer das Beste unter den Nagel», pflegte er zu seiner Frau zu sagen.

«Und immer auf die bequeme Tour», sagte Frau Maczelka.

«Und dann lassen sie sich auch noch bemitleiden», fuhr Herr Maczelka fort.

«Obendrein», ergänzte Frau Maczelka.

Rezső Róth war Herrn Maczelka von Anfang an ein Dorn im Auge. Vielleicht weil Rezső Róth ein schöner Mann war, hochgewachsen und hager, und weil sich sein silbergraues Haar in natürlichen Wellen um den länglichen Kopf legte und er, auch wenn er ärmlich gekleidet war, mit seinen breiten Schultern und schmalen Hüften stets eine höchst elegante Figur machte, während von Herrn Maczelkas prallem Bauch und seinen kurzen Spindelbeinen die Hosen schlaff herunterhingen und sein kahler Schädel im Sommer, wenn er keine Mütze trug, wie eine Wassermelone glänzte. Rezső Róth hatte große helle Katzenaugen mit langen Wimpern, János Maczelka hatte tiefliegende Knopfaugen und kurze Wimpern. Rezső Róth ging mit geraden, langen weichen Schritten, János Maczelka watschelte, und er konnte achtgeben, wie er wollte, immer knallten seine Schuhsohlen aufs Pflaster.

«Die sind alle so», pflegte Frau Maczelka zu sagen.

«Die alle sind so», antwortete Herr Maczelka.

«Der hat schon das Geld zusammen für den Sarg und hat immer noch nicht genug», sagte Frau Maczelka.

«Der knausert, als wäre er zwanzig», sagte Herr Maczelka.

Sie redeten viel von Rezső Róth. Na gut, sie redeten auch viel von den Kelemens und Frau Herbst und von Imre Zsudi und Jancsi Zsudi und anderen Leuten, die ihnen im Leben vorgekommen waren, und sie redeten, weil Herr Maczelka nichts anderes mehr zu tun hatte, weil Frau Maczelka seit vierzig Jahren in der Küche herumwerkte und Herrn Maczelka neununddreißig Jahre lang nur abends zu Gesicht bekommen hatte und sie beide in diesen neununddreißig Jahren nicht viel Zeit gehabt hatten, ein paar ruhige Worte zu wechseln.

Und dann war Rezső Róth wirklich ein hassenswerter Mensch. Glatt wie eine Marmorplatte, wortkarg und von unerbittlicher Geradheit. Nie hatte ihn jemand lächeln sehen; er lachte höchstens. Aber auch in seinem Lachen war etwas Aufreizendes, weil die ruhige Überlegenheit in seinem Gesicht plötzlich in Lachen überging und das Lachen dann plötzlich wieder vom Mund und aus den Augenwinkeln verschwand, als sei es gar nicht dagewesen. Und immer lachte er unerwartet und heftig schnaufend, und nur dieses Schnaufen verband ihn mit seinen Mitmenschen, denn nur daran war ersichtlich, daß auch er ein Mensch war wie die anderen und mittels Atmung zu Luft kam. Wenn er nämlich nicht lachte, so schnaufte, hüstelte, schnalzte und schmatzte er nicht wie die anderen, sondern führte seiner Lunge den Sauerstoff durch große Nasenlöcher ohne jegliche Anstrengung zu. Hatte er überhaupt eine Lunge?

Oder hatte sich Rezső Róth schon so weit abgesondert, daß er weder Lunge noch Herz besaß wie die normalen Sterblichen?

Man wußte nichts von ihm. Obwohl er ein Alteingesessener in der Siedlung war.

In der Siedlung gab es Alteingesessene, Nachzügler und Eindringlinge. Die drei Schichten waren scharf voneinander getrennt. Und Rezső Róth wurde beschuldigt, mit den Eindringlingen gemeinsame Sache zu machen. Zu Unrecht. Rezső Róth verkehrte auch mit den Eindringlingen nicht, höchstens insofern, als Verfolgte instinktiv Sicherheit suchen und Rezső Róth angesichts ihrer Annäherungsversuche eine Spur weniger abweisend war als zu den anderen Bewohnern der Siedlung.

Abweisend? Gerade das machte Rezső Róth ja so hassenswert, daß er gar nicht abweisend war und man ihm auch nicht Gleichgültigkeit, Unaufmerksamkeit oder Teilnahmslosigkeit vorwerfen konnte, ja er war sogar aufmerksamer und teilnahmsvoller als der Durchschnitt; doch gefiltert durch sein seltsames (und wegen dieser Seltsamkeit undefinierbares) Wesen, entsprachen seine Güte, Aufmerksamkeit und Teilnahme nicht den gängigen Normen und Kategorien, und so wäre es niemandem eingefallen, Rezső Róth für einen guten Menschen zu halten. Zu behaupten, es sei ihm gleichgültig gewesen, wofür man ihn hielt, wäre einfach; es war ihm überhaupt nicht gleichgültig, doch wenn ihm jemand mit Beschimpfungen oder mit Schmeicheleien zu nahe trat, wenn jemand das Gespräch in irgendeiner Form auf die Geschehnisse seines Lebens lenken wollte, dann verschloß sich Rezső Róth, wurde glatt wie Marmor.

Er schien die Grundform zwischenmenschlicher Annäherung, das Reden, für wertlos zu erachten, nicht an Worte zu glauben, ja sie zu meiden, als fürchtete er, durch sie in ein Labyrinth zu geraten, aus dem es keinen Ausweg gibt. Im Gegensatz zu denen, die sich mit Worten gegen das Leben verteidigen, zog er mit seiner Erscheinung und seinem Blick, seinen Bewegungen und seinem unerwarteten Lachen Grenzen um sich und vermittelte so einen Eindruck, der ihn in seiner kleinen Welt verhaßt und zugleich unnahbar und ehrwürdig machte.

Je enger die Grenzen um einen Menschen gezogen sind, je weniger sie sich öffnen, um so mehr reizt er die Außenwelt, nämlich all die Leute, die durch endloses Geschwätz und Geplapper die Mauern der Persönlichkeit um sich herum abbrechen und so den Kontakt zu ihren Mitmenschen scheinbar erleichtern; doch bestrebt, wie sie sind, diese Grenzen immer weiter zu ziehen und eigentlich ganz aufzuheben, merken sie gar nicht, daß sie mit ihrem fieberhaften Dauergewäsch auch gleich ihren eigenen Charakter wegreden.

Aber was schert sich einer schon um Charakter, wenn er keine Ahnung hat, was Eigenständigkeit wert ist. Was soll er damit anfangen, wenn er Charakter als eine Plage ansieht, weil er, der selber keinen hat, sich durch den Charakter anderer Menschen behindert fühlt. Was soll er damit, wenn seine Eigenart durch Unarten das Eigene verliert.

Mit einem Wort, Rezső Róth wirkte in seiner Umgebung wie eine krankhafte Veränderung. Wie ein Geschwür, das auf den Körper nicht ohne Wirkung bleibt. Und das im Interesse aller irgendwie entfernt werden muß. Der Chirurg wendet das Messer an, der Quacksalber Kräuter, der Abergläubische versucht es mit Sprüchen.

Doch ein Mensch mag sein, wie er ist, mit einem

Geschwür ist er doch nicht gut zu vergleichen. Deshalb stößt seine Beseitigung in Friedenszeiten auf ärgerliche Hindernisse.

Wir Kinder hatten Angst vor Herrn Róth; wäre er aber nicht Jude gewesen und hätten unsere Eltern das nicht so oft als letztes Argument ins Feld geführt, dann hätten wir auf dem Grund unserer Angst vielleicht entdeckt, daß er uns auch anzog. Solange wir noch Kinder waren, kam uns der Gegenstand unserer Angst zugleich auch ehrwürdig vor, und wir versuchten instinktiv, uns diesem Gegenstand anzugleichen (während wir ihn auch ablehnten), denn wir wußten noch nicht, daß es auch unter den Gegenständen unserer Ängste Unterschiede gibt, wußten nicht, daß es mindestens so schrecklich ist, Angst einzuflößen wie Angst zu haben. Aber es zog uns nicht zu Herrn Róth, sondern zu unseren versoffenen Vätern, zu merkwürdigen Landstreichern, die am Stadtrand nahe der Siedlung herumlungerten, zu Huren, zu Raufbrüdern und großmäuligen Draufgängern, und wir schauten auf Herrn Róth von der Höhe unseres Machtwillens und Imponiergehabes hinunter, genauso wie auf unsere ewig zerzausten und nach Spülwasser duftenden Mütter, vor deren mächtigen Ohrfeigen wir allerdings auf der Hut waren.

Vor Herrn Róth – den ich zwar nicht näher gekannt habe und der für mich erst symbolhafte Größe gewonnen hat, seit ich ihn verstanden habe –, vor meiner Mutter und meiner in die Küche verbannten Großmutter hatte ich auf andere Art Angst als vor meinem Vater mit seinem bitteren Kohlenstaubgeruch. Und ich habe auch ein bißchen Schuldgefühle. Nicht wegen der eingetretenen Ereignisse, die nicht im entferntesten in meiner Absicht lagen, sondern – und vielleicht fühle ich mich doch mehr als nur ein bißchen schuldig – weil ich damals bestrebt war, meinem großspurigen Vater zu gleichen. Ich trank heimlich Schnaps mit den Jungen, und wir fluchten und rauchten drauflos und probten gewissermaßen schon die Zukunft, indem wir die Angst vor unseren Müttern mit hinterhältigen Fußtritten, Worten und Gesten zu überspielen versuchten. Es war, als probten wir die Macht, die uns als Männern später von Nutzen sein würde; und diese Anläufe führten bei unseren Müttern durchaus zum Erfolg, denn sie kreischten, schmollten, grollten und versöhnten sich wieder mit uns, genauso wie sie es mit unseren Vätern taten, nur daß wir noch keine Männer waren, sondern Kinder, und so liefen unsere Machtproben oft auf noch stärkeren Gegenterror hinaus – in der Form väterlicher Hiebe. Wie gut erinnere ich mich an die Stimmen aus den Wohnungen, an das Gebrüll oder das laute Zischeln.

«Was hast du zu deiner Mutter gesagt, du Scheißkerl?»

Nur gerade die Vorzeichen wechselten. Und ich schäme mich der nachträglich erkannten Mitschuld um so mehr, als wir, da der Mensch ja ein seltsames Wesen ist, nach den väterlichen Schelten und Züchtigungen noch überzeugter waren, die Macht der Männer erlangen zu müssen.

Und wenn ich dieses unser Bestreben als ein allgemeines erkenne, so kann ich nicht mehr mit völliger Gewißheit behaupten, ich hätte an den nachfolgenden Ereignissen keinen Anteil gehabt.

In jedem Augenblick seines Lebens ist der Mensch um Harmonie bemüht. Ich glaube, das ist auch der

Grund, warum die Menschen soviel reden. Es ist, als wollten sie mit den verschiedenen Formen der Rede, den Gesprächen, dem Gezänk und den Geständnissen den Zusammenklang von Innen- und Außenwelt herstellen. Obwohl sich ein solcher Zusammenklang nicht mit Hilfe von Mitteilungen herstellen läßt. Doch die Menschen trauen sich selber nicht, wollen alles erklären, ihre Ansichten fortwährend ihrer Umgebung aufdrängen, was sie aber nicht der Harmonie – oder wenigstens einer momentanen Ruhe (die mit der Sicherheit verwandt ist) – näherbringt, sondern sie im Gegenteil immer weiter davon entfernt, weil jedes ausgesprochene Wort neue Konflikte gebiert, neue Gegensätze, die wiederum eine Lösung erfordern, und so entstehen lange Verkettungen ungelöster Widersprüche, die auf Abwege und in Sackgassen führen.

Von einer kaputten Beziehung kann man nie sagen, wann und wie sie kaputtgegangen ist, kaputte Beziehungen sind immer gespickt mit den kleinen Stacheln belangloser Worte, und wenn ein Mensch in ihnen auch mehr oder weniger zum Ausdruck kommt, so sind sie doch weit davon entfernt, sein vollständiger Ausdruck zu sein, denn das Wort ist nicht imstande, etwas vollständig auszudrücken. Und doch vertrauen die Menschen den Worten blind. Vertrauen blind den eigenen Worten und lauern sprungbereit auf die Worte der anderen, um sich darauf zu stürzen, um sie zu zerpflücken, um daran sich selbst und – im Bewußtsein, recht zu haben – den anderen zu verletzen. Hätte die Natur nicht so weise über uns verfügt, würden wir, glaube ich, alle im Irrenhaus landen. So landen nur jene im Irrenhaus, über die die Natur nicht mit der nötigen Weisheit verfügt hat. Man denke doch, wenn der Mensch sein ganzes Leben mit der gleichen Energie lebte wie zwischen zwanzig und vierzig, dann wäre er mit siebzig schon so gefangen in einem Geflecht von Wunden und Verletzungen, daß ihm kein anderer Ausweg bliebe als der in den Wahnsinn. Deshalb glaube ich, daß es ein Glück ist, schwächer zu werden. Nach einer bestimmten Anhäufung von Zeit und Verletzungen geht dem menschlichen Hirn auf, daß es die sich verkettenden Widersprüche, die es seit dem Säuglingsalter mit sich schleppt, doch nicht lösen kann (es hat ohnehin längst keine Ahnung mehr, was es überhaupt lösen sollte), und so setzt es den Wirkungsgrad seiner Aktivität herab; nun mehren sich die Phänomene, in die es sich wortlos fügt, und so kommt die Zeit, da man sich nur noch über Kleinigkeiten aufregt, dann regt man sich auch über Kleinigkeiten nicht mehr auf, spart für das Begräbnis, überläßt sich dem Tod.

Maczelkas regten sich über Kleinigkeiten auf. Sie hatten die heftigen Wortgefechte, die über vierzig Jahre ihrer Ehe an der Tagesordnung gewesen waren, zum größten Teil vergessen, hatten aber noch nicht so viel Energie verloren, waren dem Tod noch nicht so nahe, daß sie über bestimmte Ereignisse nicht in Erregung geraten wären, was den schönsten Überschwang ihrer Jugend heraufbeschwor. Daß Frau Maczelka fünf Jahre vor dem Zeitpunkt unserer Geschichte aufgehört hatte, eine Frau zu sein, besser gesagt: daß sie befunden hatte, ihre ehelichen Pflichten im Zeitraum von fünfunddreißig Jahren zweimal wöchentlich mehr als zur Genüge erfüllt zu haben, und nicht willens war, noch länger Frau zu sein, gab ihnen den letzten Anlaß zu wild aufflakkerndem oder untergründig schwelendem Streit, denn nach Frau Maczelkas Entschluß tobten in

Herrn Maczelka die männlichen Begierden noch eine Zeitlang weiter, bis das geschlechtliche Verlangen in seinem Körper schließlich auf so natürliche Art erlosch, als hätte er sein ganzes Leben in strenger Keuschheit verbracht. Sie versanken in der stillen Leere eines vegetativen Seins, das nach den stürmischen Zeiten durchaus glücklich hätte genannt werden können, wäre es nicht einigermaßen durch die Pensionierung von Herrn Maczelka gestört worden. So weit ging er allerdings nicht, die Untätigkeit, die beengende Leere, die ihn im vierzigsten Jahr seiner Ehe mangels Arbeit umgab, in Streitereien mit Frau Maczelka abzureagieren. Nein, vierzig Jahre hatten ihnen offenbar genügt, sich aneinander zu gewöhnen. Eine solche Art der Gewöhnung jedoch bringt Langeweile hervor, und der Mensch langweilt sich nicht gern, und so verschaffte sich das Ehepaar Maczelka neben den schlichten Wonnen des Essens und Wohnens das Vergnügen der Beschäftigung mit ihrer Umgebung. Sie waren noch weit entfernt von jenem Augenblick, dem Augenblick des Todes, da sie sich endgültig in die Erkenntnis schicken würden, daß ihre Schlachten ums Dasein zwecklos gewesen waren, aber es fehlte ihnen doch schon die Intensität, mit der man sich der eigenen Innenwelt zuwendet und die von einem Augenblick zum anderen Ereignisse hervorzubringen vermag. Weil ihnen diese zuweilen schreckliche, zuweilen erhebend schöne menschliche Eigenschaft nunmehr abging, verhedderten und verstrickten sie sich in das, was um sie herum geschah.

Es brauchte ein paar – und nicht einmal sehr viele – Jahre, ehe die Gestalt von Herrn Róth, wie ich schon sagte, für mich rein hervortrat und zu einem Symbol wurde. Langsam wurde ich erwachsen. Und sosehr ich es auch wollte, ich vermochte nicht in die Fußstapfen meines Vaters zu treten. Vielleicht fesselt mich die Erinnerung an Herrn Róth heute auch deshalb so, weil ich mit den Jahren selbst zu einem Schweigsamen werde und so spüre, was auch Herr Róth gespürt haben mag, nämlich jene seltsame und widersprüchliche Gürtelzone aus Ehrfurcht und Haß, die meine Umgebung um mich legt. Wollte ich nach den Gründen für diesen Zwang zum Schweigen suchen, müßte ich über mich selbst ein paar Worte sagen, aber ich will ja über Herrn Róth schreiben – was allerdings auf Schwierigkeiten stößt, da ich ja – wie ich ebenfalls schon sagte – Herrn Róth gar nicht gekannt habe. Über seine Wortlosigkeit kann ich also nur wissen, was ich über meine eigene weiß, auch wenn zwischen uns ohne Zweifel riesige Unterschiede bestehen, was die Fakten betrifft. Und doch möchte ich über ihn schreiben (und weiß auch, daß ich eigentlich über mich schreibe), denn ich habe das Gefühl, daß er – auch wenn ich das damals nicht merkte – der einzige Mensch in meinem Leben war, der gerade durch seine Unauffälligkeit eine tiefe Wirkung auf mich ausgeübt hat. Sein Leben und die Lehre aus seinem Schicksal haben mich angesteckt. Angesteckt – vielleicht mit dem Bewußtsein (es ist sehr schwer, das genau zu formulieren), daß der Mensch ein geheimnisvolles Wesen ist, auch wenn er an sich selbst und, vor allem, an den anderen noch so sehr das Gegenteil dessen beweisen möchte und auch wenn es ihn noch so stört. Er ist das reine Geheimnis. Wenn ich jetzt an meine Umgebung in der Kindheit zurückdenke, so waren auch meine Großmutter, meine Mutter und mein Vater geheimnisvolle Wesen, denn der Antrieb ihres Lebens und Handelns ist nicht auszumachen, und sie selber bekämpften mit allen ihren Äußerungen – und vor allem mit ihrem Wortreichtum – dieses Geheimnis und wickelten ihre Scharmützel genauso vor mir ab wie ihr Geschlechtsleben. Und ich glaube, genau wegen dieses Unterschieds (abgesehen davon, daß Herr Róth Jude war) verachtete und haßte auch ich Herrn Róth, genauso wie die anderen es taten. Meine Umgebung stand im Widerspruch zu Herrn Róth. In meiner Umgebung, Herrn Róth ausgenommen, lebte man offen. Es brauchte zahlreiche Zufälle und viele Jahre, bevor ich begriff, zu welchen nicht wiedergutzumachenden Tragödien es führen kann, wenn wir die Gegebenheiten der Natur, namentlich das Geheimnisvolle am Menschen, nicht zu akzeptieren vermögen. Wenn wir das Individuum in der Gemeinschaft auflösen wollen. In einer Gemeinschaft, die nicht aus Individuen besteht. Sich zu einer wirklichen Gemeinschaft zusammenfinden, zu einer Gemeinschaft werden, das können – meines Erachtens – nur Individuen. Menschen, wie Herr Róth einer war. Da habe ich mich nun scheinbar in einen Widerspruch verstrickt, doch weder Herrn Róths Einsamkeit noch die meine widersprechen der Tatsache, daß wir uns für die Gemeinschaft am besten eignen würden, und zwar, glaube ich, weil der Grund unserer Einsamkeit nicht in uns drin, sondern in der Welt ist. Der Grund ist also in der Situation zu suchen, die Herrn Róth zu wortlosem, stolzem Widerstand bewog und auch mich immer mehr dazu anspornt.

Aber wenn ich schon so schön von mir selber erzähle, so will ich doch auch noch von meinen Zweifeln berichten. Es kann sein, daß ich, der ich diese Zeilen zu Papier bringe, ganz einfach ein schwacher Mensch bin, ein Schwächling, der sich vor dem Leben fürchtet, und daß meine Gefühle gar nichts mit

Herrn Róth zu tun haben und er mir nur als Rechtfertigung dient. Kann sein. Kann sein, daß da ein seltsamer Zufall im Spiel ist und daß ich auf dem Holzweg bin, wenn ich nach den Gründen für meine immer weiter ausgreifende Wortlosigkeit forsche und dabei an Herrn Róths Eigenart herumrätsle. Kann sein, daß ich mir nur deshalb abgewöhnt habe, mit Worten Zugang zu meinen Mitmenschen zu finden, weil mein Leben durch Zahlen und die aus Zahlen und Buchstaben erstellten Formeln zufällig in eine abstraktere Welt abgetrieben wurde und die Abstraktion bereits als Wahnsinn mein Hirn beherrscht. Ich sage Wahnsinn, denn während ich von Wortlosigkeit rede, versuche ich mit Worten das quälende Problem meines Lebens zu lösen, nämlich meine Entfremdung von den Worten. Sollte ich wahnsinnig sein? Kann sein.

Die Siedlung war auf einer Müllhalde gebaut. Das älteste Haus zählte nicht mehr als fünfzehn Jahre. Darum herum rauchende Fabriken, Schrotthalden, Eisenaufbereitungsanlagen. Als die Grundstücke verteilt wurden, begannen zehn Familien sowie Rezső Róth zu bauen. Aus Abbruchmaterial, unter großen Opfern. Als die Gebäude schon standen, stellte sich heraus, daß der Beamte, der den Grundstücksverkauf unter sich hatte, in die eigene Tasche arbeitete; er kam ins Gefängnis, und die Bewohner wurden verpflichtet, die Häuser wieder abzureißen. Aus statischen Gründen. Weil das Gelände, das zu Beginn des Jahrhunderts als Müllhalde und Schuttplatz genutzt worden und jetzt von einer kaum mehr als spatentiefen Sandschicht überweht war, jederzeit, schon in der Folge eines einzigen Regengusses, ins Rutschen geraten und die Häuser samt Bewohner unter sich begraben konnte. Doch bevor in der Angelegenheit eine Entscheidung gefällt wurde, waren schon weitere fünfzehn Familien (die Nachzügler) dabei, auf den lächerlich billigen Grundstücken zu bauen, und auch auf behördliche Aufforderung hin war niemand gewillt, damit aufzuhören oder die schon vorhandenen Häuser abzureißen. Die Behörden jedoch waren nicht imstande, fünfundzwanzig Familien andere Unterkünfte zuzusichern, und so behalfen sie sich mit einer Notlösung. Sie ließen jeden eine Erklärung unterschreiben, wonach der Unterzeichnete für den Fall einer eintretenden Tragödie die gesamte Verantwortung auf sich nahm. Außer Rezső Róth unterschrieben alle die Erklärung. Die Erklärungen kamen in ein Archiv. Im folgenden Jahr aber wurden weitere fünfzehn Bauten in Angriff genommen (die Eindringlinge), und wieder landete jemand wegen unerlaubten Grundstücksverkaufs im Gefängnis. Von da an nahm die Zahl der Siedlungsbewohner nur noch um die Untermieter zu. Genau einundvierzig Häuser standen auf dem Gelände. Unter ihnen solche mit Türmchen und Doppeldach, die meisten aber gleichförmig schlicht. Die einundvierzig Häuser umgaben im Halbkreis einen großen leeren Platz, und dieser blieb in der Tat lange Zeit völlig leer, nicht einmal das Unkraut wuchs dort höher als ein paar Zentimeter. Doch wenn dieser Platz dem Auge nicht gerade wohlgefällig war, so stand seine Nützlichkeit für die fußballspielenden Kinder außer Zweifel. In der Siedlung, in der sich mit der Zeit auch nicht vorgesehene, da breitere, dort schmalere Gäßchen herausbildeten, wuchs kein Baum. Die Bewohner pflanzten wohl ein paar Sträucher an ihren Zäunen entlang und ein paar Obstbäume in ihren Gärten, anspruchsvollere Pflanzen aber konnten in diesem Boden nicht heimisch werden.

Nach ein paar Jahren sahen die Behörden ein, daß an einen Abbruch der Siedlung nicht mehr zu denken war, und in den darauffolgenden Jahren vergaßen sie auch ihre von der Statik verursachten Bedenken. Sie beschlossen, den Forderungen der Bewegung «Vorwärts im Wettstreit um die Begrünung der Städte» zu entsprechen und auf dem Gelände, das bis dahin als Fußballplatz gedient hatte, einen Park anzulegen. Und mit der Verwirklichung dieses Plans wurde die Siedlung offiziell zu einem vollberechtigten Teil der Stadt.

Doch unsere Siedlung stand irgendwie außerhalb jeglicher Gesetze. Alle spürten das, am meisten aber, glaube ich, diejenigen, deren Häuser sich weiter entfernt von der Parkanlage befanden. Die Eindringlinge nämlich. Denn als suchten sie ihre eigene Anwesenheit zu rechtfertigen, vertraten die älteren Bewohner der Siedlung die Ansicht, wir seien unrechtmäßig zu unseren Grundstücken gekommen. Bis unsere Eltern erfuhren (das Argument mußte also noch taufrisch verwandt worden sein), daß das für alle zutraf, hatten unsere Existenz und unsere Anwesenheit schon etwas völlig Ungesetzliches angenommen, war die Entfremdung schon vollzogen, und die Tatsache, daß auch die ältesten Anwohner ihre Grundstücke dank einer Spekulation erworben hatten, wurde erst bei nachträglichen inneren Zwisten allgemein bekannt. Aber vielleicht war es gar nicht diese zweifache und zweigeteilte Illegalität, die unsere Siedlung ausgrenzte, sondern eher ihre geographische Lage. Die paar Häuser standen auf einer großen staubigen Ebene. Das nächste Gebäude war im Süden die alte Ziegelei, seit Jahren außer Betrieb, dann, etwas weiter hinten, allerdings auch wieder nicht so weit, daß sie uns nicht mit ihrem schauerlichen Gestank überzogen hätte, die Zellulosefabrik, und noch weiter dahinter die Papierfabrik, von der nur die Schornsteine sichtbar waren. Im Osten und Westen nichts. Im Norden die Eisenaufbereitungsanlage, ein paar Schrotthalden und etwas weiter weg die Kohlfelder eines Gemüsebauern. Die aber waren für uns schon wieder so weit weg, daß wir nicht einmal gern zum Stehlen dorthin gingen, denn dort begann bereits die Stadt, die Gesetze, Zwang und Macht bedeutete. Und das setzten wir in einer unmittelbaren Assoziation mit dem Gebäude und dem Geist der Schule gleich, denn zur Schule mußten wir in die Stadt.

Dem Fremden und insbesondere dem Städter bot unsere Siedlung einen öden Anblick, ich aber – und bestimmt ging es den anderen auch so – kann mich an kein größeres Glück erinnern als an die schönen Frühlings- oder Frühherbsttage, da wir, dem prüfenden Blick unserer Lehrer entronnen, den kleinen Häusern unserer Siedlung zustrebten. Unsere Schultaschen schwenkend, trabten wir dahin, einmal in Gruppen, dann wieder vereinzelt, an den Kohlfeldern vorbei, wo der Gemüsebauer jeden Mittag vorsichtshalber seinen zotteligen, stimmgewaltigen Hund losließ, dann weiter über die breite, mit Schutthaufen geschmückte Ebene, wo die Siedlung aus der Entfernung aussah, als schmiegten sich ihre Häuser aneinander und als sei sie von allem abgeschnitten; und diese große Einsamkeit unter dem weiten Himmel wurde nur von zwei Leitungsdrähten gestört, die von der alten Ziegelei zu den Häusern führten. Die beiden elektrischen Leitungen verbanden uns mit der Außenwelt. Aber ich erinnere mich, daß meine Augen, von dem seltsamen Anblick bezaubert, auch noch diese beiden Nabelschnüre aus dem Bild herausfilterten, damit ich die Welt, der wir uns nach der Gefangenschaft in der Schule näherten, für noch freier halten konnte, die Welt, die unser Zuhause war.

Und vielleicht, weil wir alle, Alt und Jung, es (wenn wir unter uns waren) so stolz trugen, ausgestoßen zu sein, war die Bestürzung allgemein und einhellig, als sich an einem Frühlingstag vier, fünf mächtige Kipplader der Siedlung näherten. Sie kämpften sich durch die Schlaglöcher in der Straße und leerten, begleitet vom rasenden Kläffen der Hunde, ihre Last auf dem großen Platz vor den Häusern aus. Wir liefen alle herbei und schauten zu, wie die Lader wegfuhren, dann wiederkamen und neue Haufen schwarzer Erde an verschiedenen Punkten unseres Fußballplatzes abluden. Zu fragen, was da vor sich gehe, wagte niemand.

Die schwarzen Erdhaufen hoben sich stark von dem gelblichweißen Schuttboden der Siedlung ab und blieben wochenlang da aufgetürmt, ohne daß irgend jemand gewußt hätte, welchem Zweck sie dienen sollten. Unsere Eltern gingen prüfend um sie herum, und als dann lange Tage vergingen, ohne daß sich jemand um die Haufen kümmerte, ließen sie uns die Erde eimerweise in die Gärten schleppen. Als schließlich doch ein paar Leute mit allerlei Gerät in einem Lastwagen gefahren kamen, war von den Haufen nichts mehr übrig. Sie fluchten wüst, stießen Drohungen aus und gingen wieder davon. Am nächsten Tag kamen von neuem Kipplader, und auch der Lastwagen war wieder da, und in der Siedlung verkrümelte man sich, weil alle Angst hatten, sie müßten die bereits sorgfältig planierte, lockere, wohlriechende Erde aus ihren Gärten wieder zurückbringen, aber nichts dergleichen geschah. Die Arbeiter machten sich mit Spaten und Rechen ans Werk und waren noch am Abend desselben Tages mit der Unterlage der Parkanlage fertig. Sie mähten das noch kaum sprießende Frühlingsunkraut, verteilten die von den Ladern gebrachte schwere Erde, arbeiteten schnell und geschickt und baten Herrn Maczelka, der sich nach einer Weile aus dem Haus gewagt hatte, um Wasser. Sie arbeiteten zwei Tage, stritten zuweilen, fluchten laut, waren so wie jeder beliebige unserer Väter, und doch hielten sich die Bewohner der Siedlung von ihnen fern, denn es war zwar offensichtlich, was da entstand, aber man witterte doch die plötzliche Einmischung einer höheren Macht, wodurch das Parkprojekt für alle sogleich etwas Unsympathisches bekam. Wir empfanden es irgendwie als Präzedenzfall – dafür, daß man sich auch bei anderer Gelegenheit ohne weiteres in unser Leben einmischen konnte. Nicht einmal das Eintreffen der jungen Bäume ließ die Herzen höher schlagen, und auch nicht die Bewegung, mit der die Gärtner aus dem vorgebundenen Sacktuch die Grassamen aussäten. Die Siedlung zog sich zurück. Nur Herr Maczelka bändelte mit ihnen an. Seit sie ihn um Wasser gebeten hatten, glaubte er offenbar, der unsichtbar waltenden, alles ordnenden und lenkenden Obrigkeit nähergekommen zu sein; schon am zweiten Tag hing er mit verstohlenem Lachen und vertraulichen Worten bei den Gärtnern herum, und am dritten Tag war die Freundschaft so innig, daß sie einander Zigaretten anboten. Man kann sagen, daß diese drei Tage Herrn Maczelka verwandelten, und wenn abends die eine oder andere Hausfrau auf einen Sprung bei ihnen vorbeikam, hüllte er sich in Schweigen und zog mit allwissendem Lächeln an seiner Zigarette.

Der Rasen sproß, in den Beeten blühten die Stiefmütterchen, nur die jungen Bäume, die tiefer eingepflanzt worden waren, faßten nicht Wurzel. Die neue Parkanlage wurde vom Jurorengremium der Bewegung «Vorwärts im Wettbewerb bei der Begrünung der Städte» in Begleitung von Stadtvertretern begutachtet. Während sich die Jurymitglieder, auf den Schotterwegen auf und ab gehend, Notizen in kleine Hefte machten und die Stadtvertreter im Interesse einer guten Plazierung heftig auf sie einredeten, trat, über das ganze Gesicht strahlend, ein älterer Mann hinzu, verbeugte sich leicht und sagte: «Ich bin János Maczelka. Der erste Anwohner der Siedlung.»

«Ach», sagte einer der jungen höheren Beamten, «der erste Anwohner der Siedlung... Aber wir kennen uns doch...»

Für einen Moment verschwand das Lächeln aus dem Gesicht von János Maczelka, doch aus dem aufmunternden Blick des Beamten schloß er, daß es jetzt fehl am Platz wäre, sich zu erkundigen, woher sie sich eigentlich kannten, ja daß es schon fehl am Platz war, wenn er bei sich selbst einen Zweifel aufkommen ließe.

«Aber ja doch, wir kennen uns...», Herr Maczelka lächelte wieder.

Der höhere Beamte ließ seine schmale Hand auf die Schulter des Alten fallen und fragte zwinkernd, wobei er den Blick der Jurymitglieder zu erhaschen suchte: «Und sind Sie als erster Anwohner in der Siedlung zufrieden mit der schönen neuen Parkanlage?»

«Aber ja doch... Wir freuen uns sehr, daß uns die Stadt mit einer so schönen neuen Parkanlage bedacht hat...»

Der höhere Beamte hob seine schmale Hand und

schlug János Maczelka zweimal hintereinander auf die Schulter, sah den Alten aber nicht mehr an, sondern suchte, zur Anerkennung für seinen Einfall, welcher der Sache bestimmt förderlich war, den Blick seines unmittelbaren Vorgesetzten, und nachdem er sie in Form eines würdevollen Kopfnickens erhalten hatte, legte er sich die schmale Hand auf die Hüfte und ging den anderen nach. János Maczelka blieb mit ungestilltem Verlangen im Herzen allein auf der Rasenfläche zurück und trottete dann traurig hinter der Gruppe her. Doch als diese, mit dem Jurypräsidenten an der Spitze, verrichteter Dinge auf die Personenwagen zustrebte, holte János Maczelka sie ein. Zwar wußte er, daß jetzt nicht der Moment für seine Anliegen war, aber er konnte sich nicht beherrschen, denn er wußte auch, daß sich eine solche Gelegenheit nicht wieder bieten würde, und so berührte er den jungen Beamten vorsichtig am Arm.

«Und ist dann auch jemand da, der diesen schönen neuen Park bewässert?»

Die Stadtvertreter signalisierten verstimmt, daß er das jetzt nicht hätte fragen sollen, die Jurymitglieder zogen die Augenbrauen hoch, und der höhere Beamte schlug János Maczelka mit seiner schmalen Hand auf die Schulter: «Wird er denn nicht jeden Tag bewässert?» fragte er laut.

«Aber ja doch», sagte Herr Maczelka leise und lächelte.

«Na sehen Sie», sagte der höhere Beamte.

Sie stiegen in die Wagen und fuhren weg.

Danach kümmerte sich keiner mehr um die Parkanlage. Nur Herr Maczelka machte seine leisen Bemerkungen, wenn er abends mit verschränkten Armen neben seiner Frau aus dem Fenster lehnte und den Blick über den langsam austrocknenden Rasen und die unkrautüberwucherten Schotterwege schweifen ließ. «Ich hab's ihnen ja gleich gesagt.»

Ich muß von vielem sprechen, damit nicht nur das bloße Geschehen, das sich vor Jahren in unserer Siedlung abgespielt hat, sondern auch die Wirkung, die es auf mich – und vielleicht auf andere – hatte, verständlich wird. Und weil ich mir das zum Ziel gesetzt habe, muß ich mich erneut mit dem Wert und Unwert der Wörter auseinandersetzen.

Ich habe lange überlegt, dann mehrere Anläufe genommen, ehe ich hier zum Beispiel endgültig dieses Wort hinschreibe: Jude. Denn dieses Wort bedeutet vieles, und das auf sehr verschiedene Arten. Das ist der Grund, warum ich ganz einfach in Konflikt mit den Wörtern komme. Denn dieses Wort hat in der Welt so viele verschiedene Werte, hat im Lauf der Jahrtausende so viele Bedeutungen angenommen, daß es, wenn ich es zu Papier bringe, womöglich in jedem eine andere Vorstellung wachruft. Wenn ich mich nicht der Schrift bediente, sondern Ihnen meine Gedanken zum Beispiel vor einem Rundfunkmikrofon mitteilen könnte, dann wäre meine Lage vielleicht nicht insgesamt, aber doch im Hinblick auf dieses kleine Wort unvergleichlich viel besser. Ich könnte nämlich mit Hilfe meiner stimmbildenden Organe all die tausenderlei Schattierungen ausdrücken, all die Unterscheidungen, Werturteile, den Haß, die Verachtung, die Verehrung, die Ausgrenzung, die Schadenfreude und den Schmerz, die mein Ohr in dreißig Jahren der Aufmerksamkeit auf die Aussprache dieses Wortes registriert und die mein Hirn gespeichert hat. Dann sind da die anderen Wörter: Mutter. Hunde. Parkwächter. Siedlung. Sie alle muß ich erklären, muß mich dem Zwang der Erklärung unterziehen, um Ihnen diese Wörter in einer möglicherweise einzigartigen Bedeutung nahezubringen, der Bedeutung nämlich, den diese Wörter für mich haben. Doch wenn ich nicht in den Verdacht des Widerspruchs geraten will, muß ich noch froh sein, daß ich keine Gelegenheit habe, meine Gedanken vor einem Rundfunkmikrofon auszudrücken, denn ich habe im Grunde ja schon dargelegt – und meine Meinung darüber hat sich nicht geändert –, daß ich einer Geste viel größere Bedeutung beimesse als einem Satz, einem Blick viel größere Bedeutung als einer Betonung. So würde mich der Versuch, die Wörter Jude, Mutter, Hunde, Siedlung mit verschiedenartigen Betonungen auszusprechen, möglicherweise noch weiter von meinem Ziel entfernen, denn die Intonationen würden Anlaß zu neuen Konflikten geben.

Meine Mutter sagte dieses Wort nie: Jude. Hätte ich schon damals genau auf die Wörter geachtet, wäre mir dieses Fehlen wohl aufgefallen, denn das Wort mit seinen aus verschiedenartigen Betonungen gewonnenen Bedeutungen gehörte in meiner Umgebung zum Grundstock des Wortschatzes, und von meiner frühesten Kindheit an bedeutete es das Urteil schlechthin. Nicht persönliche Verurteilung, sondern in dem Sinn, daß über dem, auf den es angewandt wurde, bereits auf Grund wer weiß welcher Vergehen das Beil schwebte und daß er das, wenn es sich nun einmal so verhielt, verdient haben mußte. Vielleicht hatte mich diese seltsame Schärfe der Betonung – in welchem Zusammenhang das Wort auch immer fiel – darauf aufmerksam gemacht, vielleicht blieb es deshalb deutlicher als alles andere in meinem Gedächtnis haften.

«Ich prügle es schon noch aus dir heraus, das verdammte Judenblut!»

Der Satz erscholl aus dem Mund meines Vaters, und wäre er nicht erschollen, würde ich mich jetzt nicht an die aufgedunsenen Halsschlagadern erinnern, an das vom Trinken und vor Wut rotglühende, verzerrte Gesicht, an jenen Anblick, den er bot, wenn er sich anschickte, mich zu verhauen. Denn zusammen mit diesem Satz hat sich mir das Gesicht eingeprägt, und da ich damals kaum mehr als zehn Jahre alt war und meine Umgebung mir in dieser Sache keinerlei Aufklärung hatte zuteil werden lassen, trug ich den Satz noch monate-, sogar jahrelang mit mir herum und sah, sofern möglich, noch mehr auf Herrn Róth hinunter, verachtete ihn und suchte ihn aus meinem Herzen auszuschließen, so wie es alle taten. Als fürchtete ich, es würde, wenn ich in meiner Strenge nachließe, vielleicht auf geheimnisvollen Wegen plötzlich herauskommen, was mein Vater zwischen vier Wänden gesagt hatte; und vielleicht verdanke ich es dieser potenzierten Angst, daß ein paar Jahre später meine Aufmerksamkeit eine Zuflucht in der abstrakteren Welt der Zahlen und Gleichungen fand, denn jetzt hatte ich nicht mehr nur Angst vor dem, wovor wir Kinder uns alle fürchteten, sondern auch vor dem Urteil, das ich vielleicht in meinem Blut trug.

Und meine Mutter vermied es nicht nur, Jude zu sagen, sie war auch der einzige Mensch in der Siedlung, der einmal – ein einziges Mal – die Schwelle des Hauses von Rezső Róth überschritt. Wie dieses Haus, in dem Herr Róth seine letzten Tage verbrachte (was für ein banaler Ausdruck, da man doch nie weiß, welches die letzten Tage sind), innen aussah, werde ich nie erfahren, denn meine Mutter gab von der Aufteilung und Möblierung der Zimmer die verschiedensten und diametral entgegengesetzte Beschreibungen. Als sie an dem Ostermorgen nach Hause kam, schnarchte mein Vater noch betrunken im großen Ehebett, unter einem Gemälde, das Christus im Kreise seiner Jünger darstellte; meine Mutter setzte sich in die Küche und sagte nur: «Ach Gott, der Arme.»

Wir hingegen zogen uns von ihr zurück wie von einer Pestkranken, meine Großmutter musterte sie feindselig, und da nach ihrem aufrührerischen Akt der große Skandal in der Luft lag, duckten wir uns und fragten nicht, was sie in Herrn Róths Wohnung gesehen hatte. Eigentlich loderte unsere Neugier erst später auf, erst nach Abschluß der Geschehnisse, aber da war meine Mutter nicht mehr zu einer objektiven Antwort fähig, denn sie war von der einzigen Tat in ihrem Leben und von deren Folgen so eingeschüchtert, daß sie durcheinanderschwatzte und die Wohnung von Herrn Róth je nach den Erfordernissen der momentanen Situation beschrieb.

Wieder ragt aus dem Meer der Wörter eines heraus: Geschehnisse. In mir drinnen sind sie ein einziges großes Geflecht. Ich würde gerne alle seine Teile kennen, doch da ich aus Erfahrung weiß, daß das unmöglich ist, ebenso unmöglich wie eine vollkommene, ganz in die Tiefe gehende Verständigung zwischen zwei Menschen, beurteile ich mein eigenes dahingehendes Bestreben als nutzloses Unterfangen, eines, das zudem eigentlich meinen Prinzipien widerspricht, da es ja in seiner Absicht liegt, das Geheimnis menschlichen Tuns zu lüften. Also komme ich zur Sache.

Es fing damit an, oder vielleicht ging es damit weiter, daß sich bis zur Mitte des Sommers niemand dem in einen Park verwandelten Platz zu nähern wagte. Nicht einmal wir Kinder, die wir doch sonst mit solchem Genuß Verbote überschritten, um unsere Kräfte zu messen. Wir mieden die Parkanlage und suchten uns einen neuen Spielplatz zwischen den Gruben der Ziegelei, aber nicht etwa, weil wir uns vor konkreten Vergeltungsmaßnahmen gefürchtet hätten – die Angst vor konkreten Vergeltungsmaßnahmen verlieh unseren Experimenten jeweils einen zusätzlichen Reiz –, sondern weil wir deutlich spürten, daß die Parkanlage die Verkörperung einer fremden, über uns allen stehenden Macht war, einer Macht, mit der man sich nicht einlassen darf und soll. Dieses Gefühl hielt aber nur ein paar Monate an, denn die Macht ließ die Zügel schleifen, niemand kümmerte sich um die Parkanlage, das Unkraut überwucherte die Wege, der Rasen und die Blumen vertrockneten; die Macht war also aus diesem Stück künstlicher Natur gleichsam ausgestiegen, abgebrökkelt, der Wind trug Sand herbei, und der Platz verkam wieder mehr oder weniger zu dem, was er gewesen war. Jetzt gehörte er wieder uns. Und wir belegten ihn immer mutiger mit Beschlag, zertrampelten, was noch da war, so daß Wege und Blumenbeete nicht mehr zu unterscheiden waren, brachen im Verlauf eines lustigen Spiels die Bäumchen entzwei und hatten endlich unseren Fußballplatz wieder, den Fußballplatz mit der ausgetretenen runden Stelle in der Mitte, dort, wo die Kämpfe jeweils am heftigsten tobten. Doch als es wieder Frühling wurde, nahm die Macht die Zügel erneut in die Hand, wieder traf eine Gärtnerbrigade ein, und ohne daß jemand für die Vandalenakte zur Verantwortung gezogen worden wäre, wurde die Parkanlage wiederhergestellt. Diese Wiederholung, verbunden mit dem Rätsel, warum die Macht es nicht einmal der Mühe wert gefunden hatte, uns anzuraunzen, sondern neue Bäume, neue

Blumen pflanzte, als wäre nichts geschehen, brachte uns (und nicht nur uns, sondern auch alle übrigen Bewohner der Siedlung) aus der Rolle apathischer Zuschauer. Dies um so mehr, als man aus unerfindlichen Gründen Herrn Róth zum Wächter und Pfleger der Parkanlage bestellt hatte, ausgerechnet ihn, ein Umstand, der in der Stimmung der Siedlung eine unendlich komplizierte, unübersehbar verzweigte Bewegung auslöste. Während das alte Leben noch weiterging, war, so möchte ich sagen, bereits ein neues angebrochen.

Der Hund ist ein seltsames Tier. Er gleicht dem Menschen. Er ist ein Tier und also dazu geboren, kein anderes Gesetz anzuerkennen als das des eigenen Instinkts. Dennoch wird sein Dasein von menschlichen Regeln gelenkt und diszipliniert, Regeln, die im Interesse des Hundes aufgestellt werden. Der Hund, der seine Interessen erkennt, fügt sich den menschlichen Gesetzen, er nimmt sie an. Und er nimmt auch solche an, die seinem tierischen Wesen zuwiderlaufen. Die Hunde gleichen allmählich ihren Herren. Sie bilden Klassen und Schichten.

In der Siedlung lebte die Klasse der Mischlinge, und gleich den menschlichen Bewohnern teilten auch sie sich in drei Schichten auf. Es gab die Alteingesessenen, die Nachzügler und die Eindringlinge.

Doch Tier bleibt Tier. Zur Paarungszeit hören die Klassenunterschiede auf, wobei nicht sicher ist, ob sich ein Mischling aus der Siedlung etwa mit einem reinrassigen russischen Windhund hätte vermählen dürfen. Das ist auf Grund der ungeheuren Klassenunterschiede wohl doch unmöglich. Die reine Hypothese. Und zumeist paart sich ja jeder Hund auch dort, wo die erste Gelegenheit ist.

Das Bewußtsein der Schichtzugehörigkeit vererbte sich weiter, denn schon im frühesten Stadium ihrer Einzelentwicklung erkannten die Hunde ihre Interessen und übernahmen die menschlichen Gesetze, weil sie auch ihnen zustatten kamen.

Die Gliederung der Siedlungsbewohner in drei Schichten war rein ideell. Und doch beruhte sie auf jener menschlichen Eigenschaft, der gemäß man gern weiß, daß sich andere noch weiter unten in der Hackordnung befinden. Die ganz unten aber lauern rachedurstig auf die Gelegenheit, gegen die ideelle und materielle Schichtung aufzubegehren. Wir Kinder waren zuunterst, unter uns waren nur noch die Hunde und unter ihnen die Katzen. Diese kränklichen, mageren, struppigen Tiere befanden sich schon so weit unten, daß sie nicht einmal mehr der Rede wert waren. Die Hunde aber lebten noch in unserer Reichweite. Teils als unsere Verbündeten, teils als unsere Feinde, teils als Lebewesen, an denen wir unsere Macht ausüben konnten. Deshalb nahmen die Hunde in unserem Leben einen wichtigen Platz ein. Herr Róth hatte keinen Hund. Maczelkas hingegen schon. Einen mächtigen, dreckigen, komondorartigen Köter. Wir haßten ihn. Und so erfanden wir ein simples Spiel, um ihn wie auch seinen Herrn zu ärgern. Es hieß Hundekampf. Fünf, sechs «Eindringlingshunde», denen wir Schnüre um den Hals gebunden hatten, wurden vor das Haus der Maczelkas gezerrt, wobei die armen Viecher allein schon durch den Schmerz, den die Schnur verursachte, in Fahrt gerieten und sich obendrein mit ihrer Wut gegenseitig aufhetzten, so daß sie, bis wir sie vor Maczelkas Drahtzaun geschleppt hatten, im richtigen Stadium der Kampfeslust waren. Noch ließen wir sie nicht los. Der mächtige Komondorbastard hatte die Angreifer schon von weitem gewittert, er war, zottelig und träge, aber nicht ohne jede Würde, zum Zaun gewackelt, wo er seinen dichtbehaarten Schwanz leicht erbeben ließ und, gemessen an unseren Hunden, der Dinge relativ ruhig harrte. Die fünf, sechs zusammengebundenen Hunde kläfften wild und unter großem Zähnefletschen und versuchten, gegen den Zaun zu springen. Wir zogen sie dann zurück (wobei der Schmerz ihre Wut noch steigerte), das Gebell zerriß die Stille in der Siedlung, und gewöhnlich erschien in diesem Augenblick Herr Maczelka in der Tür, um sich mit schauerlichem Gebrüll in den Lärm einzuschalten und uns zu verjagen. Im Lauf langer Jahre ging ihm nie auf, daß er unser Spiel verderben könnte, indem er nicht herauskam. Er kam heraus. Wir aber ließen in diesem Augenblick die Schnur los, mimten mit ein paar Schritten die Flucht, und die aus der schmerzhaften Gefangenschaft befreiten Hunde fielen über den Zaun her. Herr Maczelka fuchtelte, brüllte, konnte aber dem Geschehen nicht Einhalt gebieten, denn wir stachelten unsere Köter mit – gemessen am Lärmpegel leisen – «Faß! Faß!»-Rufen noch mehr an, was allerdings nicht nötig war, denn sie rasten hin und her, schnappten auch nacheinander und verbissen sich in den Zaun. Auf der anderen Seite der aufgebrachte Komondor. Zum echten Zusammenstoß kam es, wenn es dem Komondor gelang, die von Herrn Maczelka sorgfältig zugestopften Löcher zu weiten und unter dem Zaun durchzukriechen, indem er seinen großen Körper in die Länge zog, worauf sich die anderen auf ihn stürzten und alles zu einem einzigen knurrenden, jaulenden, schnappenden Knäuel wurde. Nachdem der Schlachtenlärm verklungen war, leckten unsere Hunde noch tagelang ihre Wunden, während wir, einander dauernd ins Wort fallend, den Ausgang des Kampfes erörterten und uns allenfalls an den Wangen die Stellen rieben, wo uns von unseren Eltern in Herrn Maczelkas Gegenwart Ohrfeigen verpaßt worden waren, wobei das Ganze nach Herrn Maczelkas Abgang in einem großen Gelächter endete.

Als Herr Róth Parkwächter und -pfleger wurde, schien uns die Gelegenheit gekommen, ihn aus seiner stolzen Ruhe zu bringen, und so verlegten wir den Schauplatz der Hundekämpfe auf den frisch sprießenden Rasen. Es wäre ein Zeugnis großer Gemeinheit gewesen, hätte einer von uns das bewußt vorgeschlagen; wir handelten instinktiv. Und da ich schon einmal dabei bin, habe ich auch das Bedürfnis zu sagen, daß auch eine instinktive Handlung nicht vor Verantwortung schützt, denn meiner Ansicht nach sind die Instinkte nichts anderes als das System der zuunterst in unserem Bewußtsein gespeicherten Gewohnheiten und Gesetze, ein System, das unentwirrbar verflochten ist mit Wünschen, Sehnsüchten und der Aggressivität, wie sie in der menschlichen Natur steckt. Wenn es etwas aufzudecken gilt, dann sind es also die Instinkte des Menschen, damit es ihm nicht etwa einfalle, sich herauszureden, denn das wäre ein Abwälzen der Verantwortung; auf wen aber wälzen wir die Verantwortung ab, wenn wir unter Berufung auf unseren Instinkt um Gnade flehen? Auf Menschen wälzen wir sie ab, auf die Systeme, die durch Menschen entstehen, und dann weiter auf alles, die Sterne, die Sonnenfinsternisse, die Wirtschaftskrise – und verdecken damit doch nur eine einfache Lüge, eine simple Angst. Wir möchten uns mit Hilfe der Vergehen der anderen freisprechen und können nicht glauben, daß der Mensch, jeder einzelne Mensch, ein Ganzes ist. Er ist das Ganze, weil sein Geheimnis nicht in seinem instinktiven Leben, nicht in den Genen und nicht im Unterbewußtsein liegt, sondern in seinem Ausgerichtetsein sowohl auf die Welt wie auf sich selbst, darin, daß die Hauthülle seines Körpers ein Wesen birgt, das nichts und niemandem gleicht, ein Wesen, das dennoch mit dem Ganzen der Welt identisch ist, denn sein Skelett ist nach den gleichen Prinzipien gebaut wie die Brükken, die er konstruiert, und seine Stofflichkeit ist so unendlich wie alles Stoffliche in der Welt.

Mit unseren Instinkten repräsentierten wir damals also etwas von der Welt, doch weil wir zu Instinktwesen erzogen waren, gab es für uns nur eines, nämlich uns Vergnügen zu verschaffen, koste es, was es wolle.

Herr Róth stand gerade aufgerichtet auf dem Weg am Rand des Rasens und blickte aus seinen schönen Augen auf uns; und weil gerade die Paarungszeit der Hunde war, wälzten wir uns, vor Lachen brüllend, neben den Hunden am Boden, die mitten auf dem Gras, Schwanz an Schwanz, einer dem anderen den Rücken zugekehrt, stumpf vor sich hinstarrten, und wir lachten nicht, weil das so lustig war, auch nicht, weil wir so etwas zum ersten Mal sahen, *wir lachten für ihn*, in der Hoffnung, er würde in unserem Lachen das heimliche, kitzelnde Aufbegehren spüren, zugleich die Angst vor dem Aufbegehren und vor seinem Stock mit dem Nagel an der Spitze und vor seinem geraden Blick, und dann auch die Verachtung, die ebenfalls hinter unserem Verhalten steckte, Verachtung aus zwei Gründen: weil er Jude und weil er ein Erwachsener war. Und während meine beiden Kameraden sich vor Lachen kugelten und dabei versuchten, die sich paarenden Hunde auseinanderzureißen, krähte ich zu ihm hinüber: «Herr Róth! Was machen die Hunde da?»

Er antwortete nicht, rührte sich nicht, herrschte uns nicht an, daß wir vom Rasen verschwinden sollten, und das machte die Sache noch aufreizender.

«Herr Róth! Die armen Hunde sind zusammengeklebt!» sagte ich.

Herr Róth rührte sich, ich beobachtete ihn sprungbereit, auch die anderen verstummten, doch der Alte sagte nichts, legte seinen Stock sorgfältig am Rand des Rasens ab und ging gemächlichen Schrittes zum Wasserhahn, befestigte den Gummischlauch daran, rollte dann den Schlauch auf und begann ihn vorsichtig, um das Gras nicht zu zerdrücken, auf den krummen kleinen Wegen hinter sich herzuziehen.

Es war ein außergewöhnlicher Augenblick und glich doch all den anderen Malen, da wir versuchten, unserer Verachtung auf hinterhältige Weise Ausdruck zu geben, glich ihnen darin, daß kein einziges Wort fiel und unsere Absichten doch zerschellten. Viel später erst ergaben die zerschellten Absichten einen Gesamteindruck. Sie führten mich zu der Überzeugung, daß man jemanden nur demütigen kann, wenn er selbst andere demütigt. Und daß die Welt aus Gedemütigten besteht, in denen nach jeder Verletzung der heiße Wunsch wach wird, andere zu demütigen; dieser weltumspannende, mächtige Trieb aber kam bei Herrn Róth zum Stocken. Und schlug in ein ganz merkwürdiges Gefühl um, wenn den Demütigern plötzlich aufging, daß sie sich vor allem selber demütigten.

Herr Róth zog den Schlauch hinter sich her, achtete auf das Gras, wir lungerten noch eine Weile wie gelähmt herum, und die Hunde standen mitten auf dem Rasen miteinander verklebt da. Herr Róth ging zum Wasserhahn zurück, der Schlauch zuckte ein paarmal wie eine verendende Schlange, und auf einmal verspürte ich – daran erinnere ich mich genau – den Wunsch, ihm zu helfen und das Ende des Schlauchs zu fassen, damit das Wasser nicht unkontrolliert umherspritzen konnte und der Alte deshalb im Laufschritt zurückeilen mußte. Aber ich sprang nicht hinzu. Auch die anderen nicht. Herr Róth fing an, den Rasen zu sprengen, und wir verzogen uns gewissermaßen beiläufig, während wir schweigend zusahen, wie er arbeitete. Die Hunde hatten sich inzwischen voneinander gelöst. Sie schlichen umeinander herum, beschnupperten einander, dann trollten sie sich. Und ich konnte nicht an mich halten.

«Herr Róth, sagen Sie bitte... werden die Köter nicht krank... die waren so miteinander verklebt...»

Die Jungen um mich herum wieherten auf.

«Was ist mit ihnen passiert, Herr Róth?» Ich spannte den Bogen noch weiter.

Da sagte Herr Róth, was die Hunde gemacht hatten. Er gebrauchte das Wort, das wir – und unsere Eltern nicht viel seltener – mindestens einmal in jeden Satz einbauten. Aus seinem Mund aber hatte das Wort eine ganz seltsame Wirkung. Es war auf einmal entstellt und unappetitlich und zugleich so, als hörten wir es zum ersten Mal.

«Ich glaube, das wißt ihr sowieso», fügte er nach einem Augenblick leise hinzu.

Wir schwiegen. Später sagte einer von uns: «Herr Róth, darf ich bitte ein bißchen spritzen?»

Herr Róth reichte ihm den Schlauch. In mir kam die Wut hoch. Verdammter Verräter, dachte ich. Die anderen dachten dasselbe, aber im Gegensatz zu vielen anderen Malen sprach niemand seine Meinung laut aus. Nach den Gesetzen der Bande mußte man den Verräter stehenlassen. Also trotteten wir davon. Im Grunde aber waren wir neidisch, daß er spritzen durfte. Und später erwähnten wir den Vorfall nie. Wir trieben die Hunde noch ein paarmal aufs Gras, dann gaben wir es auf.

In der Woche vor Ostern war die Stimmung in der Siedlung bereits infiziert, die Krankheitskeime fielen auf hervorragenden Boden, doch ich glaube, wenn die Bewohner unserer Siedlung es vermocht hätten, einen Abwehrstoff hervorzubringen, wenn jemand imstande gewesen wäre, die Krankheit so, in ihrem ersten Stadium, zu erkennen, wäre es noch möglich gewesen, Viren und Bakterien an der Ausbreitung zu hindern. Wäre. Die Ereignisse bewiesen, daß die Krankheit zwangsläufig eintrat. Es gab keinen Abwehrstoff. Konnte es einen geben? Es konnte keinen geben. Erst wenn die Hirnstruktur des Menschen einmal so funktionieren wird wie Mikroskop und Fernrohr zugleich, fähig, übergreifende und winzigste Vorgänge in der Welt gleichzeitig wahrzunehmen und auszuwerten, wird es möglich sein, den Seuchen der Selbstzerstörung ein Ende zu setzen. Jetzt gleicht das menschliche Hirn ganz einfach einem Schwamm. Der Schwamm saugt alle Flüssigkeiten unbesehen auf und läßt dann dieselben Flüssigkeiten in etwas verändertem Zustand wieder aus sich herauspressen. Das menschliche Hirn ist zum gegenwärtigen Zeitpunkt nur fähig, ein Geschehen zu durchleben und es nachträglich auszuwerten. Die Krankheit, die in seinem Körper wütet, spürt der Mensch erst dann, wenn sie sich bereits auf tragische Weise manifestiert hat.

Auch ich bin erst nachträglich klug. Als mildernder Umstand möge gelten, daß ich damals ein Kind war. Seitdem hat mich die Wissenschaft, für die ich arbeite, daran gewöhnt, die Fakten sofort zu analysieren. Doch wie weit ist der Mensch noch davon entfernt, jede Regung in seinem Leben mit strenger Aufmerksamkeit zu verfolgen. Bis jetzt hat er es nur in der krausen Wissenschaft der Heuchelei darin ausnahmsweise auf ein hohes Niveau gebracht. Aber wäre Heuchelei das gleiche wie Selbsterkenntnis? Zwar fördert Heuchelei die Art von Aufmerksamkeit, die strenge und große Selbstdisziplin verlangt und dank der man die Anforderungen der Umgebung abschätzen und mit den eigenen Bedürfnissen vergleichen kann; doch da es nicht das Ziel des Heuchlers ist, Tatsachen und Erscheinungen objektiv zu bewerten, sondern sich anzupassen und anzugleichen, und da das Leben so viele und so widersprüchliche Situationen hervorbringt, wird der stets mit ihnen mithaltende, in vielerlei Gestalten schlüpfende Heuchler eines Tages erwachen und sich sagen müssen, daß er seine Identität verloren, ja eigenhändig liquidiert hat. Ach, wenn er bloß erwachte! Doch so weit reicht seine Selbsterkenntnis nie, zu der Einsicht, daß das übernervöse Verteidigen der eigenen Persönlichkeit und eigener Interessen zur Selbstliquidation führt, erwacht er nie. Er kann nicht erwachen, da nicht er allein, sondern jeder um ihn herum lügt und da er sich in diesen verstellten Gestalten wie in einem Spiegel sieht. Sich sieht und beruhigt. Er hat sein Ziel, zu sein wie alle anderen, erreicht.

Wir kannten Herrn Róth nicht nur nicht, wir hatten auch keine Ahnung, womit er seine Tage verbrachte, bevor ihn die Stadt mit der Beaufsichtigung des Parks betraute. Wir wußten nur, daß er eine ziemlich geringe Rente bezog, und der Briefträger, der stets etwas angesäuselt und deshalb nicht unbedingt vertrauenswürdig war, erzählte etwas von Briefen mit Absender aus Israel. Ich weiß noch, daß er etwas Derartiges auch vor Ostern erwähnte, denn als ich von der Schule nach Hause kam, berichtete meine Großmutter: «Rezső Róth hat irgendeine große Geldanweisung erhalten. Aus Israel.»

Und diese Anweisung, von der ich nicht einmal weiß, ob sie wirklich existierte oder ob sie nur dem alkoholumnebelten Hirn des Briefträgers oder Maczelkas Küche entstammte, bekam eine besondere Bedeutung und wurde zum Ausgangspunkt des Feldzugs, dessen Strategen und geistige Führer die Eheleute Maczelka waren.

Als wir uns am Abend hinter der Ziegelei trafen, sprachen die Jungen bereits von zehntausend Dollar, und wir malten uns aus, was wir alles täten, wenn wir zehntausend Dollar hätten. Die kühle Dämmerung und die schmutzigen Ruinen der Fabrik füllten sich mit unseren Wunschbildern, jeder brachte seine Sehnsüchte vor, jeder fiel dem anderen ins Wort, bis um uns herum eine einzige glitzernde, glänzende, von Geld schwere Welt entstand. Nach einer Weile jedoch waren wir alle am Ende unserer bescheidenen oder hochfliegenden heimlichen Wünsche, und es wurde still; und ohne daß jemand etwas sagte, gingen unsere Gedanken zu dem Menschen in unserer Siedlung, der all die Macht innehatte, die eine so unermeßliche Summe barg, und als unser Grüppchen auf dem Heimweg an dem kleinem Haus von Herrn Róth vorbeitrottete, verlieh einer der Jungen unseren Gefühlen vollkommenen Ausdruck, indem er sich zuerst geräuschvoll räusperte und dann über den Zaun spuckte.

Wir waren zwar Kinder, Werkzeug einer über uns

stehenden Gesellschaft, nämlich der der Erwachsenen, und bei unseren Revolten ging es auch nur darum, die Macht, die uns unterdrückte, zu erlangen oder ihr wenigstens näherzukommen; und doch ahnten wir, daß wir benutzt wurden, daß unsere Feindseligkeit gegen Herrn Róth nur ein schwacher Abklatsch dessen war, was unsere Umgebung tat, und auch wenn es nicht alle ahnten – ich wurde mit der Nase darauf gestoßen.

Ich weiß nicht mehr genau, ob es noch am selben Tag geschah oder an einem der folgenden, jedenfalls war es so, daß ich bei der Heimkehr von unserer abendlichen Zusammenkunft in der Ziegelei überrascht feststellen mußte, daß Herr Maczelka in der Küche saß, ihm gegenüber mein Vater, zwischen ihnen eine Flasche Wein auf dem Tisch, aus der ihnen meine Mutter einschenkte. Die Luft war rauchig, aus dem Herd strömte eine angenehme Wärme, und Herrn Maczelkas runder Leib, sein matt glänzender kahler Schädel fügten sich gemütlich und familiär in die Umgebung. Mein Vater und er schauten sich an wie alte Freunde, und meine Mutter füllte die Gläser so ergeben, als sei uns eine unerhörte Ehre zuteil geworden. Ich murmelte durch die Zähne so etwas wie einen Gruß, und Herr Maczelka, der sonst streng darauf beharrte, laut und deutlich gegrüßt zu werden, regte sich diesmal nicht auf, sondern begrüßte mich freudig, ja er machte sogar den Versuch, mir auf die Schulter zu klopfen.

«Geh ins Zimmer», sagte mein Vater.

Ich ging ins Zimmer.

«Mach die Tür zu», sagte mein Vater, und da ich mich nicht rührte, schloß meine Mutter die Tür.

Es war eine alte, zersprungene Tür, die wohl aus einem abgerissenen Bauernhaus stammte, und das

Licht, das durch die Ritzen fiel, lag in langen Strichen auf dem dunklen Zimmerboden. Ich machte kein Licht, setzte mich an den Tisch und stützte die Ellenbogen darauf; draußen redeten sie leise. Mich packte das Verlangen, ihr Gespräch zu belauschen, doch das Gefühl, daß jetzt in der Küche von ganz wichtigen Dingen die Rede war und daß ich an ihnen teilhaben könnte, wenn ich das Ohr an die Tür drückte, stachelte nicht nur meine Neugier an, sondern machte mir auch angst; zwar ging ich zur Tür, aber mich überkam ein solches Zittern, daß ich es nicht wagte, mein Ohr daran zu drücken. Etwa eine Stunde verging, ohne daß ich ein einziges Wort mitbekam, und dann verabschiedete sich Herr Maczelka. Meine Mutter kam ins Zimmer, machte Licht und sah mich mit einem merkwürdigen, irgendwie beschämten Ausdruck an.

«Komm essen.»

«Keine Lust», sagte ich.

«Du hast noch nichts gegessen.»

«Ich sage doch, ich bin nicht hungrig», zischte ich wütend.

Meine Mutter stand unschlüssig da, die Hand noch immer am Schalter. Ich ging an ihr vorbei in die Küche. Meine Großmutter saß in der Ecke auf dem Rand ihres Bettes und döste, mein Vater drehte seine Faust am Ende des gestreckten Armes hin und her. Ich blieb vor ihm stehen wie ein Tier, das bettelt, man möge ihm von dem feinen Mahl ein paar Brosamen hinwerfen, aber mein Vater nahm mich gar nicht zur Kenntnis, sein Kopf war vom Wein und von der Hitze hochrot, er schenkte sich erneut ein, leerte das Glas auf einen Zug, dann schlug er kräftig auf den Tisch.

«Soweit kommt's noch... Denen werde ich...

Kreuzheilandsdonner noch mal!» Er schenkte sich wieder ein.

«Nicht... Józsi! Nicht...», flüsterte meine Muttter, und es war nicht klar, ob sich die Bitte darauf bezog, daß mein Vater seine Ausdrucksweise mäßigen oder mit dem Trinken aufhören möge.

Doch mein Vater achtete nicht auf sie. Er schüttete den Wein hinunter, erschauerte, stand dann auf und ging, ohne uns eines Blickes zu würdigen, mit schweren, etwas schwankenden Schritten ins Zimmer, warf seine Kleider ab und legte sich ins aufgeschlagene Bett.

Und wenn ich noch daran gezweifelt hätte, daß meine Stimmung nichts als ein schwacher Abklatsch der Stimmung war, die unter den Erwachsenen herrschte, so wurde es zur Gewißheit, als ein paar Tage später Herr Maczelka wieder die Runde in der Siedlung machte, ein kariertes Papier auf unseren Küchentisch legte und wortlos vor meinen Vater schob. Mein Vater konnte nur schlecht und sehr langsam lesen, so daß sich beim Anblick des karierten Bogens auf seinem Gesicht eine gewisse Verlegenheit bemerkbar machte, und Herr Maczelka war aufmerksam genug, das Papier wieder zurückzuziehen und selber vorzulesen, was darauf stand. Vielleicht, weil ich ihre unschlüssigen und etwas beschämten Bewegungen, die gerunzelte Stirn meiner Mutter, die beinahe schon physischen Genuß spiegelnden Augen meiner Großmutter beobachtete, merkte ich mir damals den Text nicht, der die einhellige Meinung der Siedlungsbewohner zur Darstellung brachte. Es ging irgendwie darum, daß wir, die Bewohner der Siedlung, nicht damit einverstanden waren, daß die Stadtverwaltung die Pflege der Parkanlage einem Menschen anvertraue, der sich, wie auf Grund seiner finanziellen Verhältnisse und seiner ausländischen Korrespondenz nicht anders zu erwarten, dazu nicht für berufen halte und zu wiederholten Malen vor Zeugen abfällige Bemerkungen über die Parkanlage und ihre Urheber gemacht habe.

Dann folgten die Unterschriften, und sowohl mein Vater als auch – nach einigem Zögern – meine Mutter unterschrieben den Text. Als Herr Maczelka gegangen war, schlug mein Vater nicht auf den Tisch, sondern verlangte sein Abendessen, und während meine Großmutter den Tisch deckte, knurrte er nur: «Warum muß dieses alte Ekel überall die Nase mit reinstecken?»

Meine Mutter klammerte sich an den Satz, als habe man ihr einen Rettungsring zugeworfen.

«Wir hätten nicht unterschreiben sollen, Józsi!»

«Hätten, hätten», höhnte mein Vater und schlug sich mit der flachen Hand auf den Oberschenkel. Damit war die Diskussion abgeschlossen und, wie ich glaube, auch sein Gewissen beruhigt.

Daß wir als Kinder nur Werkzeug waren, spürten wir um so mehr, als unsere Eltern – zu unserer größten Überraschung – unschlüssig waren und Zweifel hegten, was sie, allerdings nicht sehr mutig, dann auch verlauten ließen, während wir ohne Zögern und Zaudern einen einheitlichen Standpunkt einnahmen. Nicht erst nach dem Unterschreiben der Eingabe, sondern bereits nach dem ersten Besuch von Herrn Maczelka, als auch die Meinung unserer Eltern noch lückenlos einheitlich gewesen war. Und weil wir nicht zweifelten, manifestierte sich unsere Meinung offener, während unseren Eltern nichts anderes blieb, als sich abzuwenden, wenn Herrn Róths hagere Gestalt auftauchte, nichts, als hinter seinem

Rücken höhnische, aggressive Bemerkungen zu machen, leerte Jancsi Zsudi seinerseits den Mülleimer, mit dem ihn seine Mutter hinter die Ziegelei geschickt hatte, vor Herrn Róths Haus aus, veranstalteten wir wieder Hundekämpfe auf dem Rasen und zwischen den Blumenbeeten, schrieb ein unbekannter Täter mit Kreide an die Wand von Herrn Róths Haus: JUDE.

Der Betreffende war kein Erwachsener, das bezeugten die ungelenken, uncharakteristischen Buchstaben. Und ein Erwachsener hätte es wohl auch nicht auf sich genommen, über den Zaun zu klettern.

Die Parkanlage veränderte auch das Leben von Rezső Róth. Es nahm in gewisser Hinsicht einen öffentlichen Aspekt an. Ein Teil dieses Lebens spielte sich nun dort ab, auf dem von Häusern gesäumten Platz. Wenn Herr Róth morgens erschien, blieb er immer einen Augenblick stehen, bevor er sich mit seinem Stock auf den Weg machte, um den Abfall einzusammeln. Er blieb stehen und blickte mit Besitzerfreude um sich. Nachdem er die Papiere aufgespießt hatte, harkte er auf dem Rasen das trockene Gras zusammen, dann kehrte er die Wege. So entstanden größere und kleinere Haufen. Am Nachmittag verbrannte er die Haufen und räumte die Asche weg. Und nach Sonnenuntergang, sofern es nicht regnete, rollte er den Schlauch auf und sprengte die Parkanlage, ohne seine Kleider naß zu machen oder mit Schlamm zu beschmutzen. An Regentagen ließ er sich nicht blicken. Es war eine stille, eintönige Arbeit, aber er verrichtete sie mit sichtlichem Genuß.

Ich habe oft gehört, wie die Erwachsenen darüber staunen, daß die Gesellschaft der Kinder so grausam ist. Aber ich glaube nicht, daß wir grausamer waren als unsere Eltern, sondern es war so, daß die Meinung über Herrn Róth, die in unserer Umgebung seit Jahren bestand und reifte, in uns und unseren Handlungen zum Ausdruck kam, da wir uns der Bedeutung unserer Handlungen weniger bewußt waren als die älteren Glieder der Gesellschaft. Und die Offenheit, welche die kindliche Grausamkeit von der verhüllteren und also heimtückischeren Grausamkeit der Erwachsenen unterscheidet, beschleunigte die Ereignisse zweifellos. Beschleunigte sie, weil die Erwachsenen ihre Gedanken durch uns legitimiert sahen, weil wir den Schleier von ihren Gedanken rissen und sie davon, statt zurückzuschrecken, blutrünstig wurden. So muß es gewesen sein, denn als die Aufschrift an Herrn Róths Hauswand erschien, war niemand empört, die Leute nahmen es im Gegenteil so selbstverständlich zur Kenntnis, als hätten sie das Wort eigenhändig hingeschrieben. Und da der Täter vorläufig unbekannt war und es keinem einfiel, nach seiner Person zu forschen, verstanden sie die Aufschrift zugleich als Kopfnicken, mit dem eine höhere Macht ihren Gedanken zustimmte. An dem Tag veränderte sich die Stimmung in der Siedlung. Die Nachricht ging von Mund zu Mund, man nahm das brandmarkende Wort hinter Fenstern stehend oder auch aus der Nähe in Augenschein, und alle hatten das Gefühl, es sei nur noch eine Frage von Augenblicken, bis das Urteil vollstreckt würde. Ich kann mir nicht vorstellen, daß Herr Róth das alles nicht schon seit Tagen zur Kenntnis genommen hatte. Und eben deswegen warteten wir neugierig auf seine Gegenmaßnahmen, doch Herr Maczelka stolzierte umsonst den ganzen Vormittag in seinem Garten umher und tat so, als pflege er seine Pflanzen, schielte umsonst zu seinem Nachbarn hinüber, Herr Róth wischte die Aufschrift nicht von der Wand ab, in seinem Gesicht regte sich nichts, und er ging ohne das geringste Zeichen von Erstaunen oder Erschrecken um den Haufen Müll herum, der vor seiner Tür lag. Er rührte ihn nicht an. Er spazierte durch die Parkanlage und verrichtete den ganzen Vormittag über seine Arbeit wie zuvor. Am Mittag aber verließ er die Siedlung. Wir waren gerade auf dem Nachhauseweg von der Schule, und als wir seine schöne gerade Gestalt schon von weitem kommen sahen, verstummten wir. Je näher er kam, um so mehr fühlte ich – und wohl auch die anderen – Beklemmung im Herzen, was mich allerdings nicht daran hinderte, mit den anderen höhnische, komplizenhafte Blicke zu tauschen. Er lächelte sanft und so weise, als kenne er eine jede unserer Gemütsregungen, und angesichts dieser Sanftheit wurden wir zahm wie eine Herde Tiere. Hinter mir trottete Jancsi Zsudi, der kleinste und wildeste von uns, und als wir beinahe im Chor sagten: «Grüß Gott, Herr Róth», sagte Jancsi: «Grüß Gott, Herr Jude.»

Für einen Augenblick vermischten sich bei mir Angst und ein hämisches Grinsen, doch es schien, als hätte Herr Róth den dissonanten Ton aus dem Chor nicht herausgehört oder nicht hören wollen, er neigte den Oberkörper ein wenig zu uns und lüftete den Hut. Dann blieb er stehen. Wir auch. Herr Róth trat vor Jancsi Zsudi und hob eine Hand an die Brust. Es war still. Mehrere wandten erschrocken den Kopf ab. Herrn Róths Lächeln war jetzt von Spott durchzogen, und er blickte Jancsi geradewegs in die Augen:

«Du mußt mich nicht erinnern, ich habe es nicht vergessen.»

Jancsi biß sich auf die Unterlippe, dann schaute er, als sei ihm ein schrecklicher Gedanke gekommen, zu dem Alten auf, aber die Stimme blieb ihm in der Kehle stecken.

«Nun?» lächelte Herr Róth wieder sanft.

Aus Jancsi bracht es seltsam krampfhaft hervor: «Ich hab's nicht hingeschrieben! Bitte zu glauben... nicht ich...»

Herrn Róths allgemeine Sanftheit hätte jetzt eine verzeihende Geste erheischt, doch eine leichte Röte lief über seine Haut, und er verzog verächtlich den Mund. Dann schaute er irgendwohin in die Ferne, dann wieder auf uns und setzte wortlos seinen Weg fort.

Völlig vernichtet standen wir da. Diese paar Augenblicke erschienen wie eine nicht wiedergutzumachende Niederlage. Um uns und in uns wurde alles anders, denn wir begriffen, daß wir feige und niederträchtig waren. Beziehungsweise spürten wir auf einmal, daß einer unserer Kameraden, der kleinste, den wir auf eine Art liebevoll hätschelten, als wäre er unser Kind, so liebevoll, wie wir selbst nie gehätschelt worden waren – und nur Kinder vermögen einander so liebevoll zu hätscheln –, wir spürten, daß der Gegenstand unserer Liebe, Jancsi Zsudi, feige und niederträchtig war. Wir gingen wortlos über die leere Straße auf die Siedlung zu, und vielleicht wäre diese Niederlage eine endgültige gewesen, wenn wir unter uns geblieben wären, wir, die wir unsere eigene Niedertracht gespürt hatten, doch unsere Wege trennten sich und führten uns in fast identische ärmliche Behausungen, wo unsere Mütter und Großmütter uns Schmalzbrot in die Hand drückten oder die Reste des Abendessens zum Mittag aufwärmten und uns wieder infizierten. Hier, in diesen Küchen, fügte sich die Welt wieder in die alte Ordnung, man schalt uns, man drohte uns oder strich uns auch eben mal über das zerzauste, nach Schule riechende Haar, und Worte und Gesten waren der erste Schritt, der uns wieder in die geistige und emotionale Welt unserer Umgebung zurückbrachte.

An jenem Nachmittag kam Jancsi Zsudi nicht mit hinter die Ziegelei, sondern nur sein älterer Bruder, Imre.

«Und Jancsi?» fragte jemand.

«Was weiß ich...», Imre zuckte übelgelaunt die Schultern.

An dem Nachmittag spielten wir nicht Fußball, aber wir erwähnten auch Herrn Róth nicht. Wir schimpften mit großer Inbrunst auf unsere Lehrer. Es dunkelte schon, als der kleine Jancsi Zsudi zu uns herauskam. Wir taten so, als sei das ganz selbstverständlich. Er auch. Er setzte sich auf einen Ziegelhaufen und sah mich an. Ich rauchte.

«Gib mir einen Zug», sagte er mit künstlich kindlicher Stimme.

Wir hatten diese Stimme gern, sie machte unsere Beziehung noch gefühlvoller, nachdem wir, die wir größer und ein paar Jahre älter waren, ihn als unser Kind adoptiert hatten.

Ich reichte ihm wortlos die Zigarette, und alle verfolgten die Bewegung. Er machte zwei Züge und gab sie dann zurück.

«Wißt ihr, wo der Jude hin ist?»

Wir rissen die Köpfe hoch. Jancsi runzelte die Stirn und schnitt eine Grimasse. «Zur Polizei. Mich anzeigen.»

Das Grinsen wich nicht von seinem Gesicht. Es galt uns, die wir ihn dort auf der Straße allein gelassen hatten, uns, die wir uns vor Herrn Róths Blick gebeugt hatten. Uns galt das Grinsen, die wir feige gewesen waren. Und ich glaube, dieses Grinsen brachte in mir für lange Zeit alles durcheinander. Ich begriff nicht, wann ich feige und niederträchtig war. Dort auf der Straße, als ich mich feige und niederträchtig gefühlt hatte, oder jetzt, in einer Grube der Ziegelei, da ich mich wiederum, aber aus anderen Gründen, feige und niederträchtig fühlte? Dort hatte ich Jancsi und meine frühere Überzeugung verraten, hier verriet ich den Alten und meine neue Überzeugung. Jetzt, in der Ziegelei, dachte ich, Jancsi sei der Stärkste von uns. Der Kleinste und Stärkste. Und so überließen wir uns dem Geschehen. Am folgenden Morgen war der Rasen der Grünanlage von drei Abfallhaufen verunstaltet.

Ferien! Die Sonne strahlte, unsere Füße wirbelten Staub auf, über uns wölbte sich eine riesige blaue Kuppel. Es fehlten nur noch die Engel. Und wieviel bedeutete noch hier, in unserer kahlen Gegend, die Natur, wenn sie sich mit Freiheit paarte, wenn unsere von Zwängen verschreckten Gehirne ruhig und sorglos alles aufsaugen konnten, was unsere Ödnis bot. Wir trotteten nicht wie üblich dahin, sondern rannten brüllend und einander schubsend auf die Siedlung zu, blieben dann plötzlich stehen, drehten uns um die eigene Achse und ließen der Zentrifugalkraft mit lautem Lachen freien Lauf; die Schultaschen flogen weit weg.

Eine Woche Ferien! Das schien eine so lange Zeit, daß wir gar kein Gefühl für ihr Ende hatten. Besser gesagt, wir waren noch Optimisten genug, nicht an jenen qualvollen Augenblick zu denken, da wir wieder die Schwelle der Schule überschreiten mußten. Und dieser Optimismus, der nicht in unserer Umwelt, sondern in unserer Unwissenheit gründete, ordnete alles um uns herum neu. Wir vergaßen die kleinen Ängste und Sorgen, die sonst unsere Tage ausfüllten, wir warfen sie ab wie schmutzige Kleider. Wir vergaßen auch Herrn Róth. Zu Hause knallten wir die Schultaschen hin, nahmen unsere Schmalzbrote in Empfang und rannten hinter die Ziegelei. Wie wunderbar war es, so zu spielen, daß in der Tiefe des Augenblicks nicht das schlechte Gewissen lauerte. Bis es mich wieder nach Hause strudelte, war es spätabends, und am nächsten Tag begann alles von vorn. Wir durchstöberten unsere Lieblingsplätze, wir stemmten in der verlassenen Fabrik Türen auf, wir kletterten die Eisentreppe hoch, die sich um den Schornstein wand, wir schubsten einander am Rand abgrundtiefer Gruben herum und stöberten seltsame kleine Winkel auf, wo wir still, aber eifrig diskutierten. Alles, was an dem Tag in unserer Umgebung geschah, drang nur von ferne zu uns, und wir maßen auch der Tatsache keine Bedeutung zu, daß Herr Róth von einem Mann aufgesucht worden war und daß Herr Róth ihn angeblich hinausgeworfen, ja ihm sogar seinen Parkwächterstock und die Armbinde nachgeschleudert hatte; und der zu Herrn Maczelkas Schikanierung ersonnene Hundekampf interessierte uns sowenig wie die von Jancsi Zsudi auf den Rasen gekippten Abfallhaufen, denn wir waren frei. Am Abend machten wir ein Feuer, ich hatte von zu Hause Speck mitgehen lassen; das Feuer bestand freilich mehr aus Rauch als aus Flammen, denn morsche Latten und Bretter brennen ja nicht wie trockenes Reisig, aber da wir nicht wußten, wie Speck schmeckt, den man überm Feuer im Wald brät, waren wir auch so zufrieden. Wir spielten Karten und rauchten, und in der Bande herrschte nie größere Eintracht als eben in solchen Momenten, das heißt in den ersten Ferientagen, und wir waren so im

Genuß versunken, daß wir gar nicht merkten, wie spät es schon war. Wir gingen nach Hause, als sei uns das völlig einerlei, obwohl auf langes Ausbleiben aus uns unbegreiflichen Gründen üblicherweise Strafe stand.

In der Küche herrschte unheilverkündende Stille. Meine Großmutter lag schon auf ihrem niedrigen Eisenbett, meine Mutter machte sich im Zimmer zu schaffen. In der Luft hing der Geruch von Braten und Gebäck, aber es waren keine Spuren vom Backen und Braten mehr zu sehen, bestimmt wartete das Festessen schon in der Kammer auf den nächsten Tag.

«Wo warst du?» rief meine Mutter vom Zimmer herüber, was ich stets als überflüssig, als Einführung zu einem sattsam bekannten Akt empfand und deshalb gar nicht beantwortete.

Ich empfand es als überflüssig, weil es Teil eines durchsichtigen und recht kleinlichen Machtspiels war, eines Spiels, in dem meine Mutter, die es nicht im entferntesten interessierte, wo ich herumstrolchte, die Rolle der um ihr Kind besorgten Mutter übernahm. Wäre ich ein Stubenhocker gewesen, und in meiner Kindheit gab es auch solche Phasen, hätten sie einen anderen Vorwand gefunden, mich zurechtzuweisen. Meine Mutter wies mich nicht zurecht, weil sie sich um mich ängstigte, sondern weil auch sie zurechtgewiesen worden war.

«Hörst du nicht?» Sie blieb dann jedesmal in der Tür stehen.

Diese Frage war nicht zu beantworten. Meine Großmutter setzte sich auf, sie hatte ihr künstliches Gebiß nicht mehr im Mund und ließ dann immer ein komisches Lispeln vernehmen.

«Dauernd strolcht er herum...»

Doch die Szene ging nicht weiter wie sonst, denn jemand gab unserer Küchentür einen derartigen Tritt, daß zwei kleine Glasscheiben klirrend herausfielen. Meine Mutter klammerte sich an den Türpfosten. Ein weiterer Tritt folgte, und draußen brüllte mein Vater: «Seid ihr taub?»

Ich machte die Tür auf. Er stand betrunken da, gurgelte unverständliche Wörter, hatte die Augen halb geschlossen, als schlafe er, unter dem einen Arm hielt er ein Lamm und in der anderen Hand eine Weinflasche. In seinem Blick brach sich die Drohung an der konsumierten Alkoholmenge, und er brachte nur ein müdes Zwinkern zuwege. Das Lamm ließ ein klägliches Blöken hören, mit seinen starken Beinen trat es meinen Vater in die Hüfte. Als spürte er das gar nicht, torkelte er in die Küche.

«So also erwartet mich mein kleines Frauchen?» sagte er leise.

Im Blick meiner Mutter schien Entsetzen auf, und ich wußte, daß ich jetzt nicht dableiben durfte. Ich ging auf das Zimmer zu, mein Vater aber brüllte mit fürchterlicher Stimme los: «So also werde ich hier erwartet! Sogar die Tür... Auch noch die Tür?»

Er knallte die Weinflasche auf den Tisch, das Lamm zuckte unter seinem Arm zusammen und fiel auf den Steinboden, er aber merkte das gar nicht, und meine Mutter schrie auf: «Um Gottes willen! Tu mir nichts!»

Der Ausruf von Rezső Róth, sosehr János Maczelka auch die Ohren spitzte, während er scheinbar im Garten die Blumen pflegte, war nicht laut genug, als daß er ihn wirklich hätte verstehen können, dennoch mußte János Maczelka lächeln, weil er spürte, daß seine Sache im Rollen war. Wenige Augenblicke später kam ihm auch noch der Zufall zu Hilfe. Die Tür öffnete sich plötzlich, und der junge städtische Beamte, der vor einer halben Stunde dahinter verschwunden war, kam herausgesprungen und lief den Gartenweg entlang, doch noch bevor er zur Gartentür hinauswetzen konnte, drehte er sich um, fuchtelte mit seiner Aktenmappe zum Haus hin, drohte sogar mit der Faust und keuchte bleich: «Das verbitte ich mir!»

Seine Lippen zitterten, und er schien zum leeren Türrahmen zu sprechen.

«Das verbitte ich mir nachdrücklich!»

Er wollte offenbar noch etwas sagen, aber in dem Augenblick erschien auch die schöne Gestalt von Rezső Róth mit bleichem, aber hartem Gesicht; in einer Hand hatte er den Parkwächterstock, mit der anderen schwenkte er die zu seinem Amt gehörige rote Armbinde, er eilte hinter dem jungen Mann her. Es sah aus, als hätte er mit dem Stock etwas vor, und so machte der Beamte einen Satz und warf die Gartentür hinter sich zu, ja ein paar Schritte lang rannte er sogar. Rezső Róth hingegen erwachte aus tiefer Benommenheit und blieb auf halbem Weg stehen. Sie sahen einander an.

«Sie haben Ihren Stock vergessen, geehrter Herr», sagte er. «Und auch dieses Ding da...», und er schwenkte die Armbinde.

Der junge Mann rührte sich nicht, seine Lippen zitterten noch immer. Inzwischen war Resző Róth völlig zur Besinnung gekommen. Er ging ruhigen Schrittes zur Gartentür, machte sie auf und warf Stock und Binde auf den dort befindlichen Abfallhaufen, machte dann kehrt und ging ins Haus zurück.

Der Beamte bemerkte János Maczelka, und auf seinem Gesicht erschien ein qualvolles Lächeln.

«Ach, guten Tag, Sie sind's?» sagte er im Konversationston.

János Maczelka grinste, womit er den Beamten beleidigte, denn dieser hatte das Gefühl, der andere sei Zeuge einer Szene gewesen, die seinem Ansehen massiv Abbruch tat.

«Wir kennen uns doch bereits, oder?» sagte er.

«Aber ja, als Sie sich schon mal herausbemüht hatten...», sagte János Maczelka und trat an den Zaun.

In diesem Augenblick entdeckte der Beamte die Kreideaufschrift am Haus von Resző Róth: JUDE. Für einen Moment verlor er von neuem sein fast schon wiedererlangtes seelisches Gleichgewicht.

«Was ist das?» fragte er.

Als könne er es nicht gut erkennen, kam János Maczelka aus seinem Garten heraus und schaute, in einiger Distanz zu dem Beamten, auf die Aufschrift, wobei er Überraschung mimte.

«Bestimmt einer dieser Schweinekerle... Mit Verlaub, sehen Sie, so sind diese Rotznasen... So was hinzuschmieren...»

«Und warum, bitte, wird es nicht weggewischt?»

János Maczelka zeigte auf das Haus und tippte sich dann zum Zeichen, daß dessen Bewohner nicht ganz bei Trost sei, an die Stirn.

«Er wischt es nicht weg. Obwohl ich zu ihm gesagt habe, Herr Róth, warum wischen Sie das denn nicht weg?»

Der Beamte ließ sich die Gelegenheit nicht entgehen und schüttelte würdevoll den Kopf.

«Dieser Róth ist nicht normal», sagte er.

«Also, ich habe keine Probleme mit ihm, aber er ist schon ein Sonderling», sagte János Maczelka fast traurig.

«Weiß Gott.»

«Hat er den Genossen vielleicht beleidigt?»

Der Beamte hielt es für unter seiner Würde, auf die Frage zu antworten, und so schaute er János Maczelka bloß prüfend an. Das brachte den Alten in Verlegenheit.

«Wenn es nämlich so wäre, sollte es der Genosse nicht so ernst nehmen... Er ist auch sonst jähzornig.»

«Weiß Gott.»

«Im übrigen wahren wir nachbarlich-freundschaftliche Beziehungen zu ihm...» Maczelka trat näher an den Beamten heran. «Aber schrullig ist er schon ein bißchen... Es heißt, seine Nerven seien im Konzentriertenlager kaputtgegangen...»

Der Beamte tat, als interessiere ihn das Gesagte nicht. Er blickte auf den Stock und die Armbinde auf dem Abfallhaufen.

«Kann ich Sie um einen Gefallen bitten?»

János Maczelka sagte nichts, aber seine Augen blitzten auf.

«Bewahren Sie das da bis auf weiteres auf.»

«Den Stock?»

«Und die Armbinde.»

«Aber gern. Das ist doch selbstverständlich.»

«Würden Sie die Sachen bitte dort aufheben?»

János Maczelka trat zum Abfallhaufen und hob die genannten Gegenstände auf.

In jener Nacht schlief meine Mutter nicht. Auch ich warf mich eigentlich nur herum. Das Ferienglück war vorbei. Wiederum stand ich vor der Frage, wer von den beiden recht hatte. Das war um so schwieriger zu entscheiden, als ich sie beide gern hatte und mich vor beiden ekelte. Das ist ein hartes Wort, aber ich muß es aussprechen. Ich ekelte mich vor den aufgedunsenen Halsschlagadern meines Vaters, aber ich ekelte mich auch vor der tatenlosen Feigheit, mit der meine Mutter die Schläge empfing. Ich ekelte mich vor den Fäusten meines Vaters, und ich ekelte mich vor dem Gekreisch meiner Mutter. Ich ekelte mich, weil mein Vater, dessen Faust die Macht in der Familie darstellte, unbedingten Respekt verlangte, und wenn ich mich bedingungslos auf die Seite der Macht geschlagen hätte, hätte ich meine Mutter aus ganzem Herzen ablehnen müssen. Hätte ich mich hingegen bedingungslos auf die Seite meiner Mutter gestellt, hätte ich meinem Vater die Macht absprechen müssen, und da er mit seinem Verhalten die Ordnung der Welt um mich verkörperte, hätte ich die Weltordnung ablehnen müssen. Wenn ich mich vor der Gedemütigten ekelte, so bedeutete mein Ekel, daß ich auf der Seite der Macht stand, und wenn ich mich vor der Macht ekelte, bedeutete das, daß ich mit der Gedemütigten verbündet war. Ich glaube, ich spürte schon damals, daß Ablehnung nie in reiner Form existiert, daß Ablehnung Konfrontation und Handeln erfordert, und da ich unfähig zum Handeln war, war ich auch unfähig, eine Seite zu wählen. Besser gesagt: Ich hatte eine falsche Vorstellung vom Handeln. Nicht, daß ich ein dummes oder gefühlloses Kind gewesen wäre, aber da meine Umwelt – dieselbe, die Herrn Róth ablehnte – nichts außer Stärke und Macht anerkannte, glaubte auch ich, die Entscheidung zugunsten eines Elternteils bedeute, daß ich dem anderen gegenüber die Fäuste gebrauchen müßte. Meine Fäuste waren noch klein. Ich dachte mir, wenn ich groß bin, werde ich die Macht über meine Eltern erlangen. So hätte es auch kommen können, es kam aber nicht so. Bis ich erwachsen war, hatte ich begriffen, daß sie ebenso Werkzeuge eines Systems waren wie wir Kinder und daß es keine Macht gab, die über dieses System hinauswachsen konnte, außer dem System selbst. Ein anderes System. Und wenn mich diese Erkenntnis nicht in die Irre führt, dann ist auch richtig, daß wir uns als Werkzeug, als Teile und Teilhaber dieses Systems nicht gegenseitig und nicht im Faustkampf besiegen müssen, sondern das System selbst, wenn es uns über den Kopf gewachsen ist.

Und hier bin ich vielleicht an den Punkt gekommen, wo es jedermann einleuchten wird, warum die Gestalt Herrn Róths für mich solche erregende Größe gewann und warum ich meine Mutter nach so vielen Jahren für eine damals unverständliche Tat zu lieben gelernt habe.

Meine Mutter, wie gesagt, schlief in jener Nacht nicht. Als ich mich am Morgen von meiner Couch zu Füßen des Ehebetts erhob und in die Küche hinausging, saß sie am Tisch, vor ihr, in einem großen, mit Lumpen ausgelegten Karton lag das Osterlamm. Es starrte glasig ins Nichts und hielt das Bein, das es beim Hinunterfallen gebrochen und das meine Mutter in der Nacht geschient hatte, steif von sich weg. Es war still und erschöpft. Das ganze kleine Gesicht ein Bild erschrockener Verständnislosigkeit. Ich blieb über ihm stehen und beobachtete, wie auf seinem Bauch das fast durchsichtige Fell hin und wieder zuckte.

«Es ist bestimmt hungrig», flüsterte meine Mutter.

Aus dem Zimmer war das Schnarchen meines Vaters zu hören.

«Du könntest ihm Gras bringen...», fuhr sie fort und schaute mich dann nachdenklich an. «Weißt du nicht, was sie fressen, wenn sie so klein sind?»

«Nein.»

«Milch vielleicht. Wir haben aber keine.»

«Nein?»

«Nein. Aber du könntest Gras aus dem Park holen. Dort ist es so schön grün.»

«Ja.»

«Wenn es dann wieder gesund ist, lassen wir es dort grasen.»

«Ja.»

«Na, geh... Bestimmt zuckt es deshalb so mit dem Bauch.»

«Ja.»

Ich schloß sachte die Tür hinter mir. In der Siedlung war es still, der Himmel ein bißchen bewölkt, doch die Luft war rein und frisch, wegen des Feiertages bliesen die Fabriken ihren schweren Qualm nicht zu uns herüber. Am Rand der Parkanlage blieb ich stehen, bückte mich aber nicht, um Gras auszureißen, sondern starrte bloß vor mich hin. Die stille Besorgnis meiner Mutter um das Lamm interessierte mich nicht, weil ich nicht spürte, daß diese stille Besorgnis gar nicht dem Lamm galt. Auch das Lamm an sich interessierte mich nicht, obwohl es mein Vater eigentlich mir mitgebracht hatte. Ich stand lange dort und huschte dann wie ein Gejagter zwischen die zerfallenden Gemäuer der Ziegelei. Schläfrig, verzweifelt und traurig setzte ich mich nieder. Ich stellte mir vor, daß ich nicht mehr zurückgehen, sondern in die Welt hinausziehen würde, bis ich eines schönen Tages als starker und berühmter Mann vor sie hintreten könnte. Ich phantasierte. Das Phantasieren – entfernt, wie es von aller Wirklichkeit war – beruhigte mich. Es beruhigte mich so, daß ich eigentlich gar nicht mehr recht wußte, warum ich verzweifelt und traurig war. Ich weiß nicht, wieviel Zeit ich dort zugebracht hatte, aber als ich zurückging, hatte in den Häusern das Leben schon begonnen, man hörte gedämpft Radiogeräusche, Geplapper und das Klappern von Geschirr. Die krummen Sträßchen waren noch leer. Im Park wollte ich stehenbleiben, um Gras zu pflücken, doch in dem Augenblick erschien auf der anderen Seite meine Mutter, angetan mit ihrem Festtagskleid, in den Armen das Lamm. Während wir aufeinander zugingen, schaute ich zu Boden und tat, als ginge mich das Ganze nichts an, versuchte mir jedoch eine annehmbare Lüge auszudenken. Doch diesmal stellte mich meine Mutter nicht zur Rede.

«Lämmer fressen gar kein Gras», sagte ich.

«Nein?»

Ihre Stimme ließ mich aufhorchen. Ihr schmales kleines Gesicht, das sonst entweder vor Angst oder vor Wut verhärtet war, hatte jetzt etwas Sanftes und fast heiter Ruhiges.

«Ich bringe es weg», sagte sie.

«Wohin?»

«Zu Rezső Róth.»

Ich starrte sie an und brachte kein Wort heraus.

«Dort ist es gut aufgehoben», sagte sie, und in diesem Satz war kein Hauch einer Ausrede.

Wir schauten uns noch einen Augenblick an, dann ging sie mit dem Lamm weiter in Richtung des Hauses von Herrn Róth. Ich blickte ihr nach und begriff noch immer nichts. Und dann verstand ich auch nicht, warum ich zu laufen begann, in die andere Richtung, nach Hause.

Nach den Ostertagen wurde es ruhig in der Siedlung. Das Ehepaar Maczelka hielt sich in der Küche auf. Maczelka probierte die Parkwächterarmbinde an, nahm den Stock in die Hand und drehte den kleinen

Rasierspiegel so, daß er sich darin sehen konnte. Frau Maczelka tischte die Reste der festlichen Mittag- und Abendessen auf. Zwischendurch beobachtete sie aus den Augenwinkeln ihren Mann. Maczelka beschaute versunken sein Spiegelbild.

«Du...», sagte Frau Maczelka plötzlich.

«Was ist?» fragte Maczelka, ohne seine Frau anzusehen.

«Hast du den Róth gestern gesehen?»

Maczelka schaute nachdenklich auf die Frau, die unterdessen zum Fenster eilte, es aufsperrte und das Nachbarhaus in Augenschein nahm.

«Seit Ostersonntag habe ich ihn nicht mehr gesehen», sagte die Frau.

«Nach all dem... wäre ja noch schöner!» sagte er.

Sie sahen sich an. Wandten sich dann ab. Später machten sie sich ans Mittagessen.

«Er hat sich bestimmt eingeschlossen», sagte Maczelka und malmte laut an den großen Brocken in seinem Mund.

«Er ist beleidigt», sagte Frau Maczelka.

Maczelka zuckte die Schultern. Auf dem Tisch stand so einiges. Ein halbes Brathähnchen, gefülltes Kraut, gebratene Wurst, ein Teller Sülze, Mohn- und Nußbeigeln, ein paar vertrocknete Krautstrudel, harte Eier, ein paar saure Paprikaschoten. Sie vertilgten das Essen mit pflichtgemäßer Langsamkeit. Maczelka schaute einige Male auf, als wollte er etwas sagen, öffnete sogar den Mund ein bißchen, kaute dann weiter. Als er satt war, sagte er: «Wenn sie bis morgen nicht herauskommen, gehe ich mit diesen Dingern in die Stadt rein... Sollen sie doch endlich sagen, was damit geschehen soll...»

«Die kommen schon. Der Mann hat es gesagt.»

«Ja. Aber vielleicht hat er es vergessen.»

«Das stimmt. Und dann wäre es auch nicht schlecht, wenn du hingehen würdest, weil sie vielleicht dich nehmen würden...»

Maczelka sagte nichts, war aber froh, daß die Frau seine Gedanken ausgesprochen hatte. Er stand vom Tisch auf, legte sich die Hände auf den Bauch und sagte zwischen zwei kurzen Rülpsern: «Ich bin so voll wie eine Gans...»

«Leg dich ein bißchen aufs Ohr.»

Wir hatten das Mittagessen beendet, meine Mutter und meine Großmutter zankten sich über irgend etwas, das Wasser für den Abwasch stand auf dem Feuer, unter dem Topfdeckel schlug Dampf heraus und perlte an den Küchenmöbeln herab. Ich saß auf der Pritsche meiner Großmutter, und mein Blick schweifte hinaus in die Welt jenseits der Tür, über den grauen Himmel, aus dem es seit dem Morgen ausdauernd und langweilig nieselte. Das Wetter war so einschläfernd, daß nicht einmal Mutter und Tochter sich wirklich in die Haare gerieten, während mich der kommende Tag in Gestalt eines quälenden schlechten Gewissens aufwühlte, denn die Ferien, die kein Ende zu haben schienen, hatten den wunderbaren Nachgeschmack der ersten Stunden hinterlassen und waren nun verflogen. Unruhig und beklemmt ließ ich die letzten Minuten der Freiheit davonrieseln. Ich war unruhig, weil die Zeit, von der ich mir soviel Beruhigung und Lockerung erhofft hatte, gar nichts gelöst hatte, ja die Ereignisse des Ostersonntags hatten unsere Familie unmerklich noch weiter in die Tiefe gestoßen; und auch wenn meine Eltern taten, als stünden sie erst am Rand des Abgrunds, so waren sie eigentlich doch schon über die äußerste Klippe hinausgeschritten und hatten ihren Sturz ins Nichts begonnen. Im Traum hatte ich die Grube in der Ziegelei gesehen, nicht aber ihren Grund, denn ihr Grund war ungreifbares Dunkel, und wir vier waren mit einem Strick aneinandergefesselt und stürzten in die Tiefe wie flügellahme Vögel.

An jenem Ostersonntag hatten meine Eltern die allerletzten Brosamen von gegenseitigem Respekt oder Zuneigung aufgebraucht, und der Strick aus dem Traum, der uns aneinanderfesselte, war durchaus symbolisch, denn nach der letzten großen Rebellion meiner Mutter hätten sich unsere Wege trennen müssen, da es klar wurde, daß uns vier nichts anderes zusammenhielt als die schlichten und unerbittlichen Gesetze des Magens.

Und wiederum muß ich die Konditionalform gebrauchen. Denn wenn die Tat meiner Mutter nicht einzig vom Instinkt, sondern auch vom Verstand bestimmt worden wäre oder wenn mein Vater erkannt hätte, daß dieser Instinkt die Rebellierende nicht nach seiner Macht streben ließ, sondern nach einem würdigeren und gehobeneren Dasein, dann hätte unser Leben vielleicht eine andere Wendung genommen, und der Strick, der uns im Traum so ausdrücklich zusammenband, hätte sich vom Symbol des Zwangs zum Symbol intelligenter Liebe gewandelt. Doch die Konditionalform als sprachlicher Modus, der über das Festhalten des rein Notwendigen hinausgeht, scheint in unserer Welt überflüssig, ja man könnte sogar sagen, er diene nur gerade dem Ausdruck von ein paar schöngeistigen Phantasien. Denn die Geschehnisse lassen keine Lücken offen, sondern sprechen für sich selbst.

Ist man nur fähig, so zu leben, wie man lebt? Und sie? Waren sie nicht fähig, anders zu leben?

Meine Mutter war von meinem Vater abhängig, und nach ihrer gänzlich unvorbedachten, berechtigten und schönen Rebellion beugte sie sich vor ihm, wenn möglich, noch tiefer und merkte nicht einmal, daß sie sich damit völlig aufgab. Und mein Vater, der sich in seiner Macht angegriffen fühlte, erwartete genau das von meiner Mutter, aber auch das genügte ihm noch nicht, und in seiner Angst vor einem neuerlichen Aufruhr änderte er die Methoden. Er ersetzte die offene Brutalität durch eine raffinierte Grausamkeit, auf deren Grund aber nach wie vor die stetige Drohung eines brutalen Ausbruchs lauerte. Und an diesem Punkt schlug die Tragödie in eine Groteske um, denn meine Mutter war dankbar, daß man sie nicht schlug, und sie tat, als merke sie nicht, daß sich alle Möglichkeiten des Lebens vor ihr verschlossen hatten. *Der unterdrückte Rebell küßte dem Gegner dankbar die Hand, und der Mächtige genoß es in vollen Zügen, machen zu können, was er wollte, wie die Katze mit der Maus.* Und obwohl sie sich in der Tiefe ihrer Seelen als Gegner empfanden, waren sie Verbündete, einer der vollkommene Diener der Interessen des anderen; nur eben die Haltung, dank der ein Mensch diesen Namen verdient, war ihnen endgültig abhanden gekommen. Die Mauern ihrer Persönlichkeit lagen nach dem Machtkampf in Staub. Das geheimnisvolle, warme Licht der Wesensart meiner Mutter flackerte nur noch ein einziges Mal auf, an jenem langweilig nieselnden letzten Nachmittag der Osterferien, als die Nachbarin unsere Küchentür aufstieß und mit einer vom Laufen und vor Aufregung zitternden, atemlosen, aber von Schadenfreude nicht ganz freien Stimme zu uns hereinrief: «Dem alten Róth ist etwas zugestoßen…»

Es waren nur ein paar Bewegungen, aber sie gruben sich zusammen mit dieser unerwarteten Neuigkeit tief in mein Gedächtnis ein. Meine Mutter packte das Spülbecken mit beiden Händen und hob es mit Schwung vom Hocker auf den Tisch, so daß das Wasser überschwappte, ihre Lippen öffneten sich, sie strich sich mit einem fettglänzenden Handgelenk über die knochige Stirn, als wolle sie eine ungebärdige Haarlocke wegstreichen, senkte für einen Augenblick die beinahe durchsichtigen Augenlider und ging auf die Nachbarin zu. Doch bevor sie aufschauen konnte, bevor ihr Hirn die Frage zu formulieren vermochte, stand schon meine Großmutter dort.

«Ach nein?» Sie beugte sich zu der Nachbarin, in der Erwartung, daß diese die Nachricht bekräftige und ausführe.

«Ich traue mich gar nicht hinzugehen...», flüsterte die Nachbarin und fuchtelte mit geöffneten Händen.

Das Interesse meiner Großmutter war jetzt so weit gespannt, daß sie fragen konnte: «Ja, aber was ist passiert?»

«Man weiß noch gar nichts.»

Während dieses Dialogs veränderten sich der Blick und das Gesicht meiner Mutter. Sie runzelte die Stirn und schaute die beiden an, als sei sie über irgend etwas ehrlich erstaunt, dann verschwand auch dieser Ausdruck aus ihrem Gesicht, und es blieb nur eine leise Traurigkeit zurück; zerstreut ließ sie die Hand am Türpfosten herunterrutschen und ging wieder zum Tisch. Wieder faßte sie das Spülbecken bei den Henkeln, und jetzt sah ich nur noch einen Rücken, der sich langsam krümmte. Und ich dachte, sie weine.

Die Nachbarin lief davon, und meine Großmutter griff sich irgendwo einen alten Mantel und lief ihr nach; zu zweit blieben wir im dunstigen Dämmerlicht zurück, meine Mutter noch immer reglos. Als wollte ich nur ihre Gefühle auf die Probe stellen, sagte ich: «Ich gehe auch ...»

Da sah sie mich an. Ihr Gesicht und ihr Blick waren kalt und gleichgültig. Sie weinte nicht. Ja, jetzt schien es, als hätte sie vorhin nicht aus Verblüffung nichts gesagt, sondern weil sie wußte, daß sie sich in die Ereignisse nicht einmischen durfte.

«Du gehst nirgends hin!» sagte sie.

Ich trat zur offenen Tür und lehnte mich, mit dem Rücken zu ihr, an die Wand.

«Ich habe gesagt, du sollst dableiben!» brüllte sie.

«Darf ich nicht mal mehr in der Tür stehen?» brüllte auch ich und wandte nur eben den Kopf.

Jetzt endlich hob sie das Spülbecken hoch und ging wortlos an mir vorbei, um es draußen auszuleeren. Als sie hinter dem Haus verschwunden war, lief ich los, zum Haus von Herrn Róth. Die Empörung trug mich fort. Die Empörung über die, die sich feige ergeben und in einem Augenblick, da zu weinen natürlich gewesen wäre, ihrem Gesicht Gleichgültigkeit aufgezwungen hatte. Es war ein sich täglich wiederholender Wortwechsel gewesen, und auch mein Aufbegehren gegen ihre Verbote wiederholte sich täglich, doch weil dieses Verbot jetzt äußerst inhaltsschwer war, gewann auch mein Aufbegehren an Inhalt; mich trieb nicht die Neugier zum Haus von Herrn Róth, sondern die Verachtung, die ich für meine Mutter empfand.

Ich wußte noch nicht, daß dieses Davonlaufen mich zu einem anderen Leben führen sollte, zu dem mir eigentlich meine Mutter den Weg geöffnet hatte, einem Leben, das auch sie sich wünschte. Und da ich noch nicht genau wußte, was ich tat, und auch noch nicht wußte, daß mich auf diesem Weg die Angst bis zum Schluß begleiten würde, verlangsamte ich nach ein paar Metern den Schritt. Es waren zweierlei Ängste, die mich dort auf der schlammigen Gasse befielen; einmal erwachte in mir eine Art Schuldbewußtsein, denn das Haus, auf das ich zustrebte, erwartete mich mit einer Tragödie, und schon da ahnte ich, daß ich mit dieser Tragödie zu tun hatte; und dann war da noch das Verbot. Ich dachte sogar daran umzukehren. Bevor meine Mutter wieder in die Küche käme, würde ich schon wieder in der Tür stehen, an die Wand gelehnt, als wäre nichts geschehen. Aber während einerseits in mir der Zweifel hochkam, ob ich dorthin, zum Schauplatz der Tragödie, gehen solle oder könne, erschien mir andererseits auch das Verbot sehr zweideutig, hatte es doch der Mensch – meine Mutter – ausgesprochen, der wenige Tage zuvor Herrn Róth das Osterlamm geschenkt hatte. In Gedanken rannte ich einmal vorwärts, einmal zurück, stand aber eigentlich seit Minuten auf der Stelle, und an mir liefen die Leute vorbei, die Mäntel über den Kopf gezogen, von Neugier getrieben. Und wie der Verbrecher, der seine Schritte unwillkürlich an den Tatort zurücklenkt, folgte ich ihnen.

Sie standen da vor dem Haus, Frauen, Männer, Kinder, unter dem grauen Himmel, und der Regen klatschte ihnen ins Gesicht; so, aus der Entfernung, wirkte die Gruppe wie eine kleinere Menschenmenge, eine anonyme Menge, obgleich sie aus Individuen bestand, die ich sehr wohl kannte, aus Individuen, zu denen allen ich auf irgendeine Art in Beziehung stand, und diese Individuen, die aus weiß Gott wie vielen Gründen hierhergekommen waren, durchdrang und – wenn ich so sagen darf – überdeckte ein einziges Gefühl, nämlich vor Erregung zitternde Teilnahme.

«Was ist denn passiert?»

«Ist er tot?»

«Es heißt, er sei verschwunden.»

Es war, als zitterte in den Stimmen, die vor erregter Neugier aufgeheizt waren, auch Kummer und Besorgnis, und das – wenn ich mich auch nicht von der Stelle rührte und von weitem wohl auch als Teil dieser gesichtslosen Menge erschien – entfernte mich von der hier zusammengescharten Gruppe, weil ich spürte, daß in diesen Menschen, und in den Menschen überhaupt, nichts Beständiges war, daß die Kehrseite ihres Hasses auf Herrn Róth Teilnahme und Besorgnis war und daß alle ihre Gefühle eine Kehrseite hatten und daß sie ihre Gefühle am Spieß der Gewohnheiten drehten und wendeten. Und das mußte ich um so mehr spüren, als ich mich in nichts von ihnen unterschied, als ich Teil dieser Menge war. Nur Herr Maczelka zollte der allgemeinen Stimmung keinen Tribut, sondern schrie vor der Gruppe herum.

«Sie werden alles rechtzeitig erfahren!» krähte er uns zu und fuchtelte mit den Händen. «Solange die Polizei nicht da ist, darf keiner zum Haus!»

«Hat man es der Polizei gemeldet?» fragte jemand, und obwohl auch sonst niemand wußte, was zu melden war, bekam er auch gleich zu hören: «Nein, wir haben auf Sie gewartet!»

Auch die Jungen standen da, die Brüder Zsudi und meine anderen Freunde, alle auf Distanz voneinander, und es fiel mir gar nicht ein, mit ihnen zu reden, denn ihr Blick spiegelte den gleichen Schrecken, den auch ich spürte. Dann wurden wir mit Schlamm und

Wasser vollgespritzt, das Polizeiauto fuhr unter Sirenengeheul rückwärts vor das Haus von Herrn Róth, und die Menge verstummte. In mir wurde es auf eine starre, kalte Art still, ich schloß die Augen und sah erst wieder auf, als der Polizeioffizier und seine zwei Leute bereits in Herrn Róths Garten waren. Sie gingen um das Haus herum, schauten es sich an, berieten sich, Herr Maczelka trabte hinter ihnen her, sagte auch etwas, aber der Offizier winkte ab; sie versuchten die Tür, die Fenster zu öffnen, doch alles war geschlossen. In ihren Bewegungen, die uns rituell vorkamen, wurden sie offensichtlich durch den Nieselregen gestört, sie hätten das Ganze gern schon hinter sich gehabt, sie scharten sich zusammen, die Schultern hochgezogen, dann trennten sie sich wieder, der eine machte Aufnahmen, und da sich die Szene in die Länge zog, begann in der Menge leises Getuschel. Ich verstand die Wörter nicht, weil ich kein Bedürfnis hatte, auf sie zu achten, zitternd stand ich da, zitternd vor Kälte und vor Angst. Dann wurde es wieder still, weil der fotografierende Polizist die Aufschrift an der Hauswand bemerkt hatte, die durch die Dachtraufe gut vor dem Regen geschützt war; er nahm sie in Augenschein, war aber nicht überrascht, trat ein paar Schritte zurück und machte auch davon eine Aufnahme.

«Sie werden die Tür aufbrechen», sagte jemand.

«Ach, Quatsch», ertönte die Antwort.

Und tatsächlich brachen sie die Tür nicht auf, sondern öffneten sie einfach und gingen hinein. Wir warteten. Auf die Gewißheit. Nicht lange, denn der Offizier tauchte bald wieder auf, sein Taschentuch an die Nase gedrückt, hinter ihm die anderen beiden.

«Um Gottes willen!»

Herr Maczelka stand direkt vor ihnen. Die Polizisten wechselten ein paar Worte, dann verschwanden sie erneut im Haus, diesmal für längere Zeit. Als sie wieder erschienen, lag das Lamm in den Armen des einen Polizisten. Er wußte nicht, was er damit anfangen sollte, blickte sich unschlüssig um und setzte es dann ab. Das kleine Tier klappte zitternd zusammen. Aber da kümmerten sie sich nicht mehr darum. Sie schlossen die Tür und rannten durch den Regen zu ihrem Wagen. Frau Maczelka stellte sich ihnen in den Weg.

«Er ist mindestens seit drei Tagen tot», sagte der Offizier mit einer Stimme, die jeder hören sollte.

Aber nicht das beschäftigte Frau Maczelka.

«Lassen Sie doch das arme Tier nicht einfach dort!» Sie zeigte auf das Lamm.

«Holen Sie es raus», sagte der Offizier kurz angebunden.

«Das ist unser Lamm», hörte ich von irgendwoher die Stimme meiner Großmutter, aber niemand beachtete sie.

«Um Gottes willen!»

«Seit drei Tagen tot?»

Einige begannen zu schluchzen. So laut, daß ihre Schmerzensäußerung nicht einmal vom aufheulenden Motor des Polizeiwagens überdeckt werden konnte.

Frau Maczelka dagegen kam aus Herrn Róths Garten herausgelaufen und preßte das Lamm an sich. Vor meinen Augen verschwamm alles. Hinter mir sprachen sie von Kränzen und darüber, was für ein Kerl der Alte eigentlich gewesen sei. Ich aber konnte nicht glauben, daß das alles so einfach war.

János Maczelka und seine Frau lehnten Ellenbogen an Ellenbogen aus dem Fenster. Darunter lag kraftlos das Lamm.

Frau Kláras Haus

«Woher kommen Sie eigentlich?»

«Eigentlich aus Mágocs. Kennt sich die gnädige Frau dort aus?»

«Nein.»

Frau Klára stand vor dem Spiegel, sie war so klein, daß sich nicht einmal ihr Kinn spiegelte. Erst von dort aufwärts die runzlige Oberlippe, die von den falschen Zähnen herausgedrückt wurde, dann die ihrer ursprünglichen Form entkleidete Nase, die kleinen braunen, dennoch starr blickenden Augen in dem zerknitterten, fleckigen Gesicht. Ins Spiegelbild, dem die blaßblauen Kacheln der Badezimmerwand als Hintergrund dienten, ragte noch allerlei hinein; Fläschchen, Schachteln, Zahnbürsten und die Deckel von Dosen. Hinter ihrem Rücken war ein gleichmäßiges Knirschen zu hören, der in Scheuersand getauchte Lappen auf dem Email der Badewanne.

«Haben Sie das Frühstück gemacht, Jutka?»

Jucika richtete sich auf, zuerst erschienen die Schultern, dann ihr Kopf im Spiegel, und sie war so groß, daß das Glas ihre Stirn nicht mehr reflektierte.

«Ich bitte sehr herzuhören», sagte sie und seufzte tief. «Das muß ich der Genossin dann noch erzählen, das Ganze von Anfang an, aber so viel muß ich schon jetzt erzählen, daß ich überhaupt nicht schuld war, denn er hat gesagt, er würde mich heiraten. So sicher, wie wir jetzt hier im Badezimmer sind.»

Frau Klára hob die kurzen Wimpern, um den treuherzigen braunen Blick im Spiegel zu sehen, schaute aber nur beiläufig hin und setzte die Massage fort.

«Und mein kleiner Laci...»

Die momentane Pause ausnützend, sagte Frau Klára: «Ihr Verlobter?»

Jucika verschwand aus dem Spiegel, und das Email der Badewanne begann erneut zu knirschen.

«Nein, mein kleiner Junge...»

«Den haben Sie auch?»

«Mein kleiner Laci kam so auf die Welt. Ich muß dann noch ausführlich erzählen, wie das war...»

Es wurde still, und dieser Stille entnahm Frau Klára, daß Jucika jetzt mit bitteren Gedanken beschäftigt war, denn sie hatte auch aufgehört, die Badewanne zu scheuern, aber ihr Kopf erschien nicht im Spiegel, sicher war sie noch so über die Wanne gebeugt, wie die Erinnerungen sie überrascht hatten. Frau Klára war mit der Packung fertig. Die dicke Creme übte vorübergehend eine wohltätige Wirkung auf ihr Gesicht aus; sie füllte die Runzeln und schimmerte wie Schmelz. Und als sie dieses vertraute Gesicht anschaute, schwankte (nur für einen Augenblick) der Boden unter ihren Füßen: ‹Werde ich so aussehen, wenn ich tot bin?› Dann war alles wieder da, und noch immer Stille, nur ihr Herz schlenkerte unordentlicher. Sie trat weg vom Spiegel und faßte mit einer leichten Bewegung, die an das Wesen erinnerte, aus dem dieser verschrumpelte Körper geworden war, ihren langen Hausmantel zusammen, um sich auf den heruntergeklappten Klodeckel zu setzen. Jucika richtete sich auf, aber nicht ganz, und trat näher zu Frau Klára heran, und Frau Klára konnte ganz deutlich sehen, wie sich Jucikas Augen jetzt mit Tränen überzogen.

«Weil ich möchte...», sagte Jucika mit einer gefühlvollen, doch dumpfen Stimme, «weil es bei mir so ist, daß ich immer alles sage... Weil ich möchte, daß die gnädige Frau alles von mir weiß...»

Frau Klára berührte leicht das Haar des Mädchens. «Weinen Sie nicht, Jutka.»

Jucika stand plötzlich gerade, warf den Kopf nach hinten und lachte kurz auf.

«Weinen? Ich?»

«Aber Sie sind erbittert... ich sehe es», sagte Frau Klára.

«Ich, erbittert? Ich war noch nie erbittert... Ich möchte nur, daß die gnädige Frau alles von mir weiß...»

Jucika warf den Lappen in die Badewanne.

«Ich war sogar im Jugendverband...»

«Ja?»

«In Mágocs war ich Verbands-Sekretärin.»

«Ja?»

«Ja.»

«Haben Sie das Frühstück gemacht?» fragte Frau Klára erneut und betupfte sich mit zerbrechlichen Fingern das Gesicht, um festzustellen, ob die Pakkung schon trocknete.

«Zwei Wochen war ich Verbands-Sekretärin in Mágocs.»

«Ja?»

«Ja. Genau. Das muß ich dann auch noch erzählen, denn ich wurde nicht deswegen abgesetzt... Nicht, daß ich abgesetzt worden wäre... Nur ist mein Tibor dazwischengekommen...»

«Ihr Verlobter?»

«Der und mein Verlobter!»

Frau Klára rührte sich auf dem geschlossenen Klodeckel. «Vorhin haben Sie doch gesagt», erhob sie indigniert die Stimme.

«Ich? Ich habe überhaupt nicht gesagt…»

«Doch, Sie haben gesagt, daß…»

«Na ja. Wir mochten uns, auf die Art, ich und mein Tibor, denn nur so durfte man ihn nennen, Tibor. Einmal, da mochten wir uns schon auf die Art, habe ich zu ihm gesagt: mein Tibilein. Wissen Sie, was er gemacht hat?»

Frau Klára hob fragend die Augenbrauen, und diese Bewegung verursachte auf der glatten Fläche der trockenen Packung dünne Risse.

«Er hat mir eine runtergehauen. Das einzige Mal, daß er mir eine runtergehauen hat», lachte Jucika.

«Aber warum?» staunte Frau Klára.

Jucika zuckte die Achseln.

«Ich weiß es nicht. Man durfte meinen Tibor einfach nicht anders nennen», sagte sie, beugte sich wieder über die Wanne und setzte das Scheuern fort.

Frau Klára betupfte wieder ihr Gesicht und nahm das sich hin und her neigende Mädchen in Augenschein, die breiten, knochigen Schultern, die ausladenden Hüften, die wohlgeformten Füße, die in roten Hausschuhen steckten. Sie nahm eine Zigarette aus der Tasche ihres Hausmantels, aus der anderen Tasche eine Spitze, steckte sie hinein und zündete sie mit Streichhölzern an, die auf dem Fenstersims lagen. Sie blies den Rauch aus, und der angenehme Duft von Zigarettenrauch vermischte sich mit den Gerüchen, die Jucikas Kleidern und Körper entströmten. Ein seltsam säuerlicher Geruch war das, der Frau Klára eigentlich unangenehm berührte, doch da sie im Lauf der Zeiten ein disziplinierter und weiser Mensch geworden war, wagte sie nicht einmal sich selbst einzugestehen, daß ihr vor dieser Art menschlicher Ausdünstung ekelte. Schon in jungen Jahren hatte sie sich davor geekelt, diesen Ekel jedoch heftig von sich gewiesen, nachdem sie aus ihrem reichen Zuhause weggegangen war, denn sie hatte das Gefühl gehabt, daß dieser Ekel sie mit jenen Menschen verbinde, jenen Kapitalisten, Bürgern und Aristokraten, deren Kreis sie entstammte, die sie erzogen hatten und von denen sie sich – so meinte sie – bewußt abgewendet hatte. Und wie sie so still und in Gedanken versunken sich in den Rauch ihrer Zigarette hüllte und dabei das besessen scheuernde, grobknochige Mädchen betrachtete, sank sie in jene Einsamkeit zurück, in der sie seit Jahren lebte. Sie konnte stundenlang so sitzen, ob hier im Badezimmer oder im Arbeitszimmer in ihrem Lieblingsfauteuil am Fenster, von dem aus der weidengesäumte, scheinbar reglose Fluß zu sehen war.

«Jetzt hören Sie schon auf», sagte Frau Klára nach einer Weile.

Doch als hätte sie es überhaupt nicht gehört, scheuerte Jucika weiter in der Wanne herum, ungeschickt, ohne jede Methode, einmal hier, einmal dort.

«Beim Herrn Künstler daheim...», begann sie eine neue Geschichte, und ihre Stimme hallte dumpf aus der Wanne wider, «...denn dort war ich auch, zwei Monate lang... Ich muß auch noch erzählen, wie ich mit der Frau des Herrn Künstlers bekannt geworden bin... Sie haben ganz großen Wert darauf gelegt, daß die Badewanne sauber war. Der Herr Künstler hat, bevor ich ihn in die Wanne setzte, immer eine Kontrolle gemacht... Er hat mit dem Nagel darin herumgekratzt und sich ganz dicht darübergebeugt, und wenn er etwas gefunden hat, ein Haar oder irgendeinen kleinen Fleck, da mußte man das Wasser wieder auslassen und die Wanne noch einmal putzen und neues Wasser einlassen, und der Herr

Künstler hat nur in achtunddreißig Grad warmem Wasser gebadet...»

Frau Klára achtete nicht mehr auf das, was das Mädchen sagte. Ihre Gedanken waren hängengeblieben. Sie seufzte leise auf und schüttelte den von grauweißem Haar umkränzten Kopf.

«Auf diese Weise sind Sie aus Mágocs weg, mein armes Kind...», sagte sie.

«Aber es ist auch wahr», fuhr Jucika fort, «eine Badewanne muß immer sauber sein... Sie haben sogar verlangt, daß ich sie auch noch mittags saubermache.»

«Wen?»

«Die Badewanne.»

Frau Klára verstand nicht, worum es ging. Und sie hatte das Gefühl, daß die Masse auf ihrem Gesicht schon hart war. Sie erhob sich von dem zugedeckten Klo, und in diesem Augenblick tauchte am Fenster des Badezimmers ein Junge auf, der kaum älter als siebzehn sein mochte und auf dessen Stirn, Nase, Kinn, zwischen den vom Rasiermesser noch unberührten Stoppeln, große rote Pickel prangten.

«Küß die Hand, Mama läßt fragen, ob die gnädige Frau Eier will, denn gestern haben die Hühner ganz schön gelegt, und jetzt sind so viele übrig, daß wir sie auch an die Wand schmeißen könnten», sagte der Junge in einem Atemzug und lachte, sah aber nicht zu Frau Klára, sondern direkt in den Ärmelausschnitt von Jucikas Bluse, der nach vorn gerutscht war, so daß der Junge außer dem Haarbüschel unter der Achselhöhle noch allerlei anderes zu sehen glaubte. Jucika gewahrte es und erhob sich, ihr brauner Blick verschränkte sich mit dem gierig verschleierten hellblauen Blick des Jünglings. Frau Klára antwortete nicht sofort, doch um die Stille zu brechen, die während des Spiels der Blicke eingetreten war, sagte sie: «Ah, Jóschka, servus.»

Der Junge errötete, sein rotes Gesicht wurde noch röter, denn nun nahmen auch die blassen Regionen zwischen den roten Pickeln die Farbe der Zierde seines Alters an.

«Jutka kommt nach dem Frühstück zu euch hinüber», sagte Frau Klára und wandte sich ab, damit der Junge nicht die eingetrocknete Maske sah. Doch das war gar nicht nötig, denn Jóschka warf nur noch einen kurzen, schrägen Blick zu Jucika und verschwand dann vom Fenster. Jucika blickte ihm nach, wie er mit riesigen Sprüngen über die Blumenbeete hinwegsetzte und im Blätterwerk des Gartens verschwand; dann krümmte sie sich wieder über die Badewanne und scheuerte weiter, jedes kleine Fleckchen nahm sie in Angriff, und vor allem zu einem handtellergroßen Rostfleck kehrte sie immer wieder mit Vorliebe zurück.

Frau Klára wusch sich über dem Waschbecken die Packung ab, trocknete das Gesicht und trug aus verschiedenen Dosen Cremes auf, während hinter ihrem Rücken pausenlos das Knirschen und Jucikas Schnaufen ertönte.

«Nun hören Sie schon auf», sagte Frau Klára.

«Ich bin gleich fertig», antwortete Jucika aus der Wanne.

Frau Klára zuckte die Achseln und ging aus dem Badezimmer.

«Ich wäre so froh, wenn die Genossin meine Freundin wäre...», sagte Jucika und leerte eine Tasse Tee.

Frau Klára lachte auf, aber sie war verlegen. «Ja?»

«Ich habe nämlich den Mann der Genossin gut gekannt.»

Das Butterbrot in Frau Kláras Hand kippte ein wenig, und der Honigaufstrich tropfte auf den Tisch.

«Meinen Mann?»

«In Mágocs, im Lokal des Jugendverbands, war ein großes Bild von ihm. Wenn ich allein im Lokal war, bin ich immer vor dem Bild des lieben Zoltán stehengeblieben und habe fast geweint.»

Frau Kláras Kinn bebte.

«Aber woher haben Sie ihn denn gekannt? Sie können ihn gar nicht gekannt haben. Zoltán ist vierundvierzig gestorben.»

«Doch, bitte zu glauben, wenn ich vor dem Bild stand, habe ich sogar mit ihm gesprochen. Ich habe gesagt: ‹Ich möchte auch so ein Held sein, wie du es warst, lieber Zoltán.› Wir haben uns nämlich geduzt. Und da hat er geantwortet: ‹Führe du nur ein reines und ehrliches Leben, mein liebes Kind, und so wirst du eine Heldin sein.›»

«Zoltán hat nie so etwas gesagt», antwortete Frau Klára gereizt, legte das Brot auf den kleinen Teller und leckte sich den Honig von der Hand.

Jucika war erstaunt. Ihr Blick prallte von den Gegenständen und den Wänden zurück, als suchte sie nach dem Sinn von Frau Kláras Worten und fände ihn nirgends. Dann schnitt sie ein Stück Käse ab und steckte es sich ganz in den Mund. Frau Klára schämte sich auf einmal wegen ihres gereizten Tons und fügte, Jucika anlächelnd, eine Erklärung an.

«Zoltán dachte viel rationaler», sagte sie, «wir haben oft vom Heldentum gesprochen, und er hat immer erklärt: Wir brauchen keine toten Helden, wir brauchen sie lebendig.»

«Und bitte zu sagen», Jucika senkte verschämt den Kopf, «war es schön, mit ihm zu leben? So ganz...»

Frau Klára wurde rot. Es war ein schlichtes, mädchenhaftes Erröten, und doch rötete sich ihr Gesicht auf ältliche Art, in unzusammenhängenden Flecken; sie nahm den Käserest vom Teller und schnitt die Rinde ab.

«Mag die gnädige Frau keine Rinde?»

«Nein.»

«Bitte sie mir zu geben. Ich mag sie sehr gern. Beim Herrn Künstler haben sie immer viel Käse gegessen, und sie haben immer die Rinden für mich gesammelt. Aber ich war nicht gern bei ihnen...»

Jucika erklärte für dieses Mal nicht, warum sie nicht gern beim Herrn Künstler gewesen war, da sie sich ganz mit dem Frühstück beschäftigte. Frau Klára aber schaute nur das Mädchen an und fühlte eine seltsame Verwandlung in sich vorgehen. Besser gesagt, sie fühlte sie eben nicht, gerade weil sie sich verwandelte. Ein jugendliches, fast schon kindliches Staunen trat an die Stelle jener in sich gekehrten Altersweisheit, die schon seit langem ihr Leben bestimmte. Seit sie in diesem Haus allein lebte, eine nicht gerade beträchtliche, aber doch höhere staatliche Rente bezog und an ihren Erinnerungen, besser gesagt, an der Biographie ihres im Krieg gefallenen Mannes werkelte, erschien ihr die Welt als etwas endgültig Abgeschlossenes, da sie ja, wenn sie von ihrem Fauteuil zum Fenster hinausblickte, nichts anderes sehen konnte als das launische Spiel des Wetters im rhythmischen Wechsel der Jahreszeiten. Doch das Wetter und der Wechsel der Jahreszeiten erscheinen nach sechzigjährigem Erleben nicht mehr als unerklärliches Geschehen. Die Gesetzmäßigkeiten der Natur werden eins mit jemandem, der über sechzig ist. Sie begehrte nicht sinnlos auf, wenn es regnete, da sie ja doch keinen Ausflug machen wollte, und wenn die Sonne strahlte, nahm sie es zur

Kenntnis, denn an die Sonne durfte sie sowieso nicht. Jetzt aber betrachtete sie das kantige Gesicht von Jucika, ihr in Ringe gewickeltes Haar von unbestimmter Farbe, und konnte sie nirgends einordnen, in keine vorgefertigte Klasse, keine Schicht, keinen Typus von Mensch, sie schaute nur, und in ihrem Kopf ging die Frage herum: «War es schön, mit ihm zu leben? So ganz...» Sie war völlig mit dieser Frage beschäftigt und merkte gar nicht, daß Jucika aufstand und auf etwas horchte. Über dem Herd begann etwas zu klopfen. Wie ein tropfender Wasserhahn. Aber stärker.

«Was ist das?» Jucika sah sie erschreckt an.

«Ich weiß es nicht.» Frau Klára zuckte die Achseln.

«Etwas ist in der Wand», sagte Jucika und beugte sich über den Herd, um das Ohr an die Wand zu legen.

Das Klopfen wurde schneller und stärker.

«Es ist halb zehn», sagte Frau Klára.

Das Klopfen hörte plötzlich auf.

«Es klopft immer genau um halb zehn...», sagte Frau Klára.

«Aber was?» fragte Jucika.

«Ich weiß nicht. Irgendwas.»

Jucika setzte sich wieder an den Tisch und nahm eine geröstete Scheibe Brot in die Hand, um sie mit Butter zu bestreichen, doch auf halbem Weg hielt sie in der Bewegung inne, als wartete sie darauf, daß wieder etwas in der Wand klopfte. Frau Klára mußte lächeln.

«Na, gehen Sie mal die Eier holen, Jutka», sagte sie.

Jucika stand auf, aber sie fixierte noch immer die Wand, direkt über dem Herd, wo deutlich die Spuren vom vorjährigen und noch früherem Einmachen zu sehen waren. Sie schaute so verdutzt, als sei sie in ein Spukschloß geraten. Frau Klára mußte lachen.

«Na, gehen Sie schon, Jutka, die Eier holen. Morgen können Sie es wieder hören.»

Jucikas Blick zuckte zur alten Frau hinüber.

«Genau um halb zehn», fügte Frau Klára zur Erklärung bei.

«Bitte mich nicht Jutka zu nennen», sagte das Mädchen gereizt.

«Sie heißen doch so, oder?»

«Bitte mich Jucika zu nennen.»

Frau Klára zog beleidigt die Schultern hoch.

«Mir soll's recht sein», sagte sie.

Während sich das Mädchen kämmte, sich dann mit Frau Kláras Puder das sommersprossige Gesicht bepuderte und sich auch noch mit ein paar Tropfen Kölnischwasser bespritzte, um darauf beim Nachbarn die Eier zu holen, räumte Frau Klára die Reste des Frühstücks vom Küchentisch. Sie bewegte sich langsam und ungeschickt, mit den Bewegungen eines Menschen, der sich nichts und niemandem anzupassen braucht, den die Zeit nicht hetzt; sie verlor sich in Gedanken: «Jucika... Mir soll es recht sein. War es schön mit ihm?»

Sie merkte überhaupt nicht, daß sie inzwischen den Abwasch gemacht hatte.

Ihr Tagesablauf war zu dieser Zeit noch nicht – wie es später zu sehen sein wird – aus der gewohnten Bahn geraten. Um halb zehn, wenn das Klopfen in der Wand ertönte, pflegte sie in ihr Zimmer einzutreten, um ihre Manuskriptblätter vor sich auszubreiten, zusammen mit Fotos und Ausschnitten aus alten Zeitungen, die ihrem Gedächtnis nachhelfen sollten.

Jetzt war es schon Viertel vor zehn, doch so viel Verspätung hatte sie bei anderer Gelegenheit auch. Wenn Frau Kalher, die Kassiererin der Schornsteinfegerunion, herüberkam und sie ins Plaudern gerieten, oder wenn Post eintraf und sie beim Frühstück lange über einen Brief oder eine Nachricht sann.

Obgleich von faulem und unordentlichem Naturell, war Frau Klára unentwegt bestrebt, ihr Leben auch nach sechzig im Griff zu haben, und wenn, ganz selten einmal, Besuch da war, alte Genossen und Freunde, suchte sie das Gespräch immer so zu lenken, daß ihr die Gäste Gelegenheit geben mußten, ihre Ansichten über Pünktlichkeit und Disziplin darzulegen.

Gespräch mit Frau Viczmándy (Rózsi)

«Neuerdings kann ich nachts nicht schlafen. Ich verschlafe den Vormittag, und dann ist der Tag auch schon vorbei...»

«Da hilft nur Disziplin, meine Liebe», sagt Frau Klára und neigt den Kopf zur Seite. «Ich stehe um sechs Uhr auf, breite die Betten zum Lüften aus, mache mir Kaffee, trinke ihn hier im Arbeitszimmer, dann bringe ich die Wohnung in Ordnung, esse mein Frühstück, und genau um halb zehn setze ich mich an die Arbeit.»

«Und wann findest du Zeit zum Einkaufen? Und zum Kochen?»

«Oh, meine Liebe! Alles hat seine Zeit. Ich arbeite bis halb eins, dann brutzle ich mir etwas, mache ein kleines Nickerchen, und nach der Mittagspause gehe ich einkaufen.»

«Nachmittags?»

«Warum sollte ich am Herkömmlichen festhalten, wenn es für mich so besser ist?» Frau Klára schaut ihrem Gast in die Augen und fühlt sich in solchen Momenten allen voraus. «Und überhaupt», fügt sie hinzu, «braucht man aus dem Haushalt keine so große Geschichte zu machen. Auch das ist eine Frage der Intelligenz. Du kennst doch Marischka Romsauer?… Na, meine Liebe, dieses wackere Weib ist, wie mein armer Zoltán sich immer ausdrückte, im Abwaschwasser ertrunken.»

«Sie hat drei Kinder großgezogen.»

«Drei Kinder? Und ich?»

«Aber ihr habt immer in besseren finanziellen Verhältnissen gelebt.»

Frau Klára schüttelt den Kopf.

«Nein, meine Liebe, nein. Das Ganze ist eine Frage der Intelligenz, der Disziplin und der Pünktlichkeit.»

Gespräch mit Frau Romsauer (Marischka)

«Ich wage es kaum, den Leuten unter die Augen zu kommen. Mein Sohn, meines Mannes Sohn, der alles nur uns verdankt… und schickt nicht mal ein Paket. Nicht mal zu Weihnachten. Weißt du, Klára, mir ist das Ganze verleidet. Samt und sonders. Alt sind wir geworden.»

«Auch mir hilft nur noch, so gut es geht, die Disziplin, die Pünktlichkeit, meine Liebe», seufzt Frau Klára und neigt den Kopf zur Seite. «Ich stehe um sechs Uhr auf, breite die Betten zum Lüften aus, mache mir Kaffee, trinke ihn hier im Arbeitszimmer, dann bringe ich die Wohnung in Ordnung, esse mein Frühstück, und um halb zehn setze ich mich an die Arbeit.»

«Ich denke oft: Einkaufen? Kochen? Seit vierzig Jahren jeden Tag das gleiche. Wozu? Für wen? Wir sind allein geblieben.»

«Oh, meine Liebe, das sagst du so leicht dahin. Ihr seid allein geblieben. Ich bin allein geblieben. Was für ein Unterschied. Mir ist nur die Erinnerung geblieben. Ich sitze immer bis halb eins über meinen Papieren, doch damit ich mich auch morgen noch erinnern kann, brutzle ich mir eben etwas, dann mache ich ein kleines Nickerchen, und dann watschle ich nach der Mittagspause zum Einkaufen.»

«Nachmittags?»

Frau Klára winkt müde ab.

«Ich weiß. Nachmittags ist nur noch Mist da, aber für mich reicht das schon. Ist doch egal. Man braucht aus dem Haushalt keine so große Geschichte zu machen. Wie mein armer Zoltán sich immer ausdrückte, ist es die Tragödie der Frauen, daß sie im Abwaschwasser ertrinken.»

«Auch ich bin darin ertrunken. Wie wahr.»

«Du hast drei Kinder großgezogen», sagt Frau Klára.

«Drei Kinder? Ich habe keine Freude an ihnen.»

«So ist unser Los», sagt Frau Klára und schüttelt den Kopf. «Und doch sage ich dir, Marischka: Da helfen nur Disziplin und Pünktlichkeit.»

Das waren Frau Kláras kleine Siege.

Es wäre einfacher, den Grundriß von Frau Kláras Haus abzudrucken, als es zu beschreiben. Aber was würden dann die Architekten sagen. Und was die Schriftsteller.

Das Haus stand auf einer kleinen Anhöhe, unweit des Donauufers. Es war von einem ziemlich verwilderten Garten umgeben: allerlei mehrjährige Blumen, Rosenstöcke, Himbeer- und Johannisbeerstauden und unbeschnittene Obstbäume. Es war ein ruhiger Ort, weit abseits der Landstraße und auch im

Windschatten, denn gerade hier senkten sich die Berge zum Fluß hin. Wenn ein leichter Wind dennoch die Luft kräuselte, brachte er, je nach Richtung, unterschiedliche Düfte mit sich. Aus Norden, zusammen mit dem Rauschen der Eichen, den Duft des Waldes, aus Osten kommend aber (das war die vorherrschende Windlage) fegte er Kalhers Schweinestall sauber.

Soviel über Garten und Düfte.

Das Haus selbst, den Rücken an die abfallende Bergflanke gedrückt, war von vorn gesehen zweistöckig. Das Erdgeschoß, falls man es so nennen kann (oder eher: das ebenerdige Geschoß), wurde von einem einzigen, kammerartigen Zimmerchen eingenommen, das bis zu Jucikas Ankunft in der Tat als Gerätekammer gedient hatte. Seine Holztür ging unmittelbar in den Garten hinaus, und hätte jemand durch die beiden handtellergroßen Fenster geschaut, hätte er sich bestimmt den Kopf eingeklemmt. Vor ein paar Tagen hatte Frau Klára die Kammer saubergemacht. Mit Jóschka Kalhers Hilfe hatte sie ein wackliges Sofa und einen alten Schrank hineingestellt sowie eine Cranach-Reproduktion an die stellenweise feuchte Wand gehängt.

Als sie mit den Einrichtungsarbeiten fertig waren und Jóschka Kalher noch den Flickenteppich aus dem Flur heruntergebracht hatte und auch der ausgebreitet war, schaute Frau Klára den Jungen an und sagte: «Ist doch ganz hübsch.»

Jóschka antwortete nicht, sondern starrte nur auf irgendeinen Punkt hinter Frau Kláras Kopf und strich sich über die Pickel auf seiner Stirn. Ist dieses Kind dumm, dachte Frau Klára, gab ihm zwei Forint für ein Eis, die der Junge nicht annehmen wollte, und schickte ihn dann weg. Als sie allein war, schaute sie sich noch einmal um und sagte jetzt halblaut, als wolle sie sich selbst überzeugen: «Ist doch ganz hübsch.»

Sie brachte die Teppichfransen in Ordnung, schloß dann die Tür ab, steckte den Schlüssel in die Tasche ihres Hausmantels und tastete sie von außen ab, um sicher zu sein, daß er auch dort war, denn sie vergaß alles. Der Schlüssel war dort. In der linken Tasche ihres Hausmantels.

Na gut, dachte sie und begab sich nach oben.

Folgen wir ihr, damit auch wir den Schauplatz unserer Geschichte kennenlernen.

Zum Hauseingang führten zehn Stufen, man gelangte durch eine Doppeltür in die Wohnung, die Frau Klára abends mit Hilfe eines Schlüssels, eines Riegels und eines Schiebers für die Außenwelt unzugänglich machte, denn als alleinstehende alte Frau fürchtete sie die Villenräuber. Vom Flur her, wo sich außer zwei Rohrsesseln und einem dreibeinigen Tisch keine erwähnenswerten Gegenstände befanden, außer wir zählen einige Szőnyi-Originalstiche und zwei Teller dazu, die angeblich Picassos Hand entstammten, vom Flur her also gingen drei Türen ab. Die eine zur Küche, die zweite zum Badezimmer, die dritte (eine Flügeltür, davor ein gestreifter Seidenvorhang) zum sogenannten Arbeitszimmer. Vom Arbeitszimmer ging eine weitere Tür ab, durch die man ins Schlafzimmer gelangte.

Frau Kláras Arbeitszimmer war ein Biedermeierzimmer. Biedermeier das Sofa, Biedermeier der Schreibtisch, Biedermeier die Stühle, Biedermeier die Bildchen, und unter, zwischen, auf und über den die Biedermeiereinrichtung ausmachenden Biedermeiergegenständen überall verstreut Biedermeierkram. Nur das ovale Tischchen in der Ecke mit den beiden Fauteuils war kein Biedermeier, doch das (zu Frau Viczmándy: «Biedermeier von Maria Theresia zu unterscheiden fällt selbst einem sachverständigen Kenner schwer») störte niemand.

Es war still. So still, wie es auf der Welt nur sein kann. Frau Klára rückte den Fauteuil ans Fenster, zog ein Tischchen daneben, legte den mit spitzen Buchstaben vollgeschriebenen Manuskriptpacken darauf und setzte sich dann, den Fauteuil in einen günstigeren Winkel rückend, noch einmal zurecht. Erst schaute sie auf den Fluß hinaus, dann blickte sie auf das Manuskript. Auf dem obersten Blatt stand in ihrer spitzen Schrift: IM FEUERGEFECHT DES LEBENS.

Während sie, wohl zum hundertsten Mal, den Titel ihres entstehenden Buches las, griff sie in der Tasche ihres Hausmantels nach einer Zigarette, wollte aus der anderen Tasche Streichhölzer und Zigarettenspitze hervorholen, aber dort waren sie nicht. Das verdroß sie.

Die Spitze fand sie auf dem Glasregal im Badezimmer, die Streichhölzer in der Küche. Sie setzte sich wieder zurecht und zündete sich die Zigarette an. Als die Flamme knisternd aufflackerte, hatte sie auf einmal das Gefühl, sie müßte das Manuskript anzünden. Das Streichholz brannte herunter, denn es war kein Aschenbecher in der Nähe. Sie stand wiederum auf, holte einen Aschenbecher und setzte sich wiederum hin.

Sie wendete das Manuskriptbündel schnell um. So gelangte ein halb vollgeschriebenes Blatt nach oben. Um weiterzumachen, hätte sie die letzten Seiten lesen müssen. Seit zwei Tagen, seit sie wegen der Ankunft Jucikas mit der Vorbereitung der Kammer im Untergeschoß beschäftigt war, hatte sie nicht mehr an dem Buch gearbeitet und deswegen schon vergessen, wo sie eigentlich stehengeblieben war. Sie nahm das Blatt zur Hand, doch die spitzen Buchstaben gingen ihr auf die Nerven. Als hätte nicht sie das geschrieben.

‹Vielleicht wäre es doch besser, es zu verbrennen›, dachte sie.

Draußen pfiffen die Vögel, und irgendwo bellten Hunde, im Zimmer tickte leise die Uhr. Sie blickte sich um und stellte fest, daß Jucika seit einer halben Stunde bei Kalhers drüben war, um die Eier zu holen. ‹Wo bleibt sie so lange?›

Sie nahm einen tiefen Zug von ihrer Zigarette und blies den Rauch zum Fenster hinaus. Im Schlafzimmer begann das Telefon zu schrillen. Sie legte das Blatt zurück und eilte hinüber, setzte sich auf den Rand des breiten Betts und nahm den Hörer ab.

«Ja, ich warte, danke.»

Es dauerte einige Minuten, bis die Verbindung zustande kam. Wieder war kein Aschenbecher in Griffnähe, aber sie wagte nicht aufzustehen, und so schnippte sie die Asche auf die Nachttischplatte. Als am anderen Ende der Leitung die Stimme ertönte, ordneten sich ihre Gesichtszüge neu, sie lächelte.

«Ah, hallo. Ja, ich höre dich… Ich arbeite. Das Mädchen? Oh, sehr lieb. Ich weiß nicht. Ausgeschlossen, du weißt ja, daß ich arbeite. Aber wenn du morgen… Sie warten auf das Manuskript. Übermorgen? Gut. Aber erst am Nachmittag, ich arbeite jeden Tag bis halb eins.»

Die Zigarette brannte allmählich herunter, und die Glut sengte sogar die Papierspitze an. Ein übler Rauch entstand.

«In Ordnung. Gut. Ich bin gerade mitten in einem Satz… Na ja, macht nichts… Gut. Bis dann.»

Sie legte auf, das Lächeln verschwand aus ihrem Gesicht. Sie warf die Spitze ärgerlich durch das offene Fenster in den Garten und ging in das Arbeitszimmer zurück. Bevor sie sich setzte, schaute sie nochmals auf die Uhr. Sie nahm das halbbeschriebene Manuskriptblatt zur Hand.

«Wenn wir vor denen, die heute jung sind, den Film unseres Lebens abrollen ließen, würden sie bestimmt sagen, es habe keinen Sinn, so zu leben. Und doch hatte es einen Sinn. Die Bewegung wollte, daß wir asketisch sind. Und dieser Forderung kamen wir von ganzem Herzen nach, denn es war uns klar, daß den eigenen Wünschen und Interessen weniger Gewicht beizumessen ist als…» Hier brach der Satz ab.

‹Als was?› dachte sie. ‹Wo bleibt sie so lange?› Sie schaute wieder auf die Uhr und zog das Tischchen näher heran. Über ihr Gesicht lief jetzt ein schlaues kleines Lächeln. ‹Ich beende den Satz, und damit ist dieses Kapitel zu Ende›, dachte sie, griff zur Feder und beendete den Satz, wie es sich gehört. Dann seufzte sie auf. Las es nochmals durch. ‹Was für ein Blödsinn›, ging es ihr durch den Kopf. ‹Obwohl es völlig stimmt. Oder sollte es doch nicht stimmen? Was heißt asketisch?›

Und da kam ihr allerlei über Zoltán in den Sinn, wie sie sich kennengelernt hatten, wie sie ihre Familie verlassen hatte, und ihre ersten Nächte in Zoltáns Wohnung. Sie war ungeschickt, konnte nicht kochen und überhaupt nichts, und ihre Freunde lächelten über sie, weil ihr Hals voller roter Flecke war, und da ging ihr auf, daß auch andere wußten, warum ihr Hals voller roter Flecke war, die allmählich blauviolett wurden, und sie begann, hochgeschlossene Kleider zu tragen. ‹Jetzt sind wir beim Wesentlichen›, lachte sie im Fauteuil am Fenster vor sich hin, ‹ich sah mit dem hohen Kragen, es war ein weißer Pikeekragen, wie eine Nonne aus.›

Frau Klára errötete und schaute mit leerem Blick auf den Fluß und die Weiden am Ufer hinaus, dann kam ihr plötzlich jenes alte Bild von Zoltán in den Sinn… Bestimmt war es das, das in Mágocs im Lokal des Jugendverbands hing, denn Jucika hatte ja gesagt, daß der liebe Zoltán… Es war ein Jugendbild, und Zoltán war darauf am schönsten. Mit kühnem Blick, schwarzhaarig, hohe Stirn, nur dieses Bild konnte das in Mágocs sein, denn später war er völlig kahl geworden…

Frau Klára mußte ein bißchen weinen, sie tastete nach einem Taschentuch, fand es aber weder in der großen Tasche des Hausmantels noch im Spalt zwischen der Fauteuillehne und dem Sitz, wohin sie beim Aufräumen überflüssige Gegenstände zu stekken pflegte. Die Tränen rollten ihr aus den alten, glanzlos gewordenen Augen, und sie hörte auch nicht, wie der Kiesweg vor dem Fenster unter schnellen Schritten knirschte, dann die Flurtür aufging, dann die große Glastür, sie weinte einfach, tief in den mit Biedermeiersatin bezogenen Fauteuil gekauert, und stocherte nach dem Taschentuch. Sie dachte daran, daß sie Zoltán eigentlich nie richtig beweint hatte, denn auch, als der Genosse Balázs es ihr damals auf dem Miklós-Horthy-Boulevard gesagt hatte, war sie nur einen Augenblick lang stehengeblieben, dann hatten sie weitergeredet, sie wußte nicht mehr worüber, denn sie hatten nur für Augenblicke beisammensein dürfen und dazu lächeln müssen. Und seither hatte sie immer die Zähne zusammengebissen, obwohl die ganze Erde voll war von ihren Toten, ihrem Vater, den sie wegen seiner tausend Morgen Land gehaßt hatte, und ihrer Mutter, die in diesem

Fauteuil gesessen hatte, und überhaupt die Welt und das Leben...

«Die gnädige Frau weint doch nicht etwa?» fragte Jucika.

«Nein, nein... es ist nichts... Geben Sie mir nur die Augentropfen, dort auf der Kommode...», antwortete Frau Klára und warf den Kopf zurück.

Jucika eilte ins Schlafzimmer hinüber, und Frau Klára hörte, wie sie dort umherlief und die Tropfen nicht fand.

«Auf der Kommode», sagte sie und trocknete sich mit der Faust die Tränen.

«Auf der Kommode?»

«Ja.»

Jucika gab ihr die Augentropfen und schaute zu, wie Frau Klára die weiße Flüssigkeit in das Röhrchen pumpte, mit einer Hand ihr Lid hochzog und die Tropfen in ihr Auge fallen ließ.

«Wieviel Eier haben Sie gebracht?»

Jucika antwortete nicht auf ihre Frage.

«Ich sehe, daß die gnädige Frau geweint hat.»

Aus Frau Kláras Augen flossen wieder Tränen, doch das war jetzt wirklich kein Weinen, sondern die Arznei reizte ihre Augen.

«Sie weint auch jetzt noch.»

Frau Klára empfand eine große Zärtlichkeit für das Mädchen, sie sah, den Kopf noch immer nach hinten gebogen, zu ihr auf, lächelte und strich ihr über das Haar.

«Aber nein. Wissen Sie, meine Liebe, so alte Augen sind schlecht. Wenn ich viel arbeite, dann geben meine Augen immer den Dienst auf.»

«Hach, sie geben den Dienst auf!» lachte Jucika.

«Ja.» Frau Klára stimmte in das Lachen ein und gab das Fläschchen zurück.

«Ach, bitte zu erlauben, ich muß baden gehen.»

Frau Klára verstand im ersten Augenblick nicht recht, worum es ging.

«Aber Sie haben doch morgens gebadet», sagte sie.

«Ja, aber inzwischen stinke ich so von den Hühnern. Bitte zu riechen», erklärte Jucika und hielt ihren Arm Frau Klára unter die Nase.

«Von den Hühnern?» Frau Klára schaute das Mädchen noch immer verständnislos an.

«Ach, die Frau Kalher, die ist so nett, sie hat mich sogar auf den Abend eingeladen und gesagt, wenn wir schon so schön miteinander geplaudert haben, soll ich doch Jóschka helfen, den Hühnerstall sauberzumachen.»

«Das hat sie gesagt?»

«Ja. Weil der Jóschka, der macht das nicht gern allein. Warum soll ich da nicht helfen? Hühnerställe habe ich schon genügend ausgemistet, da fällt mir der Ring nicht vom Finger. Habe gar keinen. Dann hat auch der Jóschka gesagt, wir stinken so, wir sollten jetzt zur Donau hinunter.»

«Zur Donau ...»

Frau Klára nahm die halbbeschriebene Manuskriptseite zur Hand und starrte sie mit leerem Blick an.

«Und ich habe auch noch nie in der Donau gebadet. Wenn es die gnädige Frau erlaubt.»

Frau Klára schaute nicht zu ihr auf, sie nahm den Federhalter zur Hand. «Stören Sie mich jetzt nicht. Vormittags arbeite ich immer», sagte sie und gab sich Mühe, ihre Stimme nicht feindselig klingen zu lassen.

Das Mädchen ging hinaus. In Frau Kláras Kopf hingegen begann es zu brodeln. Als erstes kam ihr der Gedanke, das Mädchen sei nicht normal, und sie schaute ihr nach. Aus dem Badezimmer, dann aus dem Flur war ein Gemurmel, eine Art Liedchen, zu hören. Dann bäumte sich in Frau Kláras Kopf die Wut auf. ‹Was stellt sich diese Frau Kalher vor? Was stellt die sich vor?› Sie wurde so wütend, daß sogar ihre Gedanken stehenblieben. ‹Die Hühnerscheiße, die Hühnerscheiße… für mein Geld!›

Bis Jucika vom Baden zurückkam, hatte sich Frau Klára einigermaßen beruhigt, und sie wußte, was zu tun war. Als der Kies unter dem Fenster knirschte, setzte sie sich im Fauteuil zurecht und nahm den Federhalter in die Hand. Und als Jucika leise die Flurtür öffnete, schaute Frau Klára auf und rief hinaus.

«Jutka!»

Als sich die Glastür öffnete, war Frau Klára wieder über ihr Manuskript gebeugt.

«Ich muß mit Ihnen sprechen», sagte sie mit ernster, aber ruhiger Stimme und sah das Mädchen an. Hätte sie es bloß nicht getan. ‹Die ist nicht normal. Die ist nicht normal.›

Doch sie kam nicht zu Wort, denn das Mädchen, in Frau Kláras blauweiß gestreiftem Negligé, sich das zerzauste Haar ordnend, blieb mit einem leicht gekränkten Gesichtsausdruck mitten auf dem (Perser-)Teppich stehen.

«Ich habe doch darum gebeten, mich nicht Jutka zu nennen…»

Frau Klára hatte für einen Augenblick das Gefühl, die Besinnung zu verlieren, davonzufliegen, Ende, aus. Doch Jucika fuhr fort.

«Ich habe da schlechte Erinnerungen.»

Der kleine Körper im Fauteuil spannte sich.

«Ziehen Sie sofort mein Negligé aus!» brüllte Frau Klára.

Jucika wurde blaß.

«Aber es ist doch gar nichts damit passiert!»

«Nur daß es völlig durchnäßt ist. Völlig durchnäßt ist es!»

Frau Kláras Stimme erstickte, ihre Hände zitterten, sie ließ Federhalter und Papier fallen. Jucika eilte hinzu, hob Federhalter und Papier auf und legte sie mit einer bestechend sorgfältigen und zuvorkommenden Bewegung auf das Tischchen mit den geschwungenen Beinen.

«Wenn ich das gewußt hätte... Bitte, lassen Sie mich nicht bitter werden.»

«Sie machen mich bitter. Ziehen Sie es sofort aus», sagte Frau Klára, winkte dann ab, um zu bedeuten, daß da eigentlich kein Problem sei, und fügte dann hinzu: «Ich möchte mit Ihnen sprechen.»

Das Mädchen ging hinaus. Als sie zurückkam, saß wieder der beleidigte Zug in ihren Mundwinkeln. Und sie sprach zuerst.

«Ich muß die Genossin bitten, mich das nächste Mal nicht anzuschreien.»

Frau Klára antwortete nicht, und sie hatte das Gefühl, von nun an gegen Jucikas Überraschungen gefeit zu sein.

«Holen Sie den Fauteuil her.»

Jucika zog auch den zweiten (satinbezogenen Biedermeier-)Fauteuil zum Fenster.

«Setzen Sie sich», sagte Frau Klára.

Jucika setzte sich und ließ ihren lebhaften Blick schnell über alle Möbel schweifen. Sie rückte sich im Fauteuil zurecht.

«Ich möchte mit Ihnen sprechen...»

«Ja, das hat die gnädige Frau schon gesagt», antwortete Jucika zerstreut.

Jetzt blickten sie sich zum ersten Mal in die Augen.

Als wollte Frau Klára das Mädchen hypnotisieren, doch ließ sich ihr weit herumstreunender, treuherziger Blick erst nach längerer Zeit und mit einiger Geduld einfangen. Da erst brach Frau Klára das Schweigen.

«Hören Sie mal her, meine Liebe ...»

Jucika zuckte ein wenig die Achseln, was Frau Kláras Aufmerksamkeit nicht entging. Sie dämpfte (so weit wie möglich) ihre Stimme zu einem noch intimeren Ton.

«Sie sind gestern angekommen, nicht wahr ...»

Plötzlich fiel Frau Klára nichts mehr ein. Und was ihr einfiel, das sagte sie nicht. Jucika betrachtete eine Weile geduldig die zitternden Mundwinkel der alten Frau und sagte dann: «Ich weiß, was mit mir los ist.»

«Na sehen Sie.»

«Aber die gnädige Frau verkennt mich.»

«Ich kenne Sie überhaupt nicht, ich weiß nur, daß es so nicht weitergeht.»

«Bitte zu glauben, daß ich es auch sehr schwer habe.»

«Sie haben es gesagt. Ich glaube es.»

«Manchmal kann ich einfach nicht widerstehen.»

«Wo können Sie nicht widerstehen?»

Jucika verschränkte die Hände und drückte sie sich auf die Brust.

«Bittet mich jemand, den Hühnerstall auszumisten, dann miste ich ihn halt aus. Ich bin so. Leider.»

«Es geht nicht nur um den Hühnerstall.»

Beide runzelten die Stirn.

«Mein Negligé hätten Sie nicht ...», fuhr Frau Klára fort, stockte aber, denn sie wollte das Mädchen schonen.

Jucika schüttelte das nasse Haar, und ihre Augen wurden weit.

«Das verstehe ich wirklich nicht, denn von der Frau des Herrn Künstlers oder von der Frau Viczmándy hätte ich das Negligé bestimmt nicht angezogen, so habe ich die gehaßt.»

Frau Klára fühlte, daß sie dabei war zu versagen. Sie zündete sich schnell eine Zigarette an.

«Hören Sie her, meine Liebe...»

«Ja...»

«Sie sind gestern angekommen, nicht wahr...»

«Ja...»

«Sie sind doch Mitglied der Hausangestelltengewerkschaft, nicht wahr?»

Jucika streckte die Hand nach den Zigaretten aus.

«Darf ich mir eine nehmen?»

«Aber ja, bitte.»

«Jetzt verstehe ich schon, worauf die gnädige Frau hinaus will, aber ich brauche immer ein paar Tage, um meine Umgebung kennenzulernen.»

Sie sahen sich an. Frau Klára kam der Gedanke, daß es besser wäre, jetzt aufzuhören, bevor es zu spät war. Aufstehen müßte man, aus der Schreibischschublade das Arbeitsbuch herausnehmen und es dem Mädchen zurückgeben. Und etwas sagen wie: man habe es sich noch einmal überlegt, oder so. Und dem Mädchen irgendwo einen anständigen Platz verschaffen.

«Ich sehe schon, ich sehe schon, Sie sind ein anständiges Mädchen, nur ein bißchen nihilistisch», sagte Frau Klára müde.

Jucikas Augen blitzten auf, und sie schaute Frau Klára zum ersten Mal mit echtem Interesse an. Das belebte auch Frau Klára. ‹Immer wenn man glaubt, alles sei verloren, wendet sich das Los›, dachte sie und hatte das Gefühl, die Gelegenheit sei da...

«Man muß aber mit den Realitäten des Lebens

rechnen... Sie haben ein Kind. Wer sorgt dafür? Und wenn Sie sich nicht zügeln können, wer sorgt dann für Sie? Man kann innerhalb von Augenblikken auf dem Steilhang des Lebens so sehr ins Rutschen geraten, daß kein Gott mehr fähig ist, Sie aufzuhalten...»

Jucikas Blick wurde warm und samtig. Frau Klára hatte das Gefühl, dieser Blick bitte, ja verlange, sie möge die gesamte Weisheit ihres Lebens weitergeben, helfen.

«Was soll aus Ihrem kleinen Jungen werden? Und was aus Ihnen?»

«Ich weiß...», antwortete Jucika leise.

«Na sehen Sie. Und Sie wissen auch, daß über Ihrem Kopf das Schwert ungesicherter Existenz schwebt...»

«Ich weiß.»

«Und auch das müssen Sie wissen, Jutka, daß die Menschen schlecht sind.»

Jucika machte eine Bewegung, aber Frau Klára ließ sie nicht zu Wort kommen.

«Sehen Sie, wenn Sie sich bei mir anständig aufführen... Wenn Sie sich nicht nihilistisch gebärden, dann können Sie hier von mir aus auch Anker werfen. Wir können uns sogar darüber einigen, daß Sie den kleinen Laci herbringen.»

«Wohin soll ich ihn bringen? In dieses Loch?»

«Was für ein Loch? Das ist ein anständiges Zimmer. Viele wären froh...»

«Und womit heizen wir es im Winter? Es hat nicht mal einen Rauchabzug.»

Frau Klára versank in Gedanken. Tatsächlich. Kein Rauchabzug. Dieser nicht existierende Rauchabzug wurde jetzt zu einer Schicksalsfrage. Leben oder Tod. Wer hat recht?

«Sehen Sie, und wenn Sie hier bei mir bleiben, hätten Sie sogar auch noch Zeit, weiter zu lernen. An der Abendschule...»

Im Dorf wurde zu Mittag geläutet.

«Mir scheint, Sie sind ein intelligentes Mädchen...»

Jucikas Augen blitzten erneut auf, und sie senkte verschämt den Kopf. Frau Klára fühlte, daß sie gewonnen hatte. In ihr war jetzt eine grenzenlose Liebe und ein grenzenloses Verantwortungsgefühl allem gegenüber, was sie umgab. Alles wurde neu. ‹Das ist das Leben›, dachte sie und mußte seufzen. Tief und schwer. Jucika sog ungeschickt an ihrer Zigarette, Frau Klára nahm sie ihr aus der Hand und drückte sie aus.

«Man kann es nicht mit ansehen...», sagte sie lachend.

Jucika hob den Kopf. Sie hörten den Glocken zu.

«Etwas kochen sollte man ja auch... Jetzt sehe ich schon, daß...», sagte sie.

«Was können Sie kochen?»

«Alles.»

«Na ja, zum Mittagessen wäre das ein bißchen viel.»

«Was soll ich denn kochen?»

«Was sollen Sie kochen? Es sind Kartoffeln und Zwiebeln da, und im Kühlschrank sind Würstchen. Und Gurken sind auch da. Für Salat.»

«Na, dann koche ich Paprikakartoffeln, und wir machen einen Gurkensalat dazu.»

«Prima», sagte Frau Klára, und sie lächelten beide. «Wieviel Eier haben Sie gebracht?»

«Ach je, die habe ich vergessen.»

Sie blieb vor dem Herd stehen. Schaute sich in der Küche um, und da es in der Wohnung still war, drückte sie das Ohr an die Wand. Hörte nichts. Sie öffnete den Kühlschrank, nahm aus einem Plastikbehälter die Würstchen heraus und legte sie einzeln auf die Eternit-Tischplatte. Sie vergaß, den Kühlschrank zu schließen, die Kälte strömte gegen ihre Beine. Aus dem Küchenschrank nahm sie einen Teller heraus und legte die Würstchen darauf, während sie gegen den Tisch gelehnt zum Fenster hinausschaute.

Von der Küche eröffnete sich die Aussicht auf den Garten der Kalhers, jenseits der Schweine- und Hühnerställe war zwischen Büschen und Tannenbäumen das imposant bemessene gelbe Haus zu sehen, und draußen vor dem Haus stand Frau Kalher, klopfte mit ihren dicken Armen auf Daunendecken und Kissen herum, sang oder sprach mit jemandem, ihre Stimme hörte man nicht, nur ihr Mund bewegte sich gleichmäßig und schnell.

Jucika zog die Tischschublade auf und schaute hinein. Aus einer Küchentischschublade läßt sich vieles ersehen. In einigen Haushalten werden hier die Bretter zum Fleisch- und Zwiebelschneiden und der Klopfer, die Kochlöffel und die Küchenrolle aufbewahrt, doch es gibt auch solche, wo die Küchentischschublade der Aufbewahrung des Bestecks dient. Es gibt Haushalte, wo alles in geometrisch angeordneten Schachteln und Fächern liegt, und es gibt solche, wo man einfach alles in die Schublade zurückschmeißt, wenn man es nicht mehr braucht, und es wieder hervorklaubt, sobald man es braucht. Diese Schublade, die Schublade von Frau Kláras rosarotem Küchentisch, übertraf alle Erwartungen. Jucika schob sie zurück, weil ihr in den Sinn kam, daß sie Kartoffeln schälen mußte. Sie schaute sich erneut in der Küche um, fand die Kartoffeln unter dem Herd in einem Bottich, zog die Schublade wieder heraus, suchte ein Messer, riß beim Herumwühlen aber noch allerlei anderes mit heraus, Schnüre, in die Gabeln verhedderte Drahtstücke, stopfte das Ganze mit Mühe zurück, hatte dann alles beisammen, das Messer, die Kartoffeln, und machte sich ans Schälen. Sie arbeitete im Stehen, und so konnte sie gut sehen, was in Kalhers Garten vor sich ging. Frau Kalher walkte nicht mehr mit ihren dicken Armen die Daunendecken, sie war irgendwo verschwunden, vielleicht im Haus, aber es konnte auch sein, daß sie im Beet vor dem Haus herumhackte oder jätete, denn sie hatte gesagt, sie könne Sachen und Pflanzen nicht ausstehen, die zu nichts nütze seien, einfach ins Blaue hineinwüchsen wie verrückt und keine blasse Ahnung hätten, wozu und für wen.

Und daran war ja auch etwas, denn mit den Pflanzen war es wie mit den Menschen, die zu nichts nütze sind, die wurden auch ausgerottet und ausgestoßen.

Unter Jucikas Messer wand sich die Kartoffelschale in schönen gleichmäßigen Streifen herunter, einmal gab sie darauf acht, dann wieder schaute sie gedankenverloren in Nachbars Garten hinüber, wo jetzt nur die Hühner herumscharrten und die Schweine im Geviert ihres Bretterverschlags den schlammigen Boden durchwühlten.

‹Wer unwürdig ißt und trinkt...›, spann Jucika ihre Gedanken weiter, doch der Text fiel ihr nicht ein. Dann kam sie plötzlich wieder darauf, und sie leierte ihn wie eine gut eingepaukte Lektion herunter: «Jeder soll sich selbst prüfen; erst dann soll er von dem Brot essen und aus dem Kelch trinken. Denn wer davon unwürdig ißt und trinkt, der zieht sich das Gericht zu...»

Hier folgte etwas über den Leib des Herrn, doch das kam ihr nun gar nicht mehr in den Sinn.

Vor dem Haus war jetzt Jóschka aufgetaucht. Er war so, wie er gebadet hatte, er trug nichts als die Badehose, und er war muskulös, auf seinem gebräunten Körper glänzte die Sonne, sein Nacken war gespannt, und er trat vorsichtig auf, weil er in jeder Hand etwas schleppte, nur sah man nicht was, weil es die ausgebreiteten Arme der Tannen gerade verdeckten. Jetzt verschwand auch sein Kopf hinter einem dunkelgrünen Ast, dann kam er hinter dem Baum hervor, und man konnte ihn so richtig ganz sehen, wie er die Eimer mit dem Schweinefutter zum Stall brachte, dann verschwand er wieder hinter dem ordentlich weißgekalkten Örtchen mit dem roten Ziegeldach, um direkt unter dem Fenster wieder aufzutauchen, und man konnte sogar sehen, wie an seinem Hals und an seinen Armen blaue Adern hervortraten, sie pulsierten fast schon hier, diese Adern, und dann betrat er den Schweinestall.

Jucika zählte, wie viele Kartoffeln sie geschält hatte, überlegte, ob sie wohl genügten, machte sich dann an die nächste. ‹Ach, wäre besser gewesen, zuerst die Zwiebeln›, dachte sie. ‹Aber wo sind die Zwiebeln?› Sie begann in Schubladen und Fächern herumzukramen, fand sie aber nicht. Sie öffnete das Fenster, das Platschen, mit dem sich das Futter in die Tröge ergoß, und das Kreischen der Schweine schlugen herein, Jóschka gab den sich drängelnden Tieren barfüßige Tritte.

«Suleika, der Teufel soll dich holen, Ilonka, he! Das Auge soll dir auslaufen, du Scheißvieh!»

Dann warf er die Eimer in die Ecke und ließ die beiden Tiere an die Tröge. Sie stürzten kreischend hin, die zwischen Schlammflecken hervorblitzende rosarote Haut zitterte vor Aufregung, prustend, grunzend und schnalzend verschlangen sie die köstliche Brühe, und ihre zitternden, bebenden großen Leiber schienen sich zu blähen. Jóschka trat sie in den Hintern, doch dieser Tritt war schon ein Liebesbeweis.

«Na, freßt schön, Schweine», sagte er.

Jucika ging vom Fenster weg und fand die Zwiebeln und das Öl in der Kammer. ‹Bin ich aber dumm›, sie lachte ein wenig in sich hinein. ‹Hätte doch gleich hier suchen sollen.› Sie besah sich auch die Kammer, denn auch eine Speisekammer läßt viele Schlüsse zu, doch gab es hier nichts als verstaubte leere Einmachgläser und auf den oberen Regalen allerlei Kram, alte Pappkoffer, Lampenschirme und Bücher. Aus der Kammertür warf sie drei Zwiebeln auf den Küchentisch, die vierte aber schleuderte sie, genau zielend, in den Schweinestall hinüber. Die mittelgroße Zwiebel schlug laut auf Jóschkas Rücken auf. Jucika lachte perlend, Jóschka betastete sich den Rücken, hob die Zwiebel auf und glotzte das Mädchen an. Jucika wischte schnell die Kartoffelschalen auf ein Stück Papier, machte ein kleines Paket daraus und warf auch das zum Nachbarn hinüber.

«Na, fang auf!» rief sie dazu.

Jóschka fing das Paket auf und starrte das Mädchen noch immer aus hellblauen Augen an.

«Na, gib ihnen das auch.»

Der Junge öffnete das Paket und leerte die Kartoffelschalen in den Trog. Die beiden Schweine, Suleika und Ilonka, nahmen den Kampf um die Leckerbissen auf.

«Wirf die Zwiebel zurück.»

Der Junge lachte auf einmal und zog schlau die Augenbrauen zusammen.

«Tu ich nicht», sagte er bedeutungsvoll, als ginge es um eine lebenswichtige Angelegenheit.

Dieser Tonfall bewegte etwas in Jucikas Seele. Die Zwiebel, die der Junge in der Faust hielt, war jetzt von merkwürdiger Wichtigkeit.

«Ich geb sie lieber den Schweinen», sagte der Junge streitlustig.

«Wirf sie zurück.»

«Nein.»

«Doch, wirf sie zurück. Es war nur zum Spaß», sagte das Mädchen.

Der Junge ließ sich gegen die Bretterwand des Schweinestalls fallen, die direkt am Drahtzaun stand, und hängte seinen muskelstrotzenden Arm darüber. Das alles gefiel Jucika sehr. Und auch Jóschka gefiel das Mädchen im Fensterrahmen sehr. Sie gefiel ihm so, daß er errötete und aus Verlegenheit seine von Pickeln ausgebuchtete Stirn mit der Zwiebel zu reiben begann.

«Wirf sie zurück, bittschön, werd nicht frech!» Jucika verlegte sich aufs Bitten.

«Warum hast du sie dann rübergeworfen?»

«Einfach so.»

«Ich geb sie lieber den Schweinen, zurück geb ich sie nicht.»

Ohne daß der neckische, innige Blickkontakt zwischen ihnen aufgehört hätte, ging der Junge rückwärts in Richtung des Schweinetrogs, das Mädchen aber begann eine Zwiebel zu schälen.

«Soll ich sie zurückgeben, oder soll ich sie den Schweinen geben?» Jóschka schielte aus zusammengekniffenen Augen zum Trog.

Jucika zuckte die Achseln. In diesem Augenblick

kam die Zwiebel durchs Fenster in die Küche geflogen und schlug im offenen Küchenschrank zwischen den geschliffenen Weingläsern ein.

Frau Klára erhob sich auf das Geklirr hin, drückte ihre Zigarette im Aschenbecher aus und machte sich zur Küche auf. Bevor sie die Hand auf die Türklinke legte, überlegte sie es sich anders und ging wieder zu ihrem Lieblingsfauteuil am Fenster zurück.

Unter dem Küchenfenster lachte Jóschka schallend. Jucika machte einen Satz zum Küchenschrank, schloß die zweiflügelige Tür, warf die Glassplitter und die Zwiebel schnell in den Mülleimer, blieb dann stocksteif mitten in der Küche stehen und lauschte. ‹Sie hat es offenbar nicht gehört›, dachte sie, und wie sie so dastand, das Ohr in Richtung des Zimmers gespannt, merkte sie, daß aus dem Kühlschrank munter Wasser tröpfelte, es taute. Sie knallte auch diese Tür zu und trat dann ans Fenster. Jóschka hing mit dem Oberkörper über dem Zaun und lachte.

«Siehst du, wie blöd du bist, was hast du gemacht!» flüsterte Jucika und runzelte streng die Stirn. Die blauen Augen des Jungen, sonst vor Verlegenheit oder vor ratloser Dummheit stets verschleiert, blitzten jetzt fröhlich. Hinter ihm fingen die Schweine an, sich über dem leeren Trog zu raufen, und noch weiter weg, vor dem Haus, erschien Frau Kalher, walkte zerstreut an den blaßrosa Kissen und Daunendecken, blickte sich um, warf den Kopf hoch und schrie:

«Jóschka!»

Der Junge schaukelte mit dem Körper auf dem Zaun und antwortete nicht.

«Jóóschka!» krächzte Frau Kalher jetzt noch lauter.

«Warum antwortest du nicht?» flüsterte Jucika.

Der Junge grinste.

«Soll sie doch brüllen.»

«Wie kannst du so über deine Mutter sprechen?»

Jóschka war überrascht und strich sich mit der Faust über die Stirn.

«Ich spreche doch gar nicht über sie.»

«Jóóschka!» Wieder war der Ruf zu vernehmen, dann ging Frau Kalher ins Haus zurück.

Der Junge blickte sich um, machte dann im Verschlag ein paar Schritte zurück, trat die Schweine zur Seite und warf sich über den Zaun, plumpste herunter, verlor das Gleichgewicht und fiel gegen die Hauswand. Jucika lachte.

«Na, das geschieht dir recht.»

«Mach's mir doch nach!»

«Laß mich in Ruhe», sagte Jucika, «ich hatte sowieso schon genug Ärger wegen dir.»

Jóschka stützte sich mit beiden Armen auf das Fenstersims. Erst so aus der Nähe konnte man sehen, daß seine tiefliegenden blaßblauen Augen ein bißchen schielten. Er musterte Jucika ganz unverschämt, und um es sich noch bequemer zu machen, legte er das Kinn auf die Arme.

«Wegen mir hattest du Ärger?» fragte der Junge gedehnt und zwinkerte schlau.

«Ja, wegen dir. Angeraunzt bin ich worden, wegen der Baderei.»

«Pfeif doch darauf, meiner Meinung nach ist die Alte plemplem...», sagte der Junge.

Jucika antwortete nicht, zog die Küchentisch-Schublade heraus und kramte unter den Schnüren und Drähten, den Zangen, Hämmern, Gabeln und Messern, Reißnägeln, Haken, Lederstücken und Zeitungsfetzen, zerbrochenen Tellern und verklebten Bonbontüten das Brett zum Zwiebelschneiden hervor.

«Seit sie hier wohnt, schreibt sie dauernd an irgend so einem Buch, und dann ist da weit und breit kein Buch. Mein Vater hat sogar in der Buchhandlung gefragt, ob sie es haben. Hatten sie nicht. Das Ganze ist doch nur Angeberei oder plemplem.»

«Ach, seid ihr dumm», sagte Jucika und schüttelte den Kopf. «Wie sollte es denn erschienen sein, wenn sie es noch gar nicht fertig geschrieben hat...»

Jóschka Kalher runzelte die Stirn, dann schoß es triumphierend, wenn auch im Flüsterton, aus ihm heraus.

«Und nachts spaziert sie im Nachthemd im Garten herum. Mama sagt, sie tanzt auch. Sie wirft das Nachthemd ab, und dann tanzt sie nackt, so wie sie ist. Was ist denn das, wenn nicht plemplem?»

Jucika schnitt die Zwiebeln auseinander, legte sie auf die Schnittflächen und begann, den Kopf hoch erhoben, sie kleinzuhacken. Zwischendurch fiel ihr ein, sie könnte das Öl schon aufs Feuer stellen, ging in die Speisekammer, goß Öl auf den Topfboden, kehrte dann an den Tisch zurück. Vom Fenstersims her fixierte sie der Junge unverschämt.

«Wie blöde du glotzen kannst, mein Jungchen», sagte sie.

Der Junge mußte lachen.

«Da kannst du dich aber auch nicht beklagen.»

«Falls es dir nicht allzu schwer fällt: duze mich nicht.»

«Was soll ich dann?»

«Alles in allem könnte ich deine Mutter sein», sagte Jucika, und so hoch sie den Kopf auch hielt, es traten ihr Tränen in die Augen.

«Wie alt bist du?» fragte der Junge.

«Ich habe gesagt, du sollst mich nicht duzen.»
«Und du darfst mich duzen?»
«Du bist eine kleine Rotznase, mein Jungchen.»
«Und doch habe ich so viele Frauen, daß ich sie nicht an einem Finger abzählen kann.»
«Du?»
«Ich.»
«Du hast gesagt, du hättest so viele Frauen, daß du sie nicht an einem Finger abzählen kannst», lachte Jucika, während ihr die Tränen herunterliefen.
Der Junge wurde verlegen.
«An einer Hand...»
«An einem Finger!»
«Glaubst du's nicht?»
«Ausgerechnet auf deine Pickelvisage werden die Frauen fliegen.»
Der Junge verzog den Mund zu einem Grinsen und biß sich mit gesunden weißen Zähnen in die Unterlippe.
«Nicht auf meine Visage fliegen sie...»
Jucika schmiß das Messer hin, ergriff beide Fensterflügel und knallte das Fenster zu. Aber der Junge ging nicht weg. Er klopfte an die Scheibe. Jucika drehte auch noch den Fenstergriff zu. Jóschka drückte das Gesicht ans Glas, seine Nase wurde platt, seine Zähne blitzten. Jucika tat, als beachte sie ihn nicht. Im Topf knisterte das heiße Öl. Sie gab die zerhackte Zwiebel darüber, hatte schon den Kochlöffel und Paprika gefunden und für ein paar Augenblicke tatsächlich vergessen, daß der Junge da am Fenster stand. Sie mußte schnell die Kartoffeln schneiden und zwischendurch auch auf die Zwiebeln achtgeben, damit sie schön braun und weich wurden, aber nicht anbrannten, und einen Krug mit Wasser füllen, um dann gleich ablöschen zu können. Die vertrauten

und doch neu erscheinenden Bewegungen (da sie ja nicht wußte, was wo war) nahmen ihre Aufmerksamkeit in Anspruch. Erst als die weißen Leiber der Kartoffelscheiben in der roten Brühe brutzelten, blickte sie, als geschehe es zufällig, zum Fenster. Der Junge war weg.

Bis zu dem Klirren hatte Frau Klára die Hälfte des neuen Kapitels geschrieben. Als sie sich wieder ins Fauteuil setzte, um fortzufahren, hüpften ihre Gedanken auseinander wie die Frösche am See, und die vier Seiten, die sie bis dahin mit ihren spitzen Buchstaben vollgeschrieben hatte, kamen ihr jetzt unverständlich und lächerlich vor. Sie las sie durch. Und schämte sich auf einmal. Das konnte sie nicht aus der Hand geben. Pfui. Oder doch nicht pfui? Sie hob den vierhundertseitigen Manuskriptpacken hoch und hatte das Gefühl, diese letzten vier Seiten schlügen das Ganze tot. Oder das Ganze schlug diese vier Seiten tot. Frau Klára hatte genaue Vorstellungen von der stilistischen Einheit eines Buches. Wenn sie bisher nichts von der Liebe geschrieben hatte, dann durfte sie es auch jetzt nicht tun. Aber warum eigentlich nicht?

Sie wurde von widersprüchlichen Gefühlen hin und her gerissen, und das berührte sie um so peinlicher, als das Buch für sie auf einmal alles Interesse verlor. Einerseits war es ihr verleidet, andererseits hatte sie das vage Gefühl, sie müßte leben, statt sich zu erinnern. In der Donau baden. Sich in die Sonne legen. Irgendwohin gehen. Die Möbel zum Fenster hinauswerfen. Jemanden kennenlernen und heiraten. Sich an den Kronleuchter hängen und schaukeln, dann in die Küche hinausgehen und Jucika den Teller Paprikakartoffeln über den Kopf kippen.

Bisher war sie durch die kleinen Aufgaben des Lebens, das Kochen, Einkaufen und Putzen, in ihrer Arbeit behindert worden.

Jetzt wurde sie von der Arbeit am Leben gehindert.

Als erstes zündete sie sich eine Zigarette an. Dann holte sie aus einem Fach des Schreibtischs eine Flasche Weichselschnaps und tat einen tüchtigen Zug. Sie setzte sich nicht wieder in den Fauteuil, sondern spazierte im Zimmer auf und ab, machte dann ein paar Tanzschritte. Das Getränk stieg ihr in spürbarem Rhythmus in den Kopf.

«Fräulein, diesen Walzer haben Sie mir versprochen», sagte Frau Klára und streckte den Arm aus und begann sich zu drehen.

Ihr Hausmantel breitete sich flatternd um sie herum aus, die Asche ihrer Zigarette fiel auf den (Perser-)Teppich, und sie tanzte bis zum Biedermeierkanapee und ließ sich dort auf den gestreiften Satinbezug fallen. Sie zog das eine Bein an, das andere hing herunter, ihr Hausmantel hatte sich geöffnet, sie ließ die Zigarette sinken und wirbelte in Gedanken berauscht durch einen Ballsaal, um dann in ein Volksfest hinüberzutanzen, bei dem der teure Schmuck verschwunden war, sie trugen kurze Röcke und Blusen mit Puffärmeln und tanzten zu schmetternder Musik, und der Staub flog in goldenen Wolken auf...

Im Topf brodelten die Paprikakartoffeln. Jucika schnitt die Gurke in Scheiben. Es war still. Auf der Fensterscheibe jagten sich zwei Fliegen, später paarten sie sich. Jucika suchte eine Schüssel und den Essig, sie rührte für den Gurkensalat eine Sauce an, streute Paprika und Pfeffer darüber und setzte sich auf den Küchenschemel. Hörte dem Brodeln der Kartoffeln zu und dachte an nichts. Fühlte sich nur schlecht. Dieses niederdrückende, die Brust zusammenpressende Unwohlsein hatte sie oft, und in solchen Augenblicken erschienen auf ihrem Gesicht Anzeichen von Trübsinn. Ihre Nase wurde spitz, ihre Lippen verdünnten sich zu einem schmalen Strich, ihr Kiefer trat stark hervor und machte aus ihrem Kopf fast ein Quadrat. Und dann kamen ihr allerlei Bilder, die sie haßte. Und Hunger hatte sie auch. Sie seufzte tief und stand auf. Deckte den Tisch. Räumte die Scherben aus dem Küchenschrank und hob den Dekkel vom Topf. Pikste mit einer Gabel in die Kartoffeln, doch sie waren noch nicht weich genug. Sie ging in den Flur und blieb vor der Glastür des Arbeitszimmers stehen. Von drinnen nicht das leiseste Geräusch. Sie pflückte im Garten ein paar Blumen, blieb im Flur wieder einen Augenblick lauschend stehen, aber drinnen war es still. Jucika kehrte in die Küche zurück. Stellte die Blumen in eine alte, schartige Vase und das Ganze mitten auf den gedeckten Tisch.

«Sehr schön so», murmelte sie halblaut vor sich hin.

Sie schaute erneut nach den Kartoffeln, jetzt waren sie gar, kippte sie in eine Porzellanschüssel, stellte auch den Gurkensalat auf den Tisch und klopfte an die Glastür des Arbeitszimmers.

«Ja, bitte», ertönte es von drinnen.

Jucika öffnete die Tür. Frau Klára saß übelgelaunt und zerzaust auf dem Rand des Kanapees.

«Na, was ist?»

«Das Mittagessen ist fertig, Genossin», sagte Jucika.

«Ich komme gleich», sagte Frau Klára. «Ich bringe nur noch diesen Gedanken zu Ende.»

«Bitte sich zu beeilen, es wird sonst kalt», sagte Jucika und ging in die Küche zurück.

Sie aßen wortlos. Darüber müssen wir eigens ein paar Worte verlieren, denn auch wortlos essen kann man auf verschiedene Arten. Die beiden, einander gegenüber am kunststoffgedeckten Küchentisch, aßen nicht, sondern speisten, beziehungsweise vollzogen einen auf raffinierte Weise umständlichen Akt mit Messer, Gabel und Serviette.

Sie hielten ihre Instrumente leicht, es knirschte nicht auf dem Teller, mit Zähnen und Zunge zermalmten sie das Essen, schnalzten nicht, schmatzten nicht, und es sah überhaupt aus, als speisten da zwei sich gegenübersitzende Menschen, die über die einfachen Wonnen des Sich-Ernährens hinaus sind und mit ihrem Besteck, obzwar es diesem Zweck dient, zugleich einen Genuß höherer Ordnung anstreben, jenen Genuß, der dem Bewußtsein entspringt, ein Kulturmensch zu sein, der Tatsache, daß man die gierig Schlingenden aus höherer Warte betrachten kann, und sich über sie erhebend gewinnt man zweifache Befriedigung: die Freuden des Auf-andere-Hinunterblickens und das daraus resultierende, geradezu visionäre Bewußtsein, das aus Paprikakartoffeln Hummersalat machen kann. Daher rührte es vielleicht, daß die heruntergekommenen Aristokraten stets vornehmer zu hungern vermögen als die heruntergekommenen Beamten.

‹Wo hat die so essen gelernt?› dachte Frau Klára und blickte verstohlen über den Tisch zu Jucika hinüber. Jucikas Gesten boten keine Erklärung dafür. Sie hielt den kleinen Finger nicht geziert, wie das Snobs tun, aber sie versäumte auch nicht, sich mit der Serviette die Mundwinkel abzuwischen, wenn sie ihr Glas hob oder hinstellte. Sie biß nicht ins Brot, sondern brach kleine Stückchen ab, doch sie tat auch nicht, als sei das Brot auf dem Tisch ein nebensächliches und eigentlich peinliches Nahrungsmittel. Sie hielt sich nicht steif, war aber auch nicht über ihren Teller gebeugt, sie lehnte sich nicht gegen den Tisch, saß aber auch nicht zu weit von ihm entfernt. Auch Frau Klára machte es nicht besser (natürlich ohne daß irgendwie Fopperei dabei gewesen wäre), aber für sie, deren Kindheit geprägt gewesen war von der Erziehung zu Vornehmheit, war das selbstverständlich, und diese mit ihrer Natur verschmolzene, fast schon lässig natürliche Vornehmheit hatte gerade ihr hohes Selbstbewußtsein hervorgebracht.

Jetzt, auf einmal, fand sie sich mit jemandem ihres Schlags wieder. Denn Jucikas bisherige Auftritte hatten sie ja nicht ahnen lassen, daß in dem Mädchen nicht nur Nihilismus steckte (wie sie es nannte), sondern auch ebensoviel unbewußte Anpassungsfähigkeit. ‹Aber wo hat sie das alles abgeguckt?› fragte sich Frau Klára immer wieder. Doch sie sprachen kein Wort. Sie aßen wortlos.

Jucika konzentrierte ihre Aufmerksamkeit auf den Vorgang des Essens. Sie gab sich den Bewegungen hin. Arbeitete mit ihrem Besteck wie ein autodidaktischer Künstler. Sie genoß es, instinktiv tun zu können, was andere dank ihrer Erziehung tun. So stand sie auf einer höheren Stufe des Genusses. Sie sah auch auf die hinunter, denen sie diese Bewegungen abgeguckt hatte.

Frau Klára sprach zuerst. Sie fühlte unbewußt, daß in dieser vornehmen Stille ein paar Worte angebracht waren.

«Früher», begann sie und führte vorsichtig einen auf die Gabel gespießten Bissen zum Mund, «haben mich Kalhers sonntags zum Mittag eingeladen», sagte sie und nahm, ohne sie mit den Lippen zu berühren, die Speise mit den Zähnen von der Gabel, schluckte sie hinunter, legte die Gabel einen Augenblick hin, betupfte sich mit der Serviette den Mund, nahm die Gabel wieder zur Hand und fuhr fort: «Aber ich konnte dieser Einladung nur selten Folge leisten.»

Jucika blickte zu Frau Klára auf, und mit diesem zurückhaltenden Blick teilte sie ihrer Gesprächspartnerin mit, daß sie ihr zuhörte und auf jedes ihrer Worte höchst gespannt war. Und um dem Blick Nachdruck zu verleihen, sagte sie:

«Ja?»

Da in der als Frage gemeinten Aussage, oder in der als Aussage gemeinten Frage, nichts Aufdringliches war, nahm Frau Klára den Faden leicht wieder auf.

«Die Kalhers, meine Liebe, gehören zu den Leuten, die plötzlich aus dem Elend zum Wohlstand aufgeklettert sind, aber sie sind nicht fähig, diesen bedeutenden Schritt, den formalen Rahmen sozusagen, mit Kultur zu füllen...»

Jucika war in einer schwierigen Lage. Ihr Instinkt befahl ihr, den Gesprächsfaden wenigstens über die Länge eines Bindewortes weiterzuspinnen. So verlangten es das künstlerische Gefühl für Proportionen und der Takt. Es mußte Zeit dafür eingeräumt werden, daß Frau Klára, so ganz nebenbei, den nächsten Bissen zerkauen konnte. Und gar so schwierig war die Lage auch wieder nicht, verstand sie doch gar nicht recht, wovon Frau Klára sprach. Ihr Instinkt führte nicht einfach Kommando, er half ihr auch aus.

«Vielleicht wird dann die nächste Generation...», sagte sie, und um der Aussage tiefere Bedeutung zu verleihen, senkte sie für einen Augenblick die Lider.

Der Satz war zu kurz, aber durchaus angebracht. Dieser Kürze wegen entstand erneut eine Stille, nur die Schweine grunzten beim Nachbarn drüben. Jucika blickte zum Fenster und stellte fest, daß die

Schweine nicht zufällig grunzten. Ein Mann stand vor dem Stall und tätschelte und rieb die fleckig rosaroten, schlammigen Leiber der Tiere.

«Ach, die nächste Generation...», sagte Frau Klára, und der Satz lenkte Jucikas Aufmerksamkeit wieder auf das Gespräch. «Wenn das so einfach wäre. Es braucht Jahrhunderte, bis eine Gesellschaft ihre eigene, nur sich selbst entsprechende, sich von allen anderen abhebende Kultur entwickelt.»

Frau Klára schlug da eines ihrer Lieblingsthemen an, in dem sie so zu Hause war, daß sie gar keine Antwort erwartete. Doch Jucika nahm das Thema auf. Sie wurde nachdenklich und schaute, ein paarmal nickend, zur Decke.

«Auch wenn wir das Bürgertum betrachten... Die Bourgeoisie der Französischen Revolution ist etwas anderes als die Bourgeoisie des französischen Imperialismus.»

Frau Klára bemühte sich gar nicht, ihre Überraschung zu verhüllen. Sie nickte ruckweise.

«Ja... ja. Diese historischen Analogien meine ich», sagte sie und stach in ihren Teller. «Doch um zu unserem ursprünglichen Thema zurückzukehren...», sie verstummte, um sich graziös eine Kartoffel in den Mund zu heben, und Jucika schaute, den Augenblick ausnützend, wieder zum Fenster hinaus. Der beleibte Mann vor dem Stall zog den Schweinen eins hinten drüber und verschwand dann in dem ordentlich weißgekalkten Örtchen. Ist das Frau Kalhers Mann, hätte Jucika gerne gefragt, doch einerseits fühlte sie, daß das jetzt unpassend wäre, andererseits hatte Frau Klára ihren Bissen hinuntergeschluckt und war dabei, auf das ursprüngliche Thema zurückzukommen.

«Die Kalhers», sagte sie, «essen wie die... Wilden.

So, daß ich mich nach ein paar Versuchen gezwungen sah, unter einem Vorwand wegzubleiben.»

«Etwas Gurkensalat?»

«Nein, danke.»

Kalher kam aus dem Stillen Örtchen heraus, machte aber die Tür nicht hinter sich zu, und so eröffnete sich von der Küche her jetzt auch noch die Aussicht auf das Sitzbrett. Jucika holte den Blick wieder zurück, Frau Klára lächelte ihr über den Tisch hinweg freundlich zu.

«Sie sind wirklich ein aufmerksames Mädchen», sagte sie und legte Gabel und Messer parallel und einander zugewandt auf den Teller, worauf sie zu den Blumen blickte. «Und Sie kochen mit viel Geschick.»

«Gnädige Frau beliebt doch nicht zu sagen, es habe geschmeckt?»

«Es beliebt mir nicht, sondern ich sage es.»

Sie lächelten sich an, betupften sich ein letztes Mal das Kinn mit der Serviette und erhoben sich.

Das Lächeln löste sich allmählich von ihren Gesichtern und erstarrte zu einem verzerrten Grinsen. Frau Klára schaute zur Kredenz, Jucika zum Fenster. Vor dem Schweinestall begutachtete jetzt Frau Kalher die Tiere, schlug dann wütend die Tür des ordentlich weißgekalkten Örtchens zu. Sie blickten sich wiederum an. So überrascht, als hätten sie sich gerade zum ersten Mal getroffen. Jucika hätte gern mit dem Tischabräumen begonnen, doch bei dem Herrn Künstler hatte sie gelernt, daß man die Tafel nicht aufheben darf, solange noch jemand im Eßzimmer anwesend ist. Frau Klára jedoch ging nicht weg, es schien, als wollte sie etwas sagen. Sie suchte in der Tasche ihres Hausmantels herum, wahrscheinlich nach den Zigaretten.

«Also, ich wasche jetzt ab.»

«Soll ich nicht helfen?»

«Ach wo, warum sollte Frau Klára helfen? Das ist doch meine Arbeit!» sagte Jucika.

«Na gut, dann waschen Sie eben ab. Was ist am Vormittag zerbrochen?»

«Bloß zwei Gläser.»

«Bloß zwei Gläser?»

«Ja.»

«Was für Gläser?»

«Weingläser, glaube ich.»

Frau Klára sagte nichts und wandte sich ab, um ins Zimmer zu gehen. In der Tür jedoch blieb sie stehen, denn der Gedanke störte sie, Jucika könnte meinen, die zwei Gläser seien eine große Sache. So etwas war keine große Sache. Gläser gehen kaputt. Sie wollte nur immer wissen, was kaputtgegangen war. Um es dann nicht suchen zu müssen. Daß etwas kaputtgeht, war keine große Sache, in letzter Zeit fiel auch ihr alles aus den Händen, sie wollte es einfach nur wissen. Um es nicht vergeblich zu suchen.

Frau Klára überlegte sich das alles gut und sagte dann: «Wie sind sie zerbrochen?»

«Ich habe sie aus Versehen heruntergestoßen. Als ich die Teller herausgenommen habe.»

«Die Teller sind gar nicht dort.»

«Doch, ich habe sie da aus Versehen heruntergestoßen.»

Jetzt lächelten sie von neuem. Frau Klára lächelte, um ihren aufkeimenden Ärger zu verhüllen. Nicht, daß etwas dabei wäre, wenn zwei (geschliffene) Gläser zerbrachen, nein. Auf die Nerven ging ihr, daß Jucika das offensichtlich auf die leichte Schulter nahm. Nicht die zwei Gläser waren wichtig, sondern eben, daß Jucika das auf die leichte Schulter nahm.

Und es fiel ihr gar nicht ein, es von sich aus zuzugeben. Wenn sie nicht gefragt hätte, hätte es Jucika nicht mal gesagt. Und wenn man die Gläser irgendwann brauchte, konnte man lange danach suchen.

«Na, ich habe ja nicht deswegen gefragt, weil es... So etwas kann vorkommen», sagte Frau Klára.

«Ja», nickte Jucika bereitwillig.

Frau Klára biß sich mit ihren vorstehenden Zähnen mühelos in die Unterlippe und ging hinaus.

«Kommen Sie nachher zu mir herein. Wir wollen dann besprechen, was noch zu erledigen ist.»

Jucika nickte, räumte Teller und Besteck zusammen, öffnete das Fenster, nahm das Tischtuch und schüttelte die Krümel hinaus. Jóschka hing, die nackten Arme auf dieser Seite, über dem Zaun.

«Habt ihr gefuttert?»

«Gegessen haben wir, mein Jungchen.»

«Ist das nicht dasselbe?»

«Nein. Nun, scher dich zum Teufel.»

Der Junge grinste frech. In seinem von Pickeln übersäten Gesicht war etwas pubertär Unsauberes, nur seine großen blauen Augen glänzten von eindeutiger Anmut. Jucika spürte, daß sie den Jungen nicht wegschicken wollte, weil ihr seine Gegenwart lästig war, sondern weil es ihr im Gegenteil wohltat, daß er da über dem Zaun hing und sie mit frechen Augen anglotzte. Sie trat auch nicht vom Fenster weg, sondern nahm den Abwasch zum Vorwand, dort stehenzubleiben und, das Geschirr in das warme, herumschwappende Wasser tauchend, mit dem Jungen Blicke zu wechseln. Jóschka spielte den erfahrenen Verführer, Jucika hingegen die Unverführbare. Der Schein der Wahrheit dieser Rollen bestand darin, daß der Verführer seine nicht bezwingbare Unsicherheit vor dem Unbekannten und seine Gier nach

Erfolg mit einem nur in den Mundwinkeln sitzenden Lächeln verhüllte, während die Unverführbare mit abweisendem und reglosem, überheblichem Blick das Gefühl bemäntelte, daß sie sich hier und jetzt schon ergeben hatte. Doch gestanden sie sich ihre Gefühle noch nicht.

«Warum kommt ihr hierher, wenn ihr doch im Haus ein Klo habt?» fragte Jucika.

«Der Vater sagt, das Beste für den Salat ist das, was wir scheißen...»

Jóschka hätte das gern noch weiter erläutert, doch Jucika fuhr ihn an.

«Warum redest du so häßlich?»

Jetzt, zum ersten Mal, wurde der Junge unsicher, er zog seine Arme vom Zaun zurück.

«In so einem Ton, mein Jungchen, hast du mit mir nicht zu reden!» sagte Jucika und zog auf ihrer kantigen Stirn die Augenbrauen zusammen.

Der Junge zuckte die Achseln und ging rückwärts bis zum Schweinestall.

«Hat dir deine Mutter keinen Anstand beigebracht?»

Der Junge wurde rot und trat wieder zum Zaun.

«Lassen Sie meine Mutter in Ruhe.»

«Ich habe deiner Mutter nichts getan.»

«Ich gebe auch Ihnen eins auf die Klappe, wenn Sie meine Mutter beschimpfen.»

Jucika mußte lachen, tauchte einen Kochtopf ins Spülwasser und knallte ihn aufs Fenstersims hinaus.

«Wer hat deine Mutter beschimpft?»

«Ja, Sie sollen meine Mutter nicht beschimpfen, sonst gebe ich Ihnen auch was auf die Klappe.»

«Na, verkrümel dich mal langsam.»

Jóschka wurde immer röter und warf wieder beide Arme über den Zaun.

«Dem Söregi habe ich auch eins auf die Fresse gegeben, daß er im Krankenhaus wieder aufgewacht ist. Weil er meine Mutter beschimpft hat. Es soll keiner meine Mutter beschimpfen, dem, der das tut, gebe ich eins in die Fresse, daß er im Krankenhaus wieder aufwacht, so wie der Söregi mit Nierenquetschung.»

Jucika nahm den Topf vom Sims und knallte das Fenster zu.

Als sie mit dem Abwaschen fertig war und auch die Tropfen vom Steinboden aufgewischt hatte, blieb sie mitten in der Küche stehen und blickte sich um. Schlaftrunkene Fliegen summten zwischen den Wänden und an der Fensterscheibe. In der Wohnung war es still. Für andere bedeutete der Abend das Ende des Tages, für Jucika war diese nachmittägliche Ruhe der Moment, da man sich fragt, was man getan hat, was man noch tun sollte und was man tun wird. Öde, leere Augenblicke waren das. Immer in der Küche, in der Gesellschaft des feuchtglänzenden Eternits, des fleckig trocknenden Steinbodens, abgeschnitten von der Wohnung, wo Menschen ruhten oder ihr fremdes oder in gewisser Hinsicht unnahbares Leben lebten. Jucika stellte sich höchst selten Fragen, formulierte höchst selten Antworten, die Pläne ahnen und die Möglichkeit klar umrissener Ziele entstehen ließen, nur im seltensten Fall faßte sie etwas für sich genau in Worte, sie verließ sich lieber auf ihre Gefühle, und da ihr Gefühlsapparat hervorragend funktionierte und auch ihr Gedächtnis genau war, entstanden in ihrem Kopf Entschlüsse und Pläne nur in Extremfällen in Form konkreter Gedanken, gewissermaßen als Zusammenfassung dessen, was sie von Gefühl zu Gefühl in Monaten, vielleicht Jahren aufgenommen hatte. Jucika galt deshalb in den Augen der anderen als Instinktwesen, das nicht weiß, nur fühlt, was es tut, das sich vom Strom des Lebens mittragen läßt und unfähig ist, irgendwo Fuß zu fassen. Das zeigte sich (laut Frau Viczmándy) auch in ihren Augen, in jenem gutmütigen, ein wenig erstaunten Kuhblick (um es mit Frau Viczmándy zu sagen), mit dem sie Gegenstände und Menschen maß. Man hielt sie für jemanden, der sich den Umständen ausliefert, und das sind (nach der Meinung des Herrn Künstlers) die besten Bediensteten.

Auch jetzt dachte Jucika an nichts Besonderes, als sie unschlüssig und in der Tat ein bißchen nach Kuhart mitten in der Küche stand, es sei denn, wir zählten als Gedanken jenes Aufblitzen, das dem Ordnungmachen in der Tischschublade galt. Doch im selben Augenblick wägte sie auch, auf der Grundlage ihrer eintägigen Erfahrung, Unterschiede und Gemeinsamkeiten ab, die diese Stelle von ihren bisherigen Stellen trennten oder mit ihnen verbanden. Ohne es zu durchdenken, fühlte sie, daß sie hier aus irgendeinem Grund freier sein würde, weniger gezwungen, ihre Persönlichkeit zwischen die engen Grenzen ihrer Stellung und verschiedener launenhafter Ansprüche hineinzupressen, aber sie fühlte auch, daß ihr Aufenthalt hier viel schneller eine dramatische Wendung nehmen würde als anderswo, vielleicht gerade wegen der größeren Freiheit, der Emotionen, die in ihr wucherten, und der unberechenbaren Gespaltenheit der alten Frau. Denn Jucikas Beziehungen endeten immer dramatisch.

Frau Klára stand schon seit Minuten mitten in ihrem Arbeitszimmer. Von weitem betrachtete sie das Manuskriptbündel. Hier war alles in erreichbarer Nähe, was sie sich wünschte, was sie sich wünschen konnte.

Das Fenster auf den gemächlich dahinströmenden Fluß, Stille, Sauberkeit, Bedientwerden. So lange schon hatte sie sich das gewünscht, und genauso lange, von dem Tag an, als der Wunsch geboren war, hatte sie sich gescheut, ihm stattzugeben. Obwohl sie sich doch – wenn sie ihre Gedanken nicht in die Schranken ihrer Prinzipien zwang – diese Augenblicke so sehr vorgestellt hatte, da sie in Stille und ohne jede äußere Verpflichtung mit Zoltán und ihrer Arbeit in Zweisamkeit bleiben würde, so hatte sie sich diese Augenblicke vorgestellt, als wäre sie, jenseits der Schranken ihrer Prinzipien, gleichsam vom Körper befreit, als würden die blauen Wasser geistiger Freiheit auf sie warten. Und im Grunde waren es auch die Wasser einer völligen Freiheit. Dennoch hatte sie das Gefühl, das Boot unter ihren Füßen schwanke leicht. Die Wirkung des Schnapses war aus ihrem Kopf verflogen, er hatte nur eine Art saures Schamgefühl hinterlassen, ein Schamgefühl, das nur ihrer selbst sehr bewußte Menschen empfinden, wenn sie an einen Zustand der Selbstvergessenheit zurückdenken. Solche Menschen, die ihre Gefühle mit ihrem Bewußtsein in Schach halten und mit ihrem Verstand ihre verborgenen – manchmal sehr dunklen – Sehnsüchte verdrängen. Und zu diesem Schamgefühl gesellte sich bei Frau Klára ein anderes, ein seltsames, wenn auch nicht ganz neues, nur vergessenes Gefühl. Vielleicht hatte sie es zum ersten Mal empfunden, als sie ein kleines Mädchen war, wenn sie und ihre Schwester morgens von Fräulein Papanek angekleidet wurden und dem vor ihnen kauernden Mädchen die Füße in den Schoß legten und das Fräulein ihre hochgeschlossenen Schuhe schnürte. Aber es ist auch möglich, daß sie damals keinerlei Scham verspürte deswegen, denn da mußte ja dieser alltägliche Akt etwas Selbstverständliches gewesen sein – es ist auch möglich, daß erst die späteren Erfahrungen ihres Lebens die Erinnerung irgendwie neu geordnet hatten, so daß diese unschuldige Szene nachträglich eine besondere Bedeutung gewann. Oh, es war nicht dieses Bild, das ihr jetzt in den Sinn kam, nur die Gefühlslage entstand neu, die Stimmung, die auf einem seit langem mitgeschleppten Schuldbewußtsein beruhte und sich jetzt in Form einer unbezwingbaren Nervosität zeigte. Als müßte sie, der als Kind von Fräulein Papanek die Schuhe geschnürt worden waren, aufmerksamer sein als sonst jemand, als müßte sie Jucika gegenüber Abbitte leisten, und wenn auch nicht Abbitte leisten, so doch Verständnis haben oder etwas tun, Schamgefühl und Schuldbewußtsein bekämpfen und die Rolle übernehmen, die sich aus dieser Situation ergab, sich beruhigen und diese Freiheit ausnützen oder über diese Freiheit nachdenken, die ihr Jucika ermöglichen würde, über dieses Menschenwesen nachdenken, hineinblicken in diesen Menschen, den sie nicht kannte und den irgendeine Gesetzmäßigkeit ihr nun doch zur Seite gestellt hatte, damit er ihr die Unterwäsche wusch und nach dem Baden die Badewanne reinigte. Um diese Badewanne kristallisierten sich ihre Gedanken, und sie war selbst überrascht, wie sehr sie sich mit der Demut eines fremden Menschen demütigen konnte, sie selbst versetzte sich Demutshiebe, die schon über das hinausgingen, was Jucika überhaupt empfinden konnte – sofern sie überhaupt so etwas empfand –, während sie hinter ihr her die Badewanne reinigte. Frau Klára ging so weit in der geistigen Selbstquälerei, daß ihr nicht einmal mehr in den Sinn kam, daß Jucika ja eigentlich eine Arbeit verrichtete, eine bezahlte Arbeit, in einer für sie bestimmten gesellschaftlichen Stellung, dieser Tatbestand kam ihr überhaupt nicht in den Sinn, nur das Gefühl der eigenen Auserwähltheit wuchs so ins Unermeßliche, daß neben dieser grenzenlosen, einsamen Freiheit alles andere nach Sklaverei aussah, alles, was dieser Freiheit sonst ganz natürlich und gesetzmäßig dient. Und in dieser von Selbstquälerei aufgewühlten Stimmung bedeutete ihr der Manuskriptpacken auf dem Biedermeiertischchen gar nichts mehr, und sie fühlte, daß sie mit der vom Einkaufen, Abwaschen, Kochen und Waschen befreiten Zeit nichts mehr würde anfangen können, denn auf diese befreite Zeit legte sich eine noch schwerere und kompliziertere Bürde: die eines Menschenwesens.

Vielleicht wenn dieses Menschenwesen leise gewesen wäre, schmiegsam und lautlos. Aber es konnte ja leise, schmiegsam und lautlos sein. Und war es doch nicht. Ein zügelloses, lautes, vierschrötiges Menschenwesen war es. Als würde auch in der Tiefe seiner Lautlosigkeit etwas rumpeln. Vielleicht wenn es durchsichtig wäre und unauffällig.

Frau Klára versank immer mehr und immer tiefer in Gedanken, und sie fühlte sich zu einer Entscheidung gezwungen. Jetzt empfand sie schon zum zweiten Mal am selben Tag das gleiche. Vor etwas fliehen, vor etwas, von dem sie nichts wissen wollte, das ihr Verhängnis sein konnte, das die Welt ihrer wohlkonstruierten Prinzipien sprengen oder sie irgendwohin hinunterziehen konnte, zur Übernahme irgendeiner Gemeinsamkeit, die sie nicht wünschte. Zurück, zurück. Fliehen. Aber wie?

Sie zündete eine Zigarette an, obwohl sie nicht so viel rauchen durfte, und ließ sich auf den Rand des Biedermeierkanapees niedersinken. Und als sie sich im Zimmer umblickte, das ein noch unordentlicheres Bild bot als üblich, wurde sie von Haß und Verbitterung überwältigt. Gegenüber jedweder Macht und Ordnung, die fähig waren, ihr Leben umzustülpen. Gegenüber Frau Viczmándy, die sie schon immer gehaßt hatte, die sich ihr an den Hals hängte, die…

Als man untertauchen, die Polizei über sich ergehen lassen mußte, wo war sie da? Wer kannte sie? Jetzt ist sie überall präsent. Und plötzlich stellt sich heraus, wie lange sie schon Mitglied der Partei ist, und ihre Wohnung wird gegen eine Villa eingetauscht. Als Zoltán sie darum bat, ein paar Bücher bei ihnen aufbewahren zu dürfen, da natürlich… Sie waren nicht zu Hause. Zufällig. Zoltán, der Arme, durfte die Bücher wieder nach Hause schleppen, und dabei hatte er einen steifen Rücken. Und überhaupt, was soll das? Als man untertauchen, die Polizei über sich ergehen lassen mußte, da war ich gut genug. Und jetzt soll ich schön meine Memoiren schreiben. Was sie jetzt schon wieder treiben, das sollte man schreiben… Wenn Zoltán noch da wäre, was würde er zu alledem sagen? Nie hatte Zoltán ihn sich so vorgestellt, den… Nicht so hatte er es sich vorgestellt! Ach Gott, wie hatten wir es uns vorgestellt? So hatten wir es uns vorgestellt, daß alle gleich sein würden. Wenn er noch da wäre… Ach Gott, wie hatten wir uns das vorgestellt? Irgendwie anders. Aber was eigentlich hatten wir uns unter dem Leben vorgestellt? Unserem Leben? Dem meinen und dem seinen? Sie umgarnen einen. Sie sichern sich ab. Sie verteilen Villen und Auszeichnungen. Das aber fragte niemand: Hatten Sie beide es sich so vorgestellt, Klára? Ich weiß, was die machen. Ich wüßte es nicht? Die Viczmándys…

Frau Klára atmete schwer.

Als hätte sie ihr mit einer in Güte verpackten Berechnung das Mädchen aufgehalst, damit sie an etwas teilhabe, das ihr fremd war. Fremd? Doch nicht so ganz, hatte sie doch selbst darum gebeten, zunächst Andeutungen gemacht, dann auch offen darauf hingewiesen, wie gut es wäre, alle unangenehmen Belastungen loszuwerden. Darauf erneute Fragen. Unangenehme Belastungen? Ja. Weil es für sie, über sechzig, eine Belastung war, unter brennender Sonne oder bei Schnee anderthalb Kilometer bis zum Konsum zu marschieren, und doch keine Belastung, denn jetzt dachte sie an die lange und manchmal beschwerliche Zeit des Marschierens zurück wie an eine unwiederbringliche Zeit der Freiheit. Und am Siedepunkt des Hasses und der Bitterkeit wirkte nicht einmal die sonst so würdevoll gerauchte Zigarette beruhigend. Nicht nur gegen die (übrigens recht wenigen) ihr Nahestehenden, auch gegen sich selbst richtete sich dieser Haß, um dann wieder in Scham umzuschlagen, denn dieser wirre Haufen von Fragen, dieses Grübeln, das die vermeintlich festen Schranken ihrer Prinzipien durchbrach, waren neu für sie. Ein längst vergessenes Gefühl. Obwohl sie doch ihren Prinzipien sehr vertraute. Der Ehrlichkeit und Reinheit ihrer Prinzipien.

Sie drückte die ganz heruntergebrannte Zigarette aus und preßte den Stummel heftig gegen den Rand des Aschenbechers, als Jucika klopfte.

«Ja?»

Jucika trat vorsichtig ein, machte auch die Glastür hinter sich nicht ganz zu, auf ihrem kantigen Gesicht lag ein Lächeln, und sie blieb mitten auf dem (Perser-)Teppich stehen. Auf Frau Kláras Gesicht stand noch der Haß geschrieben, sie blickte das Mädchen nur an, sah sie aber gar nicht, und Jucika schaute

Frau Klára erstaunt an, und auch aus ihrem Gesicht verschwand das Lächeln.

«Möchte nur stören, um zu besprechen, was noch zu erledigen ist, wie gnädige Frau gesagt hat.»

«Was?»

«Gnädige Frau haben vorhin gesagt...»

«Was noch zu erledigen ist...»

«Ja. Das hat die liebe Frau Klára vorhin gesagt.»

Dieses «liebe Frau Klára» war jetzt fehl am Platz.

«Setzen Sie sich bitte.»

Die sich sonst Situationen und Menschen so gut anpassende Stimme blieb jetzt hart in der Luft hängen, und Frau Klára sandte ihr schnell ein Lächeln nach, wodurch Jucika noch deutlicher fühlte, daß hier etwas nicht in Ordnung war. Sie setzte sich auch gar nicht. Doch das fiel Frau Klára nicht auf.

«Ich möchte, daß Sie gehen.»

Als würde sie strammstehen, drückte Jucika die Hände an die Schenkel.

«Es wäre für uns beide besser», fuhr Frau Klára fort.

Eine lange Stille folgte. Sie schauten sich an, ein weitgeöffneter, gutmütiger Blick verschränkte sich mit einem manisch entschlossenen kalten. Der Satz, verstärkt durch einen anderen, war erklungen. Kein Weg zurück. Über Jucikas Gesicht lief jetzt eine Art Grimasse, sie senkte den Kopf und lüftete mit der Hand ein bißchen den Rock. Fast so eine Bewegung war es wie ein halbfertiger Knicks.

«Die Gläser würde ich bezahlen», sagte sie.

Frau Kláras Gesicht verzerrte sich und wurde innerhalb eines Augenblicks himbeerrot, und sie sprang von ihrem Platz auf.

«Ich habe nicht davon gesprochen!» brüllte sie außer sich.

Jucikas Blick schwirrte kurz über das Gesicht der alten Frau, und vielleicht fühlte sie, daß es jetzt tatsächlich nicht darum ging.

«Ich... verstehe nicht...», sagte sie leise und stokkend.

Frau Klára rannte durch das Zimmer, knallte die Tür zu und ließ sich mit dem Rücken dagegenfallen. Das beruhigte sie. Jucika drehte sich mitten auf dem Teppich um.

«Seien Sie... mir nicht böse...», sagte auch Frau Klára leise und stockend.

«Ich weiß nicht, habe ich vielleicht etwas falsch gemacht?»

«Nein, überhaupt nicht, Sie haben nichts falsch gemacht...»

Jucika machte auf dem Teppich einen Schritt zu Frau Klára hin. Sie schwiegen. Frau Klára fühlte eine trostlose Müdigkeit, in ihrem Kopf hingegen tobte ihr eigenes Gebrüll weiter. Sie wäre gerne aus diesem Zimmer verschwunden, aber sie wäre auch gerne ihrer Schwäche Herr geworden. Als sie endlich wieder sprechen konnte, war ihre Stimme erneut kalt und grob, aber es waren eine Kälte und eine Grobheit, wie sie nicht dem Haß, sondern nur der Verzweiflung entspringen können.

«Bitte, wenn Sie können, vergessen Sie, was ich eben gesagt habe.»

Wieder eine lange Stille.

«Wenn Sie können.»

«Ja.»

Warum hat sie sich wohl umgebracht? Sie hat das Messer genommen, nach der Stelle getastet, wo das Herz klopft, auf ihrer schönen Brust einen Schnitt gemacht, und schon ist das Blut geflossen, und ihre

Augen haben sich verdreht... Warum wohl hat sie es getan? Wer ist diese Frau?

Jucika saß in ihrem auch im Sommer kühlen, einen muffigen Erdgeruch verströmenden Zimmer auf dem Sofa und besah sich die an der Wand hängende Reproduktion. Der Tod dieses seltsamen Frauenzimmers erlangte, sosehr sich der Maler bemüht hatte, keine dramatische Wirkung, vielleicht gerade deshalb, weil die zum Himmel gewandten Augen, der dichtdrapierte, über dem vollen Busen auseinandergezogene schleierartige Stoff, dessen Bordeauxrot eine merkwürdige, fast schon verletzende Disharmonie mit dem Rot des herausströmenden Blutes bildete, die auf der samtenen Haut klaffende Wunde, die Farbe der stählernen Klinge auf dem Bild in ihrer Dramatik so genau waren, daß diese Genauigkeit dem Drama schon wieder ein Ende machte und der vor unseren Augen eintretende Tod nichts als eine höchst theatralische Szene war. Jucikas Augen gewöhnten sich allmählich an die Farben und Formen des Bildes, so sehr, daß der etwas abgenutzte Rahmen darum herum langsam verschwand, die weißgekalkte rauhe Wand verschwamm, und ihre Augen sogen dieses rahmenlose Bild so sehr auf, daß sich die gemalte Frau langsam zu einer realen rundete, da, in dem kleinen Zimmer, bohrte sie sich die Klinge ins Herz, und Jucika spürte, daß ihr die Kraft fehlte, es zu verhindern. Sie hielt nur krampfhaft den Henkel des Einkaufskorbs fest, der vor ihr auf dem Boden stand, und ihr Blick reichte allmählich auch über die real gewordene Selbstmörderin hinaus, verwischte auch die aus der Einbildungskraft geborene Einbildung, und jetzt blieb nur noch ein Fleck auf dem weißen Feld der Wand, blieben nur noch formlose Flächen und Farben, sie aber starrte immer noch auf einen

Punkt. Ihre stets weit offenen gutmütigen Augen waren jetzt verengt, und durch diese schmalen Schlitze wurden Schmerz und Bitterkeit gleichsam in materieller Form herausgepreßt. Jucika weinte. Jucika weinte, aber sie versank nicht in ihren Tränen, als sich die Welt vor ihr verschleierte, die heilige Frau, die aus irgendeinem Grund Selbstmord begangen hatte, verschwand und sie mit ihrem eigenen physischen Dasein allein blieb; es wurde ihr, wenn auch nur für Augenblicke, alles klar, bewußt und faßbar, jene absurde Diskrepanz, die sich zwischen einem ihrem Wesen entspringenden zarten Freiheitsbedürfnis und ihrer Situation auftat. Sie war festgebunden an ihre Situation, in ihrer Vergangenheit gefangen, und so vermochte sie keine Ziele, keine Lösungen zu sehen, sie sah nur ihre Ohnmacht, bemitleidete sich deswegen nicht und bemitleidete auch andere nicht, empfand nur tatenlose Wut, daß sie, vielleicht zum ersten Mal in ihrem Erwachsenenleben, so tief ins Unlösbare geraten war. Es waren nur Augenblicke, aber es waren eindringliche Augenblicke, die sich in ihr Blut, in ihre Nerven einfraßen, mit unsichtbarer Kraft einen Teil ihres Wesens zerstörten, nämlich ihre hemmungslose Offenheit, und als sich die Reproduktion an der Zimmerwand aus dem weißlichen Dämmer herausschälte, schaute schon ein anderer Mensch auf die bis zur Bedeutungslosigkeit ausgearbeitete heilige Tragödie. Vielleicht mit einem weniger treuherzigen Blick, abweisender. Ihre Einbildungskraft spielte nicht mehr. Mit einer instinktiven Geste wischte sie sich die Tränen aus den Augen und stand auf. Ihr Blick blieb an dem handtellergroßen Fenster hängen, durch das lila Winden hereinschauten. Und draußen schien warm und schön die Frühlingssonne.

Jucika stand auf und ging mit dem leeren Korb in

den Garten hinaus. Der Kies unter ihren Füßen knirschte, und sie horchte auf dieses Geräusch, als sie zur Gartentür schritt. Dort blieb sie stehen. Jetzt wußte sie, was sie zu tun hatte. Irgendwie hatte sie es aus der Ruhe erfühlt, mit der sie den Korb hielt und mit der sie gleichmäßig bis hierher geschritten war. Vielleicht aus der Ruhe, die ihr die Umgebung suggerierte. Sie spürte genau und bereute es auch nicht, daß etwas in ihrem Leben zu Ende war. Mit einer noch nie gesehenen Klarheit erschien ihr der kleine Sohn, und mit einer noch nie empfundenen Schärfe begriff sie, daß sie Mutter war. Auch da hatte sie es nicht begriffen, als sie die schmachvolle Last im Bauch herumgetragen hatte, denn sie hatte nicht auf die Last und nicht auf die Schmach geachtet, und sie hatte es auch nicht begriffen, als sie die Last nach schrecklichen Stunden losgeworden war, denn da hatte sie nur darauf geachtet, befreit zu werden. Offenbar hatten Jahre vergehen müssen, bis sie vor sich hin murmeln konnte: «Ich bin Mutter, ich bin Mutter…» Und schon sah sie den kleinen Laci hier herumrennen, dem Ball nachlaufen, in Schnecken herumstochern, hier, auf den Wegen dieses Gartens, wie es auch Frau Klára gesagt hatte. Sie lächelte glücklich, und aus ihren Augen verschwand jetzt noch mehr die offene Gutmütigkeit, um vielleicht endgültig einer reinen, bewußten Freude Platz zu machen, einer von zwei noch kaum sichtbaren Krähenfüßen eingerahmten Freude.

Als sie die Lattentür hinter sich zumachte, sprang jemand von der hohen Steinmauer des Nachbargartens neben sie. Jucika blieb einen Augenblick stehen, aber sie war nicht überrascht und schrie nicht auf, ihre innere Ruhe bewahrte sie davor. Und obwohl er sich wie gewöhnlich über Zäune hinweg fortbewegte, fiel es Jucika sofort auf, daß der Junge jetzt mit einem anderen Gesichtsausdruck auf sie zukam. Sie machte sich auf den Weg. Jóschka hielt mit ihr Schritt, doch er ging fast schon auf der anderen Straßenseite und ohne sie anzublicken. So liefen sie wortlos und lange dahin. Sie maßen sich nur mit halben Blicken. Jucika mit heiterer Ruhe, Jóschka mit einer Art düsterer und beleidigter Entschlossenheit. Das schattige Sträßchen mündete nach einer plötzlichen Kurve in der breitgespannten, kahlen Landstraße. Personenwagen und Lastautos zogen schwirrend und rumpelnd an ihnen vorbei. Der Verkehr zwang sie nebeneinander und machte der zweigeschlechtlichen Vertraulichkeit ihres Dahinschreitens ein Ende. Man mußte etwas sagen.

«Gehen Sie einkaufen?» fragte Jóschka linkisch und ohne den Blick zu dem Mädchen zu heben.

«Ja.»

«Darf ich Sie begleiten?»

Jucika mußte lächeln.

«Das fragst du ja rechtzeitig.»

Dieses Lächeln und diese streitlustige Bemerkung riefen auf dem Pickelgesicht des Jungen einen noch düstereren Ausdruck hervor. Er sagte lange kein Wort. Nachdem sich die Stille in die Länge gezogen hatte, brach Jucika das Schweigen.

«Wie alt bist du?»

«Zwanzig», kam die Antwort nach einer kurzen Bedenkzeit.

«Zwanzig?»

«Glauben Sie es vielleicht nicht?»

«Warum sollte ich es nicht glauben?»

«Und wie alt sind Sie?»

«Es schickt sich nicht, Frauen so etwas zu fragen.»

Der gedrungene Hals des Jungen begann sich zu

bewegen, und er wandte Jucika den Kopf zu, als würde eine innere Kraft dieser Bewegung widerstehen. Er blinzelte unsicher.

«Habe ich Sie beleidigt?»

«Überhaupt nicht. Ich habe die sechsundzwanzig hinter mir.»

«Sechsundzwanzig?»

«Hinter mir...»

Wieder schritten sie wortlos dahin. Obwohl Jóschka keinen Zentimeter hinter dem Mädchen zurückblieb, war sein Gang doch der eines hinter seinem Herrn hertrottenden geprügelten Hundes. Vielleicht wegen seiner Körperhaltung. Jetzt trug er eine abgenutzte, verblichene Kattunhose, hatte, den Rükken gekrümmt, die Hände in der Hose verschwinden lassen und ging auf lässige Art breitbeinig.

«Ist Ihnen nicht zu warm?»

«Nein.»

«Obwohl die Sonne irre... sehr heiß ist, was?»

«Ganz schön heiß, na ja.»

«Ich vertrage die Hitze gut, ich habe nur gefragt wegen Ihrem Korb, ob ich ihn tragen soll.»

Jucika schaute den Jungen aufmerksam an, ihr Blick begegnete dem hellblauen, in Verlegenheit schwimmenden Augenpaar, und sie schaukelte nur mit dem Kopf, nein, danke, und das leichte Lächeln verschwand nicht aus ihren Mundwinkeln.

«Aber auf dem Rückweg, darf ich ihn dann tragen?»

Jucika kam das Ganze immer merkwürdiger vor, und auch auf diese Frage hatte sie gar nicht recht Lust zu antworten, und dann entschlüpfte ihrem Mund ein höchst seltsamer Satz: «Das wäre sehr nett von dir.»

Der Satz klang, als würde sie spotten, obwohl sie

gar nicht spotten wollte, im Gegenteil, sie war von dem Angebot fast schon gerührt. So sehr es sie auch zueinander drängte, der falsche Ton dieses Satzes ließ erneut eine Stille zwischen ihnen entstehen. Nach einer Weile grüßte Jóschka einen Mann, der auf der anderen Seite der Landstraße in Gegenrichtung eilte, und wurde rot. Als sie außer Hörweite waren, fragte Jucika mit vertraulich gedämpfter Stimme: «Wer war das?»

«Mein Direktor.»

«Was für ein Direktor?»

«Der, als ich auf dem Gymnasium ...»

«Du warst auf dem Gymnasium?»

«Ja.»

«Und was machst du jetzt?»

«Jetzt?»

Jucika nickte zweimal zum Zeichen, daß es sie sehr interessierte, was der junge Mann jetzt tat, doch Jóschka runzelte nur die Stirn und stotterte wirres Zeug.

«Jetzt... im Grunde genommen... Im Grunde genommen ist das... Ich habe Urlaub.»

«Urlaub?»

«Ja.»

Jucika fragte nicht weiter, aber Jóschka brütete weiter über der Antwort.

«Eigentlich ist es geheim, was ich mache...»

Nicht sehr überzeugt, hoben sich Jucikas Augenbrauen zu einer Frage, doch Jóschka redete schon.

«Eigentlich dürfte ich gar nicht darüber sprechen, denn daraus könnten sich verschiedene Schwierigkeiten ergeben, nicht mal meinen Eltern darf ich es sagen, weil mich ein strenger Eid bindet, und auch dieser Eid war ein ganz besonderer Eid...»

Er sah Jucika an.

«Ich möchte dich nicht in Schwierigkeiten bringen», sagte das Mädchen, und in ihrer Stimme war ein Hauch von Spott. Doch der Junge merkte das nicht.

«Ich habe natürlich überhaupt keine Angst, aber eigentlich darf ich es nicht erzählen, trotzdem, Ihnen vertraue ich, wenn Sie wollen, sag ich's Ihnen... Falls Sie es niemandem weitersagen.»

Jucika zuckte die Achseln, und wie sie den Jungen anschaute, stahl sich die offene Gutmütigkeit in ihren Blick zurück.

«Sagen Sie es nicht weiter?»

«Warum sollte ich es weitersagen?»

«Mein Vater sagt, alle Frauen sind Plaudertaschen, alle von A bis Z.»

Jucika wandte sich beleidigt ab.

«Habe ich Sie beleidigt?»

Jucika zuckte die Achseln und mußte lachen.

«Auch wenn du es jetzt sagst, ich glaube es ohnehin nicht.»

«Das sagen Sie nur, damit ich es trotzdem verrate.» Er schwieg, dann fügte er schlau zwinkernd hinzu: «Keine Angst, die haben uns schon beigebracht, mit welchen Methoden die Spione aus den Leuten die Sachen rausholen...»

Eine seltsame Spannung entstand zwischen ihnen. Die Atmosphäre des Verdachts. Eine Stimmung, die einen neugierig macht, wobei die eigene Neugier auch beängstigt. Spione. Methoden. Vielleicht liegt es an diesen merkwürdig klingenden Wörtern.

«Ich möchte überhaupt nichts aus dir rausholen», sagte Jucika, allerdings mit unbefriedigter Neugier auf dem Grund der stolzen Zurückweisung.

«Dann sage ich es lieber nicht.»

«Behalt's für dich.»

Sie trotteten wortlos weiter. Jetzt kam kein einziges Auto, die sonnengetränkte, leere Landstraße durchschnitt die unbebaute Wiese, die zwischen dem Dorf und der Ferienkolonie lag. Die dichte Nachmittagshitze wurde gleichsam von jedem ihrer Schritte erschüttert, und diese Vibration machte die Luft sichtbar. Ihre Gesichter röteten sich, die großen Ohren des Jungen wurden fast schon dunkelviolett, und von seiner Stirn perlte der Schweiß. Eine dumpfe Betäubung legte sich über sie, und in dieser Benommenheit marschierten sie allein auf der leeren Straße. Man mußte etwas sagen, um herauszufinden, ob nicht das wilde Spielzeug der Natur, die Sonne am endlosen Himmelsgewölbe, sie schon in ihre Macht gebracht hatte, und so begann Jóschka mit ausgetrockneter Kehle und rauher Stimme zu sprechen.

«Glauben Sie ja nicht von mir...»

Jucika warf einen trägen Blick auf ihn. Jóschka fing ihn auf.

«Als ich ins Gymnasium gegangen bin, haben sich die Jungs immer lustig gemacht und so... Aber das ist bloß Angeberei, die haben nur das größere Maul... Und dann ist meine Visage voller Pickel, und sie haben gesagt, das wäre, weil...»

Jucikas Augen verengten sich nachdenklich. Sie verstand die Worte nicht, und doch mußte man den Jungen, der da redete, aus irgendeinem Grund bemitleiden.

«Glauben Sie ja nicht so was von mir, was ich am Vormittag gesagt habe, das habe ich auch nur gesagt, um das große Maul zu haben, in Wirklichkeit...»

Jóschka blieb stehen und schaute lange auf den Arm des Mädchens, der sich um den Korb schlang, dann kroch sein Blick zwischen den Brüsten hindurch bis zum Mund hinauf und setzte sich dort auf dieser Linie fest, weiter hinauf getraute er sich nicht. Jucika beobachtete die Augen des Jungen, die im Licht blond gewordenen, schnell schlagenden Wimpern, und sie fühlte etwas, vor dem sie selbst erschrak, eine Anziehung, wie sie sie bei diesem viel jüngeren Mann schon am Vormittag gespürt hatte, nur war dieses Gefühl noch tiefer, und sie wartete darauf, daß der Junge den Satz beendete, um die Bewegung machen zu können, nach der es sie so verlangte.

«Wollen wir uns nicht ein bißchen hinsetzen?» fragte der Junge.

Jucika trat ein wenig zurück und setzte sich auf einen Kilometerstein, so schnell, als führe sie einen Befehl aus. Jóschka nahm die Hände aus den Hosentaschen, besah sie sich, steckte sie zurück, hatte einen Satz auf der Zunge, seufzte aber nur und wagte nicht, ihn auszusprechen. Dann ließ er sich neben Jucika nieder, gleich zu den Füßen des Mädchens ins staubige Gras, nahm wieder die Fäuste aus der Hose und platzte, während er die Erde tätschelte und mit den Fingern das schmächtige Unkraut am Straßenrand mähte, endlich heraus: «Keusches Mönchlein, so nannten sie mich...»

Der Satz hatte noch gar nicht bis zu Jucikas Hirn vordringen können, als der Junge ihn schon ergänzte.

«Aber sie mochten mich schon, weil ich nicht so einer war, und ich war auch nicht böse deswegen, weil... Aber sie haben mich so genannt...»

Jucika schaute den Hals des Jungen an, die zwei pulsierenden kleinen Adern, die sich männlich von der sonnengebräunten, glatten Hautoberfläche abhoben, und sie führte die Bewegung aus, nach der es sie so verlangt hatte, sie strich zweimal über den Kopf des Jungen, und ihre Handfläche ruhte sogar einen Augenblick auf seinem Nacken.

«Du bist noch ein Kind...», sagte sie, die einzelnen Wörter liebevoll betonend.

Jóschka zog sich zurück, blickte sie nicht an, wie es Jucika in der Folge ihrer Geste erwartet hätte, blickte nicht gierig zu ihr auf, denn er verstand die Sprache der Liebe noch nicht, und vielleicht wurde das Ganze dadurch noch schöner. So saßen sie noch eine Minute. Dann stand Jucika auf.

«Es ist wirklich heiß», sagte sie, doch der Junge rührte sich nicht. «Gehen wir, sonst kriege ich Schelte.»

Da stand auch Jóschka auf, ihre Blicke verschränkten sich einen Augenblick, aufgeschreckt und forschend, dann ließen sie einander los. Beide setzten sich in Bewegung. Jucika sah nicht, daß Jóschka sich wieder verwandelt hatte, die Fäuste in die Taschen vergraben, den Rücken gekrümmt, wieder jene steife, gehetzte Haltung angenommen hatte, die dem lässigen Gang widersprach. Und auch seine Stimme war anders geworden.

«Ich wollte Ihnen das nur erzählen, weil seitdem viel Zeit vergangen ist, und ich habe auch gekämpft...»

Jucika sah ihn erstaunt an.

«Du hast gekämpft?»

«Ich rede nicht gern davon... Sie denken dann, ich gebe an, obwohl ich auch verwundet worden bin, wenn Sie wollen, zeige ich es Ihnen...»

Jucika wiederholte ihren Blick und wurde traurig, gab nicht acht, nahm die Worte nicht auf, sie fand es nur schade, daß es vorüber war, daß nun wieder ein pickliger Halbwüchsiger neben ihr herging, mit dem sie nichts, aber auch gar nichts zu schaffen hatte und der vielleicht auch log. Doch das war bei Jucika nur eine Vermutung, konnte auch nichts anderes sein, denn wie sollte sie nach so viel Ehrlichkeit an Lügen denken können. Und weil der Augenblick vorhin ehrlich gewesen war, wollte sie nicht zulassen, daß ihre Beziehung jetzt auch nur von einem mißtrauischen Blick verseucht wurde, sie wollte jenes Gefühl wiedererstehen und stetig werden lassen, das zwischen zwei Menschen das schönste ist, auf das ganze Leben gebaut sind und das – nach menschlicher Zeitrechnung – manchmal in unermeßlich kleinen Zeiteinheiten auftritt. Aber wer einmal gespürt hat, was gut ist, der wird danach streben, und wenn er auch manchmal Lügen in Kauf nehmen muß. Das alles überlegte Jucika nicht, sie handelte nur instinktiv, als sie in ihrer Stimme besorgte Neugier aufscheinen ließ.

«Du bist verwundet worden?»

«Ja. Sogar an zwei Stellen.»

«Wo?»

«Am Oberschenkel, und dann habe ich auch noch einen Lungenschuß gehabt.»

«Aber wie denn?»

«Ich rede nicht gern davon, denn Sie denken dann, es ist Angeberei, weil ich noch wie ein Junge aussehe, aber ich habe zusammen mit meinem Vater in der Corvin-Passage gegen die Aufständischen gekämpft.»

«Ja?»

«Ja.»

«Weil mein Vater damals Hauptmann war, und meine Mutter hat Angst gehabt, wo er bloß bleibt, und sie hat mich mit einem Hähnchen hingeschickt, aber, ja, ich habe sofort alles begriffen, und wir haben zusammen gekämpft, und so haben sie ihn dann zum Major befördert und mich, na ja, da habe ich meinen Geheimauftrag erhalten...»

Der Junge verstummte und sah das Mädchen ernst an, die Augenbrauen zusammengezogen, als wollte er prüfen, ob er ihr trauen könne, dann nickte er, er hatte entschieden und setzte, noch immer im Gesicht des Mädchens forschend, seinen Bericht fort.

«Und da wurde ich bei der Polizei als Kommissar eingestellt, aber ich habe Ihnen ja schon gesagt, daß die Sache vertraulich ist, es darf niemand wissen, ich erzähle es nur Ihnen.»

Sie rauchte eine Zigarette nach der anderen, das Zimmer war schon voll von Kippen- und Aschengeruch, sie fühlte, wie ihr Herz schwerer schlug und ein Zittern der Benommenheit und Schwäche ihr über Arme und Beine lief. Das waren die besten Augenblicke, weil sich dann das Gehirn ausschaltete und alle ihre Ängste auf den Körper gerichtet waren. ‹Mein Gott! Ich mache mich ja kaputt›, dachte sie und drückte schnell die Zigarette aus, um sich im nächsten Augenblick eine neue anzuzünden.

Sie stand am Fenster, ohne hinauszusehen. ‹Vielleicht ist es nur wegen der großen Hitze...›, fiel ihr ein, doch ihr einigermaßen an Systematik gewöhntes Hirn ließ auch diese momentane Ausrede nicht gelten, sie wußte, daß nicht die Hitze schuld war, sie wußte, daß ihr Leben seit der Minute von Jucikas Ankunft umgeschlagen war in eine andere Ordnung, daß es sich rettungslos verwirrt hatte, zu Knoten verwirrt, dann in neue Fäden auseinanderfallend sich mit dem Leben eines anderen Menschen verflochten hatte, eines Menschen, dessen seltsam gegensätzlicher, zwischen Ergebenheit und Frechheit, Grobheit und Feinheit hin und her flatternder Charakter sie gefangenhielt, und daß sie unfähig war, den Schlüssel zu diesem Charakter und dieser Situation zu finden, den Schlüssel, den es nach ihrem Empfinden für jeden Charakter und jede Situation geben mußte. Und wie ihre Gedanken an Jucikas Charakter herumtasteten, trat wieder die selbstquälerische Frage auf, jetzt allerdings nicht mehr theatralisch schmetternd wie vor einer halben Stunde, sondern über alles Formale, jedes Rollenspiel, das merkwürdige Geflecht ehrlicher und unehrlicher Posen hinweg stand da die Frage in ihrer ganzen Einfachheit: Und wer bin ich? Was bin ich in ihren Augen?

Sie bemühte sich, das Mosaik der vergangenen Stunden zusammenzusetzen, und hatte das Gefühl, sich an nichts mehr zu erinnern. Sie konnte sich an keine Einzelheit erinnern, an keine einzige Minute, denn da war ja zwischen ihnen auch noch kein Augenblick gewesen, der es erlaubt hätte, das Wesen ihrer Beziehung methodisch zu bestimmen. Hier blieben ihre Gedanken zwangsläufig stecken, denn Frau Klára war trotz ihrer vielen guten Eigenschaften einer Sache nicht fähig, zu der nur Auserwählte fähig sind, nämlich in einer Beziehung stehend ihr Ich gewissermaßen zweizuteilen und sich gleichzeitig auch von außen, mit den Augen des anderen, zu sehen und, gleichsam sich selbst übersteigend, sich selbst zu bestimmen und damit auch den, der ihr gegenüberstand. Und weil ihre Urteile immer von innen kamen, ohne die Kontrolle des zweigeteilten Ich, können wir es als zwangsläufig ansehen und sie mit annähernder Genauigkeit dabei ertappen, wenn ihre Gedanken auf Abwege gerieten. Zum Beispiel jetzt. Zum Beispiel hätte sie jetzt (wenn sich ihre Gedanken schon so in ihrer Bahn verirrt hatten, daß sie die Beziehung zu ihrer Bediensteten zu bestimmen suchte) klar sehen müssen, daß ihre Beziehung gerade deshalb nicht zu bestimmen war, weil sie völlig ungewöhnlich war, weil sie unter den gesellschaftlich anerkannten Normen die in solchen Fällen wesentlichste entbehrte: die notwendige Gleichgültigkeit.

Frau Klára fühlte nur das Ungewohnte, das im Vergleich mit den gesellschaftlichen Normen etwas lästig Nervenaufreibendes hat für jemanden, der im Ungewohnten nicht das Neue zu entdecken und sich an der Entdeckung des Neuen zu freuen vermag. Wäre Frau Klára zu diesem Schritt fähig, würde sie das Neue nicht fliehen, sondern es im Gegenteil, wenn auch ängstlich, erfassen, und sich so, damit eine Eigenheit ihres Charakters vertiefend, nämlich die Neigung, anders zu sein als alle anderen, ihrer selbst erfreuen, da sie sich selbst entdecken würde, und da diese Freude durch das Nachdenken über einen anderen Menschen hervorgerufen würde, käme sie auch auf den Gedanken, daß Freude und Glück nur durch ihn und nur so entstehen können. Diese Entdeckung könnte der erste Schritt auf einem neuen Weg sein. Dem Weg des Ungewohnten.

Sie aber wich aus. Vielleicht war sie zu alt, vielleicht zu müde. Vielleicht war der Sensibilitätsquotient ihres Charakters (so etwas läßt sich heutzutage schon in Zahlen ausdrücken) nicht höher als der Durchschnitt. Nun ja, auch nicht niedriger. Da sie unfähig war, aus sich selbst herauszutreten, war sie vielleicht nur so sensibel, sich selbst zu schützen. Vielleicht wich sie deshalb vor der einzigen sicheren Lösung aus, weil sie auf Grund der Stabilität ihrer Situation nicht genügend Angst hatte, um ihre persönliche Lage verstehen und ergründen zu wollen, damit sie nicht zu krampfhaftem Selbstschutz gezwungen wäre, was der Selbstaufgabe gleichkommt. Vielleicht.

Sie wurde unsicher. Tat sich selber leid.

Und legte sich im anderen Zimmer schlafen.

Es war ein wirrer, einer Flucht gleichender Schlaf. Sie schreckte auf, als die Tür geöffnet wurde und das Ganze wieder von vorn begann.

«Sind Sie es?»

«Ach, ich habe nicht gewußt, daß die gnädige Frau schläft.»

Der Satz klang falsch.

«Kommen Sie… Ich bin nur ein bißchen eingenickt…»

Und obwohl es offensichtlich war, daß auch das nicht stimmte, stellte Jucika den Korb mitten auf den Teppich und ließ sich neben Frau Klára auf dem Bettrand nieder. Frau Klára rückte weiter nach innen.

«Warum hat die gnädige Frau nicht gesagt, daß ich den Jóschka Kalher nicht duzen soll?»

«Warum sollten Sie ihn nicht duzen?»

«Ich habe nichts von ihm gewußt…»

«Nein?»

«Woher hätte ich es auch wissen sollen…»

«Was denn?»

Jucika senkte grübelnd den Kopf, und Frau Klára, die jetzt schon vor allem und jedem Angst hatte, was mit Jucika zusammenhing, erwachte augenblicklich aus ihrer Benommenheit, stützte sich auf die Ellenbogen und ging sofort instinktiv zum Angriff über.

«Ich hoffe, es beliebt Ihnen nicht, sich jetzt auch schon mit der Verführung Minderjähriger zu befassen», sagte sie halb im Scherz, aber nicht ohne Spott und Schärfe.

«Nein», sagte Jucika kurz, und die lächelnde Verschämtheit wich aus ihrem Gesicht, sie stand auf und griff nach dem Korbhenkel. Frau Klára wollte nicht merken, daß sie Jucika verletzt hatte.

«Haben Sie alles bekommen, worum ich gebeten hatte?» fragte sie schnell.

«Ja.»

«Dann möchte ich Sie bitten, mein Abendessen zuzubereiten...»

«Ja.»

«Und es hereinzubringen. Ich esse im Arbeitszimmer.»

«Ja.»

Als das Mädchen draußen war, nahm sich Frau Klára einen französischen Roman vom Nachttisch, betastete sich das Gesicht vor dem Badezimmerspiegel und rief in die Küche hinaus.

«Jutka!»

«Ja, bitte...»

«Stellen Sie mir einen Sessel draußen unter die Kastanie... seien Sie so gut.»

Jucika schaute ins Badezimmer herein, Frau Klára rieb mit einer Creme an den Falten unter ihren Augen herum.

«Welchen?»

«Einen aus dem Flur.»

«Ja.»

Frau Klára hörte auf, ihr Gesicht zu prüfen, und ging dem Mädchen nach. Jucika stellte den Sessel unter die Kastanie, Frau Klára nahm Platz, schlug die Beine übereinander und öffnete das Buch.

«Und machen Sie mir eine Limonade.»

«Ja.»

«Ohne Zucker.»

«Ohne Zucker?»

«Ja.»

Nach einigen Minuten erschien Jucika mit der Limonade.

«Bringen Sie noch das Tischchen aus dem Flur, seien Sie so gut, und bringen Sie auch ein Tablett für das Glas mit... Ich habe es nicht gern, wenn die Möbel Schaden nehmen.»

Frau Klára begann zu lesen, und als das Mädchen wieder zurückkam, in der einen Hand das dreibeinige Tischchen schleppend, in der anderen das Getränk auf dem Tablett balancierend, schaute sie nicht zu ihm auf. Jucika stellte alles sorglich neben den Sessel und ging wortlos ins Haus zurück. Nur der Kies unter ihren Sohlen knirschte.

Als sie verschwunden war, blickte Frau Klára vom Buch auf. Ein Ast der Kastanie hing tief herunter, und eine vereinzelte Luftströmung ließ eines der beinahe den Boden wischenden Blätter erzittern. Frau Klára beobachtete lange dieses seltsame Phänomen, legte dann das Buch auf das Tischchen, blickte sich um, trat hinzu und blockierte die Luftströmung mit der Handfläche. Das Blatt beruhigte sich allmählich, und die Luftströmung, die eben noch eine Bewegung ausgelöst hatte, verwandelte sich auf ihrem Handrücken jetzt in ein kühles Streicheln. Sie kauerte sich neben den herunterhängenden Ast, zog ihren Arm zurück, streckte ihn wieder aus und beobachtete die abflauende, dann wieder lebhaft werdende Bewegung.

Jenseits der Kastanie erstreckte sich ein mit Sträuchern gesäumter Rasen. Und von irgendwo zwischen den Sträuchern her hörte Frau Klára losprustendes, dann zurückgehaltenes und wieder losplatzendes Gelächter. Als hätte sie sich nur deshalb gebückt, hob sie schnell einen Kieselstein auf und setzte sich wieder in den Sessel.

Kurz darauf schaute sie wie zufällig zu den Sträuchern hinüber. Doch dort regte sich nichts.

Es verging etwa eine halbe Stunde, aber das Buch vermochte sie nicht zu fesseln, ständig mußte sie zu den Seiten zurückkehren, die sie eigentlich schon gelesen hatte, denn ihre Gedanken streunten gleichzeitig in verschiedene Richtungen. Nicht, daß sie nervös gewesen wäre. Nur diese Stille, diese Ruhe war merkwürdig. Merkwürdig, denn es kam ihr vor, als sei sie nur scheinbar. Sie wußte, daß sie sich vorhin nicht vor das Blatt hätte kauern sollen, und doch hätte sie sich gern wieder hingekauert, denn die Luftströmung hatte ihre Richtung auch inzwischen nicht gewechselt, und aus irgendeinem Grund widersprach diese einzige kleine Bewegung der stillen Umgebung. Sie war nicht gereizt, aber erregt von dem Wunsch, der Bewegung ein Ende zu machen, gleichzeitig schien ihr jedoch, als würde sie aus verschiedenen Richtungen ständig von Blicken verfolgt, als würden alle ihre Bewegungen verfolgt und als würde auch ein Urteil über sie gefällt, ein Urteil, das auch den Haß des sich in der Küche bewegenden fremden Menschenwesens einschloß. Und wegen dieses Gefühls, daß prüfende Augenpaare sie beobachteten, daß zwischen Bäumen und Sträuchern verborgene Wesen nur auf den Augenblick warteten, in spöttischer, niederschmetternder Weise ihrer Meinung Ausdruck zu verleihen, führte sie ihre Absicht vorerst nicht aus.

Dem Anschein nach las sie. Das Keuchen des Nachmittagsschiffs auf dem Fluß kam ihr gerade recht, und sie schaute vom Buch auf. Ein paar Schritte vor ihrem Fuß, ein wenig rechts, zitterte das Kastanienblatt. Doch sie ließ den Blick darüber hinweg durch den Garten schweifen.

Alles reglos. Die Blätter hingen müde und von der Nachmittagshitze welk von ihren Stielen. Irgendwo Kindergeschrei. Vielleicht warfen sie sich jetzt in die Wellen, die hinter dem Schiff gegen das Ufer liefen. Das war aber weit weg. Ringsum ruhte der Garten bunt, stumm und reglos. Doch Frau Klára glaubte dieser Stummheit nicht, und dort, in ihrem Augenwinkel zitterte das Kastanienblatt, allmählich überkam sie eine mit Gereiztheit gemischte Angst, und sie hatte das Gefühl, es sei nur noch eine Frage von Augenblicken, und sie müsse etwas tun.

«Ses jambes étaient molles et rouges de froid. Lorette n'avait pas...», las sie, stand dann schnell auf, trat zu dem herabhängenden Ast und riß das zitternde Blatt ab.

Als sie sich wieder an ihren Platz setzte, schaute sie sich befriedigt um. Die vereinzelte Luftströmung war nicht mehr am Werk. Und es war, als seien auch die lauernden Schatten zwischen den Sträuchern verschwunden.

«Seien Sie so gut und machen Sie mir mein Bett.»

«Ja.»

Frau Klára begann zu essen.

«Wenn Sie abgewaschen haben, sind wir fertig... für heute.»

«Ich dächte, ich könnte noch in der Schublade Ordnung machen.»

Der zu unterwürfige Ton beleidigte Frau Kláras Ohr.

«In was für einer Schublade?»

«In der Küche.»

«Ach ja... Das hat auch morgen noch Zeit. Joghurt haben Sie nicht bekommen?»

«Nein.»

«Dann müssen Sie von morgen an vormittags zum Einkauf.»

«Ja.»

«Wenn Sie etwas lesen möchten, nehmen Sie sich etwas vom Regal.»

«Danke...»

Da Frau Klára nichts mehr sagte, begann Jucika im anderen Zimmer geräuschlos das Bett herzurichten. Es dunkelte zwar schon stark, aber sie machten kein Licht. Frau Klára aß appetitlos, als entledige sie sich einer Pflicht. Nebenan brüllte Kalher mit volltönender Stimme nach seinem Sohn, und durch das Fenster kamen Mücken ins Zimmer geflogen. Sie sirrten durch den Raum, sich hin und wieder setzend, und zwischendurch gingen sie, als geschehe es auf Befehl, auf den Hals und die nackten Arme von Frau Klára los. In so einem Moment legte Frau Klára Messer und Gabel nieder, wartete, bis das Tier sich niedergelassen hatte, und haute ihm tüchtig eins drüber. Wenn eines den durchsichtigen Leib schon vollgepumpt hatte, hinterließ es eine kleine Blutlache. Frau Klára wischte das Fleckchen ab und aß weiter. Doch die Geräusche, das Herumschlagen und die Beschäftigung mit dem Essen vermochten ihre Aufmerksamkeit nicht zu fesseln. Sie saß mit dem Rücken zum anderen Zimmer, und hinter ihrem Rücken bewegte sich mit gleichmäßigen Geräuschen das Mädchen. Ein leibhaftiges Fragezeichen in ihrem Leben. Sie wußte, dieser Tag hatte sie mit etwas konfrontiert, in dessen wirrem Labyrinth sie sich verirrt hatte, ohne einen Ausweg zu sehen. Vielleicht würde die Zeit helfen, die Gewöhnung. Sie hörte ein Flüstern unter dem Fenster.

«Jucika...»

Dann lauter.

«Jucika.»

Sie legte das Besteck hin und horchte. Das Flüstern wiederholte sich, und offenbar lehnte sich Jucika im anderen Zimmer aus dem Fenster, denn Frau Klára hörte, wie sie zurückflüsterte.

«Gleich... Warten Sie ein bißchen!»

Frau Klára starrte vor sich in die Luft. ‹Ich bin doch ein enormes Rindvieh!› dachte sie und war von dieser Feststellung beinahe schon erleichtert. Als hätte dieses Gesäusel plötzlich etwas um sie herum erhellt, was im Rückblick sämtliche Zweifel unverständlich machte. ‹Gar keine Frage, ich bin ein riesengroßes Rindvieh›, dachte sie jetzt beinahe fröhlich. ‹Läßt sich denn dieses Mädchen durch irgend etwas stören? Beginnt sofort ein Verhältnis mit dem ersten besten Mann... Wenn's wenigstens ein Mann wäre... Mit dem ersten Paar Hosen... Und ich brüte da über die Freiheit und allerlei Blödsinn nach... Denn wenn es stimmte... wenn es stimmen könnte, daß wir gleich sind... Aber es stimmt ja nicht... Es stimmt nicht...›

Sie mußte fast lachen, so freute sie sich.

Jucika blieb vor ihr stehen.

«Darf ich abräumen, Genossin?»

Sie schaute lächelnd zu dem Mädchen auf.

«Lassen Sie nur. Gehen Sie nur... Man ruft Sie, wie ich höre.»

Jucika übernahm das Lächeln nicht.

«Fällt mir gar nicht ein. Erst wasche ich ab.»

Frau Klára stand auf und schob das Mädchen energisch aus dem Zimmer.

«Ich habe doch gesagt, Sie sollen gehen...»

Als sie allein war, verriegelte sie die Türen und setzte sich in den Fauteuil am Fenster. Draußen umgab schon Dämmer die Bäume, und der Himmel war von ruhiger Klarheit. Die von der Hitze allmählich befreite Erde atmete tief ein. Morgen werden wir wässern müssen, dachte Frau Klára und hatte das Gefühl, alles sei wieder in Ordnung.

«Jóóschka!» Frau Kalhers Stimme durchschnitt die dunkle Ruhe der Natur.

Jóschka antwortete natürlich nicht, denn er saß in Jucikas Zimmer auf dem Sofa. Frau Kalher schrie noch einmal, und aus dem dritten oder vierten Nachbarhaus kreischte eine mindestens ebenso scharfe Frauenstimme zurück.

«Was schreien Sie ununterbrochen? Damit man bloß nicht einmal seine Ruhe hat?!»

Nach einigen Augenblicken der Stille ließ Frau Kalher munter ihrer Stimme freien Lauf.

«Jóóóschka!»

«Hören Sie nicht? Alte Ziege!»

Frau Kalher antwortete sogleich.

«Wer ist hier wohl die Ziege, he? Wenn Sie Ihr Maul nicht bald halten, schließ ich's Ihnen mit meinem Arsch!»

«Setzen Sie Ihren fetten Arsch auf den Donnerbalken», erscholl es aus dem dritten oder vierten Nachbarhaus zurück, und der Dialog wäre weitergegangen, doch offenbar erschien auch Kalher auf der Bildfläche, denn jetzt war seine, dieses Mal gedämpfte, volltönende Stimme zu hören:

«Mach die Klappe zu!»

«Laß meinen Arm los! Dein Glück, daß ich heute gutgelaunt bin...»

«Die Klappe zu und rein mit dir...»

«Kann ich denn was dafür, daß dein Scheißjunge...»

«Marsch hinein, ehe ich mich vergesse...»

Dann wurde es plötzlich still, eine Tür schlug zu. Das Wortgefecht des Ehepaars hatte auch die dritte oder vierte Nachbarin mit anhören können, und offenbar war sie noch geladen, denn sie rief in die samtene Dunkelheit hinein: «Die Pest soll die holen! Dieses Pack! Kann man hier nicht mal mehr seine Ruhe haben?» Sie wurde immer lauter. «Den ganzen Tag schindet man sich wie verrückt! Gibt's denn nicht mal einen einzigen Augenblick Ruhe?»

Entweder wurde sie vom dritten oder vierten Nachbarn hineingezerrt, oder sie wurde es leid. Aber die Frage blieb noch lange als Echo in der Luft hängen. Hallte mehrmals von den Bergen wider.

Jucika trat in ihr Zimmer. Die Decke war so tief, daß sie sich wohl oder übel neben Jóschka auf das Sofa setzen mußte.

«Guten Abend, Jucika.»

«Guten Abend, Jóschka.»

«Ich dachte, ich lade Sie zum Tanzen ein.»

«Kann man hier tanzen?»

«Ja, in der Meerjungfrau.»

Sie schauten einander an.

«Das Problem ist, daß ich nicht tanzen kann.»

«Ich bring es Ihnen bei.»

«Und müde bin ich auch ...»

In der Wohnung oben wurde Licht gemacht, es strahlte von den Bäumen durch das Fensterchen zurück und erhellte das Zimmer ein wenig. Jóschka zerrte an der Krawatte unter seinem Adamsapfel herum.

«Sie sind müde?»

«Aber zu Ihnen hinüber käme ich gern ...»

«Och, um diese Zeit gehen sie schon schlafen», sagte Jóschka und klemmte sich die verschränkten Hände zwischen die Knie.

«Mein Vater muß morgen früh aufstehen, er hat Dienst.»

«Und Sie?»

«Ich hab noch Urlaub... Noch lange!»

Jucika seufzte auf. Eigentlich wußte sie selbst nicht, warum. Doch sie hatte ein ganz beklommenes Gefühl in der Brust, und sie meinte, neben dem Jungen könnte sie es loswerden. Sie hätte gern noch einmal geseufzt, noch tiefer, aber das wäre ihr schon unanständig vorgekommen.

«Dann gehen wir spazieren», sagte sie.

Der Junge antwortete nicht. Hatte die Fäuste zwischen die Knie geklemmt und studierte das Muster des Fußbodens. Als wollte er etwas sagen. Jucika schaute den Jungen an, sein Gesicht, seinen Hals, seinen zu klein gewordenen Anzug, die auf das Revers der Jacke herausgerutschte Kragenspitze, die schlechtgebundene Krawatte. Über ihren Köpfen aber begann ein seltsames Herumtappen, als ginge Frau Klára in ihrer Wohnung auf und ab.

«Schlafen Sie hier?» fragte der Junge.

«Ja.»

Sie schwiegen wieder, dann stieß der Junge wieder eine Frage hervor.

«Und haben Sie keine Angst ganz allein?»

Jucika ließ ihre großen, starken Zähne blitzen.

«Wovor sollte ich Angst haben?»

Als wäre der Junge dort angelangt, worauf er hinauswollte; seine Augen leuchteten auf, und flüsternd kam es über seine Lippen:

«Wenn Sie Angst haben, Jucika, dann rufen Sie mich einfach, ich kann mich auch da vor die Schwelle legen und bleibe die Nacht über hier... Ich beschütze Sie vor allem!»

«Sie mich beschützen?» lachte Jucika.

«Glauben Sie das nicht?»

«Doch.»

Sie waren sich zu nah gekommen, und das fühlten beide, und beide senkten gleichzeitig den Kopf. Oben in der Wohnung wurde die Bewegung stärker, wurde zu definierbaren Geräuschen. Jucika schaute zur Decke auf und fühlte sich auf einmal sehr müde. Sie zog ihren Rock über den Knien zurecht und sah Jóschka an.

«Es ist spät.»

«Es ist noch nicht spät!» sagte der Junge fast schon erschrocken. «Noch nicht mal neun. Es wird nur früh dunkel. Kommen Sie nun morgen mit mir tanzen?»

«Ja.»

«Und sind Sie mir nicht böse?»

«Warum sollte ich Ihnen böse sein?»

«Wegen heute vormittag... Weil es so ist, daß das noch am Gymnasium passiert ist. Daß ich den Söregi verhauen habe, weil er schlecht über meine Mutter gesprochen hat. Und das ist das einzige, worüber ich sehr wütend werde. Das ist heilig.»

Jóschka stützte die Ellenbogen auf die Knie und neigte sich ganz nahe zu Jucika hin, und man sah, daß er nicht gehen wollte, daß er sprechen wollte.

«Der Söregi ist der Chemielehrer, sie haben ihn mit einer Nierenquetschung eingeliefert, und das hab ich nicht gewollt, nur, daß er nicht schlecht über meine Mutter spricht, und da hat es einen Riesenskandal gegeben.»

«Den Lehrer? Den hast du verhauen?»

«Ja.»

«Ich habe mal im Jugendverband ein Mädchen verhauen. Und in Mágocs...»

«Wo ist das?»

«Wissen Sie das nicht?»

«Nein.»

«Ich komme von dort. Aus Mágocs.»

«Und...», er wollte etwas fragen, aber er verkniff es sich.

Das Geräusch über ihren Köpfen war zu einem gleichmäßigen Scheuern geworden.

«Was macht sie um die Zeit?»

«Wer?»

«Die Alte.»

Jucika zuckte die Achseln und stand auf. Auch Jóschka stand auf. Sie standen einander gegenüber, konnten sich aber in dem niedrigen Raum nicht ganz aufrichten.

«Und... sind Sie noch nicht verheiratet?»

«Nein.»

«Und... haben Sie auch keinen Verlobten?»

«Nein.»

Jucika mußte im Dunkeln lächeln. Es war unbequem, so zu stehen, doch der Junge rührte sich nicht.

«Na, dann schlafen Sie also hier vor der Schwelle?» fragte Jucika streitlustig.

«Glauben Sie nicht, daß ich das tun würde? Sogar so, im Anzug. Glauben Sie mir nicht?»

«Doch, ich glaube Ihnen. Sie sind ein sehr guter Junge, Jóschka.»

«Ja?»

«Kommt mir so vor.»

Jóschka streckte im Dunkeln den Arm aus, suchte Jucikas Hand, beugte sich hinunter und küßte sie, dann sprang er zur Tür hinaus. Jucika schaute ihm nach, aber sie sah ihn nicht mehr, er war zwischen den dunklen Bäumen verschwunden, nur der Kies knirschte unter seinen immer ferneren Schritten. Dann schlug laut die Gartentür zu.

Es war still, nur Frau Klára ging weiter über ihrem

Kopf hin und her, Jucika aber seufzte tief, schloß die Brettertür mit dem Schlüssel ab und machte sich das Bett. Sie hängte ihre Kleider einzeln in den Schrank und legte sich hin. Schaute zur Decke, horchte auf die Geräusche, da klopfte es an der Tür.

«Wer ist da?» flüsterte Jucika erschrocken.

«Ich bin's... Sind Sie schon im Bett?»

«Ja.»

«Ich wollte nur fragen, ob Sie keine Angst haben.»

«Nein.»

«Bestimmt nicht?»

Jucika setzte sich auf und ließ ihre Beine vom Sofa zu Boden gleiten.

«Bestimmt nicht.»

Der Junge war lange still.

«Und ich wollte nur fragen, ob Sie morgen ganz bestimmt mit mir tanzen kommen?»

«Ganz bestimmt», flüsterte das Mädchen.

«Soll ich zum Fenster reinschauen?»

«Huch, nein!»

«Dann sage ich Ihnen morgen etwas. Ja?»

«Ja.»

Jucika wußte auch nicht warum, aber sie tastete mit den Füßen nach ihren Schuhen und trat hinein. Sie preßte sich die Decke an die Brust, trat an die Tür und wartete. Sie wartete, ob der Junge vielleicht hereinsehen würde. Doch er auf der anderen Seite schwieg reglos. So verharrten sie minutenlang, warteten darauf, daß der andere etwas sage. Dann hörte Jucika, wie sich Schritte gleichmäßig entfernten.

Sie war von der moralischen Last befreit, und in ihrem Glück lächelte sie zunächst einmal. Aber sie konnte nicht ruhig bleiben. Sie füllte einen Eimer mit Wasser, um den Steinboden aufzuwischen, überlegte es sich dann anders, ließ den Eimer mitten in der Küche stehen und ging ins Arbeitszimmer. Leerte zunächst die Aschenbecher. Spülte sie dann auch ab. Aber sie war noch nicht befriedigt. Rings um das Tischchen, wo sie zu Abend gegessen hatte, lagen Krümel auf dem Boden, ja sogar auf dem (Perser-)Teppich. Zunächst deckte sie das Bett wieder zu, machte dann einen kleinen Besen feucht und wischte die Krümel auf eine Schaufel. Sah dann jedoch, daß der Mülleimer voll war. Sie zog den Riegel zurück, drehte den Schlüssel im Schloß und trat mit dem Eimer in den dunklen Garten hinaus. Mit den Füßen vorsichtig die Stufen abtastend, ging sie die Treppe hinunter. Und als sie das tiefhängende Laub der Kastanie hinter sich gelassen hatte, breitete sich die mondbeschienene Nacht vor ihr aus. Eine Gestalt stand vor der Tür zu Jucikas Zimmer. Frau Klára erstarrte. Die Gestalt rührte sich nicht. Der Eimer in Frau Kláras Hand zitterte. Ausrauben wird man sie, weil sie die Tür offengelassen hat. Das war ihr erster Gedanke, als wäre das, was in der Wohnung ist, noch wichtiger als das Leben.

«Und ich wollte nur fragen, ob Sie morgen ganz bestimmt mit mir tanzen kommen.»

Frau Klára verstand die Antwort des Mädchens nicht, vielleicht weil das Ganze so unerwartet war. Wenn sich die Gestalt auf einmal bewegt hätte, sie angesprungen und niedergeschlagen hätte, wäre ihr das wohl natürlicher vorgekommen.

«Soll ich zum Fenster reinschauen?»

Jetzt erkannte sie die Stimme und mußte lächeln. Sie trat eine Stufe zurück, und die Kastanie verdeckte erneut den Mond und die dunkle Gestalt des Jungen. ‹Soso, du Gauner›, dachte Frau Klára. ‹Und ich habe dir noch Geld gegeben für ein Eis.›

«Dann sage ich Ihnen morgen etwas. Ja?»

Frau Klára lauschte. Und war auf die Antwort so neugierig, daß sie auf die nächste Stufe hinuntertrat und so das Laub der Kastanie wieder hinter sich ließ. Aber sie hörte die Antwort nicht, und der Junge sagte nichts mehr, sondern stand bloß reglos vor der Tür. Und Frau Klára überkam ein nicht zu unterdrückender Kitzel, sie wollte sehen, wie sich die Brettertür öffnete und wie sich die Brettertür schloß, und sie stand da auf der Treppe, in der Hand den Mülleimer, mit ihrem weißen Haar, wie ein Backfisch, dem die Augen fast überquellen, dem die Ohren lang werden, der darangeht, das Liebesleben seiner Eltern auszukundschaften. Aber sie stand vergeblich da, es geschah nichts. Die Gestalt wartete still vor der Tür und ging dann weg. Frau Klára kam zu sich. Seufzte auf. Ein schöner Seufzer. Wie jemand, dem etwas vorenthalten wurde, der jedoch deswegen nicht böse ist. Sie wartete, dann machte sie sich auf den Weg zum Gartentor, öffnete es vorsichtig, vielleicht stand ja der Junge noch dort, das war ihre letzte Hoffnung, daß sie ihn hier überraschen würde, doch die Straße war leer. Sie stellte den Eimer hinaus, bewunderte die sich im kalten Licht abzeichnenden Umrisse der Bäume und Sträucher, atmete tief die frische Luft ein und ging ins Haus zurück. Sie ging durch alle Räume, machte die Lampen an und blieb hin und wieder stehen. Sie wurde nachdenklich. In einer fremden Wohnung. Zwischen starr blickenden Gegenständen. Sie war allein. Und dieses schlechte Gefühl des Alleinseins, das uns sonst so liebe Dinge, die Möbel, die Nippsachen, die Teppiche fremd macht, weil es die in uns angehäufte, doch unsichtbare Erinnerungsmaterie absaugt, dieses Gefühl verdarb Frau Klára fast die Laune. Doch da kam ihr der Scheuereimer in den Sinn. Mitten in der Küche hatte sie ihn stehenlassen. Also ging sie in die Küche. Band sich eine Schürze über den Hausmantel, öffnete alle Fenster, schraubte den Staubsauger zusammen, besann sich dann eines anderen, verstaute die Bettwäsche wieder in der Kommodenschublade und schleppte alles Putzzeug ins Zimmer, die Lappen, den Mop, Besen und Schaufel, die Bohnermaschine, ja auch das Bohnerwachs, nahm die Fauteuils, die Stühle, die Tische vom Teppich, machte auf den Regalen und auf ihrem Schreibtisch Ordnung, alles war staubig, schmutzig, auch die Türen müßte man waschen, steckte das Kabel des Staubsaugers in den Stecker und begann fieberhaft, den Teppich vom Staub zu befreien. Sie genoß diese manische, wütende und doch wohlgelaunte Arbeit, die großen – und zum größten Teil sinnlosen – Bewegungen, und hörte auch nicht, als jemand an die Flurtür klopfte. Noch einmal, lauter.

Sie legte das Metallrohr des Saugers vorsichtig auf den Teppich und stellte die Maschine ab. Plötzlich war ihre gute Laune weg, und in der aufgewühlten Wohnung wurde es still. Wieder das Klopfen. Frau Klára ging mit vorsichtigen Schritten zum Flur. Zum Glück war die Glastür offen, so daß sie keinen Lärm zu machen brauchte.

«Wer ist da?» fragte sie erschrocken.

«Ich bin's, liebe Frau Klára, bitte aufzumachen.»

Frau Klára wagte es noch immer nicht, ganz an die Tür heranzutreten.

«Sind Sie es?»

«Ja.»

Ein flüchtiger Ärger überlief sie, doch dann kehrte die alles verstehende, alles umfassende Ruhe zurück, für die eher Neugier bezeichnend ist als Abwehr, und so zog sie den Schieber zurück, hängte den Riegel aus, drehte den Schlüssel.

Jucika stand, ihre Daunendecke, ihr Laken und Kissen ungeschickt an sich gedrückt, zerzaust und zwinkernd in der Tür.

«Sie haben mich ganz schön erschreckt», lachte Frau Klára und begriff im ersten Augenblick gar nicht, wozu Jucika ihr Bettzeug mit sich schleppte.

«Ach, liebe Frau Klára, es ist jemand im Garten.»

«Im Garten?»

Das Mädchen trat herein und schaute erschreckt ins Dunkel zurück, als würde sie tatsächlich vor jemandem fliehen.

«Ach was. Ich habe den Müll hinausgebracht...»

Jucika schaute mißtrauisch in Frau Kláras schlau zwinkernde Augen und ließ verlegen ihr Bettzeug in den Rohrsessel gleiten. ‹Wenn sie es war, dann... Vielleicht hat Jóschka...›

«Bestimmt haben Sie das gehört...», Frau Klára lächelte noch immer, sie ließ das Mädchen mitsamt ihren Zweifeln stehen, und wieder begann der Staubsauger zu dröhnen.

Jucika lehnte sich an die Glastür und beobachtete das flatternde graue Haar der alten Frau.

«Ich hätte doch saubergemacht...»

Frau Klára trat mit dem Fuß einen Stuhl beiseite, mit seinen geschwungenen Beinen wirbelte er auf dem glatten Boden herum, und aus ihrem Gesicht wich das Lächeln nicht, sie schaute nicht einmal hin.

«Warum ist die gnädige Frau nicht schlafen gegangen?» fragte Jucika lauter.

«Ich war nicht müde.»

«Ach so...»

Frau Klára ließ den Staubsauger dröhnen.

«Ich hätte es morgen gemacht...»

«Es ist ein solcher Dreck...»

«Soll ich nicht helfen?»

«Ach wo. Gehen Sie lieber schlafen.»

Und wieder schauten sie sich an, und Jucika wandte sich verlegen ab. Frau Klára rollte den Teppich geschickt auf, knallte sich die große Wurst unter den Arm und warf sie in den Flur hinaus.

«Das ist doch viel zu schwer für Frau Klára...»

«Bis jetzt habe ich es ja auch gemacht.»

Der Satz hatte keine Schärfe, doch Jucika beobachtete noch immer unschlüssig und mißtrauisch die Züge des mit der Zeit erschlafften und undeutlich gewordenen Gesichts. Frau Klára achtete überhaupt nicht auf sie. Sie packte den Mop und begann zu wischen. Vielleicht faßte Jucika wegen dieser fraulich einfachen Gesten wieder Vertrauen, denn sie stieß sich von der Tür ab, zog den Staubsauger wortlos ins andere Zimmer hinüber und fiel ebenso heftig wie Frau Klára über den Teppich her. Über den Lärm und die wechselnde Entfernung hinweg machten sie Konversation.

«Sind Sie nicht müde?»

«Ach, überhaupt nicht. Beim Herrn Künstler hat das Leben immer erst um diese Zeit angefangen, bitte zu wissen. Die waren tagsüber wie schläfrige Fliegen... Und am Abend dann wie die Eidechsen. Die rannten herum, und gnädige Frau kann sich gar nicht vorstellen, was da nicht alles passiert ist...»

«Was sagen Sie?»

«Ich sage: was nicht alles geschehen ist...»

«Was denn?»

«Also einmal hat... Soll ich auch das Kanapee absaugen?»

«Ja.»

«Ich bin immer schon um zwölf schlafen gegangen. Um zwei Uhr nachts klopft die Frau Künstler, ich solle sofort kommen, es sei etwas geschehen...»

Frau Klára wischte den Staub in Richtung Tür, um die Geschichte besser zu hören.

«Ich werfe mir mein Kleid über und gehe nach unten ins Wohnzimmer, aber das war schon so merkwürdig, denn als ich aus dem Zimmer trete, huscht die Frau Künstler hinein und hinter ihr Kalman...»

«Wer ist das?»

«Bitte nur zuzuhören!»

Frau Klára lehnte den Mop gegen den Türpfosten und stemmte die Hände in die Hüften. Jucika bückte sich mit dem Staubsauger weiter hin und her und redete.

«Ich stürze also in dieses Dingsbums rein, denn Salon durfte man es nicht nennen... und bitte sich vorzustellen, so, wie ich war, ungekämmt, denn wenn was passiert, da rennt man ja einfach... Und dann bleibe ich im Wohnzimmer stehen. Da war eine große Gesellschaft. An die zwanzig Leute, und ich glotze, wo denn was passiert ist... Sie sehen mich an und fangen an zu wiehern. ‹Ich weiß nicht, worüber es beliebt zu lachen›, sage ich, aber da wiehern sie noch mehr...»

Frau Klára mußte lachen.

«Ich kann mir vorstellen, wie die Sie angeguckt haben...»

«Das war noch gar nichts. Aber ich hatte nur einen Schuh an. Den rechten am linken Fuß, und den Morgenrock verkehrt herum...»

Frau Klára drückte sich die gespreizten Hände auf den Bauch und lachte so, daß ihr ganzer Körper bebte.

«Das ist noch gar nichts», Jucika richtete sich auf,

und ihre Augen blitzten glücklich. «Denn ich renne zu meinem Zimmer zurück, um der Frau Künstler zu sagen, sie sollen so was mit mir nicht machen, und die anderen rennen hinter mir her und brüllen und kreischen, und ich will in mein Zimmer fliehen und drücke auf die Klinke. Geschlossen.»

Frau Klára wischte sich die Tränen aus den Augen.

«Geschlossen.»

«Jawohl. Und da ist es auch so still geworden, denn die ganze Gesellschaft steht in der Küche, und sie schauen, warum es geschlossen ist. Und da war auch immer so ein Schweinehund, der gefragt hat: ‹Wo ist denn die Zita? Und wohin ist denn Kalman verschwunden?›»

Frau Klára rückte ganz nahe zum Kanapee und blickte Jucika erstaunt an, und Jucika ließ das Staubsaugerrohr neben sich.

«Und sie hatten sich eingeschlossen?»

«Ja.»

«Und kamen überhaupt nicht raus?»

«Ganz früh am Morgen, da kamen sie raus.»

«Und was hat der Künstler dazu gesagt?»

«Was hätte er schon sagen sollen. Er war so alt, daß ich ihn in die Badewanne setzen mußte. Und die Zita war achtundzwanzig. Aber das ist noch nichts.»

Frau Klára kicherte erst, mußte dann lachen und ließ sich auf die Ecke des Kanapees nieder.

«Das ist noch immer nichts?»

«Die gnädige Frau kann sich gar nicht vorstellen, was es für Leute gibt. Ich hatte es vollkommen über, aber wirklich vollkommen. Bitte zu glauben.»

Und Jucika versank in Gedanken, Frau Klára jedoch folgte dem Blick des Mädchens, ihr eigener

Blick heftete sich richtiggehend an ihn, folgte ihm über die Wand, folgte ihm verschämt zum Boden, sprang mit ihm dann zur Decke hoch.

«Bitte zu glauben, daß da Dinge passiert sind, und was für Dinge. Ich weiß gar nicht. Zum Beispiel bin ich da eines Vormittags beim Putzen, und der Herr Künstler sitzt im Sessel und döst...»

«Schalten Sie aus...»

Ohne den Faden zu verlieren, schaltete Jucika den Staubsauger aus und fuhr leise fort:

«...weil schon nachts irgendwas gewesen war, um die Zita war immer was los, und der Herr Künstler schaut auf und sagt... Er hatte so große traurige Augen, und manchmal hat er mir so leid getan, nur wenn ich ihn in die Badewanne setzen mußte, habe ich ihn gehaßt... Er ruft mich, ‹Jutka, kommen Sie doch her›. Ich gehe hin. ‹Setzen Sie sich hier auf die Armlehne.› Ich setze mich. ‹Ja, bitte, Herr Künstler.› Er faßt mich um die Hüfte und zieht mich auf seinen Schoß. ‹Oje›, sage ich, ‹so bin ich doch zu schwer für den Herrn Künstler› – weil ich es mit einem Scherz abtun wollte... Er sagt: ‹Haben Sie keine Angst vor mir, Jutka...› Na gut, denke ich, wenn ihm das guttut, denn ich habe Mitleid mit ihm. Und wie wir so dasitzen, sagt er auf einmal...»

Jucika sah Frau Klára an, und ihre Mundwinkel zitterten vor Aufregung. In der plötzlich eingetretenen Stille ließ auch sie sich auf dem Kanapee nieder. Frau Kláras interessierter Blick folgte ihr bis hierher, und sie schauten einander in die Augen.

«...auf einmal sagt er: ‹Wissen Sie, Jutka, was für mich noch das einzige Schöne auf der Welt ist?› ‹Ich weiß es nicht, Herr Künstler.› ‹Na ja, Jutka, für mich ist es nur noch schön, wenn ich mal so richtig anständig kacken kann.›»

Und als Jucika dieses letzte Wort ausgesprochen hatte, warf sie den Kopf zurück, und ein lautloses Lachen schüttelte sie, Frau Klára aber streckte den Arm nach ihr aus, denn sie sah, daß dieses lautlose Schütteln gar nicht Lachen, sondern irgendwie etwas Merkwürdiges war, Jucika reckte den Hals nach hinten, so daß Frau Klára ihr Gesicht gar nicht sehen konnte, sie sah nur, daß das Ganze merkwürdig war, und sie griff mit beiden Händen nach Jucikas Kopf und hielt ihn fest, Jucika aber spannte sich weiter krampfhaft nach hinten. «Na, beruhigen Sie sich, was ist denn mit Ihnen los», sagte Frau Klára, und der Kopf des Mädchens gab der Stimme und der Berührung der Hände nach, und Frau Klára sah, daß aus Jucikas Augen Tränen strömten, aber sie hatte keine Zeit, etwas zu sagen, denn das Mädchen sprang auf und wischte die Tränen mit einer einzigen Bewegung ab, und als sie die Hände vom Gesicht wegzog, erschien ein anderes Gesicht, und sie lächelte wieder.

«Bitte nicht zu erschrecken. Es ist schon wieder gut...»

«Jucika...»

«Es ist schon wieder, wieder gut... Bitte zuzuhören, ich erzähle noch...»

Sie brach ab, verstummte.

«Wir bringen es dann morgen zu Ende», sagte Frau Klára nach einer Weile leise.

Sie stand auf, und sie schoben die Möbel schlecht und recht an ihre Plätze zurück.

«Haben Sie überhaupt etwas gegessen?» fragte Frau Klára.

«Jetzt bin ich so wütend auf mich», sagte Jucika.

«Sind Sie nicht hungrig?»

«Ich hätte das nicht erzählen sollen.»

«Na gut. Machen Sie mir das Bett noch einmal, und ich bereite inzwischen etwas zu. Mögen Sie Eier mit Speck?»

«Ja, Frau Klára...»

Doch Frau Klára ließ sie nicht ausreden, sondern ging in die Küche hinaus, schnitt Speck und Brot ab, während sie ständig wiederholte: «Das Leben ist beschissen. Das Leben ist so beschissen, daß es schon beschissen ist.» Und sie leerte die Eier über die gekräuselten Speckschnitzel und schrie dann fast schon grob ins Zimmer hinein: «Warum kommen Sie nicht?»

Jucika schrie zurück. «Darf ich das Radio einschalten, Frau Klára?»

«Machen Sie's an.»

Jucika schaltete das Radio ein und erschien in der Küche.

«Um diese Zeit ist immer Tanzmusik.»

«Ja? Ich höre selten Radio.»

Der Apparat wurde allmählich warm, und die Musik füllte die Zimmer. Sie aßen. Und als Frau Klára das kantige Gesicht des Mädchens anschaute, ihre das Essen sachte zermalmenden Kiefer, fiel ihr etwas ein.

«Können Sie tanzen, Jucika?»

«Ja. Und ich bin so froh, daß die gnädige Frau mich nicht Jutka nennt.»

«Und tanzen Sie gern?» lächelte Frau Klára schlau.

«Ja», antwortete das Mädchen mit harmlosem Blick.

«In der ‹Meerjungfrau› ist jeden Abend Tanz. Ich kann Sie einmal hinbegleiten, wenn Sie wollen», sagte Frau Klára mit unschuldiger Betonung. «Sogar morgen schon, wenn Sie Lust haben...»

Jucikas Gesicht verdüsterte sich. Frau Klára machte sofort einen Rückzieher.

«Na, wie ist mein Omelett?»

«Fein.»

«Möchten Sie noch?»

«Ja.»

Jucikas Blick huschte erneut mißtrauisch über Frau Kláras Gesicht, aber kein Zeichen verriet, daß die alte Frau ihr Gespräch belauscht hatte.

«Ich weiß gar nicht, wann ich das letzte Mal so etwas gegessen habe», sagte sie. «Nämlich die Viczmándys, die haben schon gut gekocht, aber das ist nichts für mich. Andauernd diese blutigen Fleischstücke...»

«Die Frau Viczmándy ist in Paris aufgewachsen...»

«Ja?»

«Hat sie nie davon gesprochen? Sie ist doch ganz besonders stolz darauf. Bei Nonnen...»

«Bei Nonnen? Darf ich etwas sagen?»

«Sagen Sie.»

«In Mágocs gibt's eine Nonne, die das Nonnenkleid ablegen mußte, wie man so sagt, als das Nonnentum abgeschafft worden ist. Na, also diese Nonne, bitte zu glauben, macht seitdem nichts anderes, als das Kleid abzulegen...»

Sie lachten. Und dazwischen schmetterte das Radio.

«Sie holt nach...», sagte Frau Klára.

Jucika hielt sich schnell die Hand vor den Mund. Und da hörten sie, wie im dritten oder vierten Nachbarhaus die Frau mit der schrillen Stimme etwas schrie. Jucika stand vom Tisch auf und lehnte sich zum Fenster hinaus.

«Müssen Sie das Radio so brüllen lassen?»

kreischte die Frau im dritten oder vierten Nachbarhaus.

«Was sagt sie?»

«Warum wir das Radio brüllen lassen.»

Auch Frau Klára lehnte sich hinaus und bedeutete mit der Hand, daß da kein Problem sei.

«Hööören Sie nicht?»

«Soll ich ihr antworten?»

«Ja, machen Sie's.»

Jucika reckte den Hals und brüllte zurück.

«Wir können nichts hören: ein bißchen lauter, bitte!»

Sie mußten sich vor Lachen kurz hinsetzen, schauten dann schnell wieder hinaus, um die Antwort zu hören.

«Den ganzen Tag schindet man sich wie verrückt! Gibt's denn nicht mal einen Augenblick Ruhe?» ertönte die Antwort, dann wurde es still, doch die Frage hallte noch lange in der Luft wider.

«Na, gehen Sie, schalten Sie's aus...», Frau Klára lachte weiter und ging dem Mädchen nach und fuhr noch immer lachend fort: «Auch wenn kein Mucks zu hören ist, läßt die ihr Geschrei los. Jeden Abend...»

«Jeden Abend?» fragte Jucika und schaltete das Radio aus.

«Manchmal sogar bei Morgengrauen», sagte Frau Klára lachend.

«Auch bei Morgengrauen?»

Und aus Frau Kláras Gesicht wich das Lächeln.

«Nun, gehen wir schlafen? Es ist spät. Obwohl ich gar nicht müde bin.»

Jucika legte den Arm um das Radio und senkte den Kopf. Sie schwieg lange.

«Darf ich die liebe Frau Klára um etwas bitten?»

Frau Klára hob fragend die Augenbrauen.

«Nur heute abend...»

«Was denn?»

«Ob ich hier schlafen kann. Ich habe solche Angst gehabt dort unten... Und ich habe auch Angst zurückzugehen...»

«Aber... wo... denn? Sie wollen doch nicht bei mir schlafen?»

«Ich schlafe auch dort auf dem...»

Frau Klára spreizte die Finger und bog sie mit der anderen Hand vor und zurück. Sie war ganz in diese Operation versunken. Soll sie auf dem Kanapee schlafen? Im anderen Zimmer?

«Na schön... wenn es nicht zu unbequem ist...», sagte sie unsicher.

‹Sie hat die Wohnung eingenommen›, dachte Frau Klára, als sie das Licht schon gelöscht hatten. Jucika bewegte sich auf dem Kanapee hin und her, und die Tür zwischen den beiden Zimmern hatte sie auch nicht geschlossen, so daß sie im Grunde genommen durch nichts getrennt waren, und auch wenn Jucika eine gewisse Wirkung auf sie ausübte, so war diese Gemeinsamkeit Frau Klára doch lästig. Schließlich und endlich war es eine fremde Person. Sie war nicht verpflichtet, ihre Bewegungen mit anzuhören. Doch brachte sie es weder über sich, Jucika zu bitten, sie möge die Tür schließen, noch selbst aufzustehen, denn sie hatte das Gefühl, der Satz oder die Geste würden ihre sich so schön wieder einpendelnde Beziehung gefährden. Sie machte sich Bewegung, um sich abzulenken. Rückte das Kissen zurecht, glättete das Leintuch, schloß dann die Augen und versuchte, an etwas anderes zu denken, irgend etwas, wobei sie einschlafen könnte, doch so etwas wollte und wollte ihr nicht in den Sinn kommen. Nur Fetzen, Bilder, Gedanken schwebten vor ihr im Dunkel, und obwohl dieser Tag sie geistig und physisch erschöpft hatte, kam kein befreiender Schlaf. Sie öffnete die Augen und beschloß, die Möbel zu betrachten. Der Mond schien herein, und sein Licht kam ihr so unterkühlt vor, als säße sie tief unten in einem dunklen Brunnenschacht, aus dem es kein Entrinnen gab. Auch andere Male hatte sie schon die herzbeklemmende Wirkung dieses Lichts verspürt, es war sogar noch schlimmer gewesen, weil sie da allein im Zimmer war, sie hatte sich das Kissen über den Kopf ziehen oder alle Lampen anzünden müssen, damit die Gegenstände wieder ihre vertrauten Umrisse erhielten. Jetzt wäre es ihr recht gewesen, wenn sich Jucika bewegt hätte, doch sie regte sich nicht. Eine Weile später jedoch kam ihre Stimme aus dem anderen Zimmer, leise, wie aus einer anderen, wärmeren Welt.

«Hatten die liebe Frau Klára und ihr Mann keine Kinder?»

Frau Klára klammerte sich an die Frage und hätte gerne schnell und viel geantwortet, doch die Distanz, die zwischen ihnen wieder entstanden war, hielt sie davon ab.

«Zwei Jungen», sagte sie nach einiger Zeit.

«Und die kommen nie hierher?»

«Der eine Sohn ist gestorben. Der andere ist in den Westen gegangen.»

Es wurde still, und Frau Klára stützte sich im Bett auf die Ellenbogen, und das Mondlicht störte sie nicht mehr.

«Er ist zusammen mit dem Sohn der Romsauers gegangen. Vielleicht kennen Sie die Frau Romsauer, sie sind oft bei den Viczmándys.»

«Ja.»

Wieder schwiegen sie.

«Dann ist die gnädige Frau ganz allein.»

«Allein, tja.»

«Obwohl doch die Romsauers ganz große Kommunisten sind.»

Der Satz klang seltsam, aufreizend.

«Wie meinen Sie das?»

Jucika dachte darüber nach, wie sie das meinte. Vom Fluß her war ein langsames Stampfen zu hören.

«Fahren auch um diese Zeit Schiffe?»

«Das Marktschiff...»

Jucika hätte gerne gefragt, was ein Marktschiff ist, doch plötzlich fiel ihr ein, wie sie es meinte.

«Bei uns in Mágocs gab's einen Parteisekretär. Er ist gleich gewählt worden, denn damals, als bei uns die Republik ausgerufen worden ist, da haben ihn die Gendarmen ganz schön verprügelt, sie haben ihn derart verprügelt, daß sein Bein überhaupt nicht mehr geheilt ist, und als dann das Parteisystem gekommen ist, da haben alle gesagt, wer soll sonst Parteisekretär werden wenn nicht der lahme Onkel Gergö. Er hatte drei Söhne. Der älteste, der Dezsö, hat die Produktionsgenossenschaft organisiert, und nachdem er sich da richtig schön durchstibitzt hat, haben sie den mittleren, den Jenö, ausbilden lassen, der Jüngste aber, der ist Priester geworden. Wer hätte das gedacht?»

Jucika sprach so ruhig und schön, als erzählte sie ein Märchen, und Frau Klára merkte, wie sie allmählich schläfrig wurde.

«Als sie den Onkel Gergö wegen seinem jüngsten Sohn abgesetzt haben, da ist er fast wirr im Kopf geworden, und es hat ihm auch keine Ruhe gelassen, denn als die Revolution ausgerufen wurde, da hat er sich an die Spitze gestellt, nur da war das Problem, daß das Volk verlangt hat, man soll seinen Sohn, den Dezsö, aufknüpfen, aber er hat dem Dezsö Nachricht davon gegeben, und das ist dann herausgekommen, und da sind die Leute wütend auf ihn geworden und haben ihn in der Nacht in seinem Haus aufgestöbert, und wenn sein jüngster Sohn nicht dazugekommen wäre, der Priester, dann hätten sie ihn mit der Heugabel aufgespießt.»

Jucika verstummte.

«Sind Sie gläubig?»

«Na ja, an Gott glaube ich nicht, aber ich denke oft, wie das denn eigentlich so ist.»

Und sie hingen beide ihren Gedanken nach und starrten in die Nacht hinein. Nach einer Weile sagte Frau Klára: «Es zieht. Ich mache die Tür zu» und machte eine Bewegung.

«Bitte das doch zu lassen, ich mache sie zu.»

Frau Klára hatte ihre Ruhe wiedergefunden und schlief ein.

Jucika schlief, den Kopf auf die Armlehne des Biedermeierkanapees gestützt. Im offenen Fenster, dem im Schlaf laut schnaufenden Mädchen gegenüber, erschien ein Kopf und schob sich vor den Mond. Er hob sich höher, und zwei harte Ellenbogen schlugen auf dem Fenstersims auf, die nackten Schultern erschienen, dann zog sich der Körper noch höher, hatte jetzt den Boden unter den Füßen verloren und schwankte ein bißchen, irgendwo in der Ferne waren hin und wieder abbrechende Takte von Tanzmusik zu hören, vielleicht wurde in der «Meerjungfrau» noch gespielt, an der rauhen Hauswand rieb sich Haut, und dann sprang der Junge weich wie eine Katze durch das Fenster ins Zimmer, verlor das Gleichgewicht und fiel der Länge nach auf den dicken (Perser-)Teppich. Er blieb lange so liegen, horchte, und der Mond beschien ein Gesicht, er sah sich verstohlen um wie ein Dieb, aber es regte sich nichts, Jucika holte gleichmäßig schnaufend Luft, und auch aus dem anderen Zimmer war keine Bewegung zu hören. Ohne sich aufzurichten, kroch er auf das Kanapee zu, im Parkett knackte es, er erstarrte, blickte sich dann vorsichtig wieder um, Jucikas Profil war bleich wie das einer Toten, sie schien weit entfernt von ihm. Er wagte seinen Weg zum Bett nicht fortzusetzen, aber nach einigen Minuten wurde sein Arm müde, er bewegte sich, wieder knackte das Parkett, und das Knacken durchlief das ganze Zimmer. Jucika wimmerte, die Federn des Kanapees ließen ein seltsames Quietschen hören, sie drehte sich zur Wand, und der Junge benützte die Gelegenheit, sich schnell aus dem kritischen Bereich zu entfernen. Als er das Kanapee erreicht hatte, legte er sich, als habe er seine Aufgabe erledigt, auf den Rücken, verschränkte die Arme unter dem Kopf, starrte dem Mond in das grinsende Gesicht und seufzte tief. Irgendwo in der dunklen Tiefe des Zimmers begann der alte Wecker zu röcheln, als hätte ihn eine unsichtbare Kraft in Bewegung gesetzt, dann gab er ein Klicken von sich und kam, die Sekunden in die Länge ziehend, langsam in Gang. Jóschka drehte nur die Augen in die Richtung hin. Der Wecker kam mächtig in Schwung, keuchend, röchelnd hastete er den Sekunden nach; seine eigenen Gesetze übertretend, geriet er, wie zu erwarten, bald außer Atem, lief der vergehenden Zeit immer schwerfälliger nach, ergab sich dann in apathischer Ruhe seinem Schicksal und blieb stehen, so, als wäre nichts gewesen, mit der dunklen Stille verschmelzend. Der Junge wartete noch eine Weile, dann setzte er sich, als trainierte er die Bauchmuskeln, ganz langsam auf. Sein Kopf war jetzt mit Jucikas Rücken auf gleicher Höhe, und während er verlegen, die Augen mal niederschlagend, mal aufreißend den nackten Rücken musterte, der erst ab der Hüfte zugedeckt war, knetete er nervös an seinen Zehen herum. Auch damit vergingen einige – ihm wie lange Stunden vorkommende – Minuten, dann begann sich seine Hand dem spitz vorspringenden Hüftknochen zu nähern, kam aber nur bis zu dem herabhängenden Laken, ergriff es schnell und knüllte es in der Hand zusammen, und der Junge rutschte auf dem Parkett näher, gerade da begann die Kanapeefederung wieder zu quietschen, und Jucika warf sich mit einer vollen Drehung auf den Bauch. Der Junge war ganz nahe, tastete mit den Augen Jucika unter der Decke ab, fühlte den Atem des Mädchens auf dem eigenen Mund, hatte ihn im Ohr und wollte nur mit einem Finger den nackten Arm des Mädchens berühren, doch da klickte der Wecker... Der Finger blieb einige Millimeter von der warmen Haut entfernt in der Luft hängen, und es war, als würden sich im Mund des Jungen lautlose Flüche bilden, er ließ die Hand sinken und versuchte es mit der anderen. Und jetzt wurde er nicht unterbrochen. Jetzt fühlte er den Atem des Mädchens auch am Finger, Jucika jedoch regte sich nicht. Er beugte sich über sie und ließ die Hand auf das Laken gleiten. Klebte mit dem Mund beinahe am Ohr des Mädchens. Und was aus seinem Mund kam, war eher ein heißer Hauch als eine Stimme.

«Jucika...»

Auch darauf regte sich Jucika nicht. Die Geduld des Jungen aber reichte jetzt nur noch für Sekunden, er hätte gerne nach dem kleinen Ohr geschnappt, und das so neue Gefühl überwältigte ihn derart, daß er gegen diesen Wunsch etwas unternehmen mußte, um nichts Schlimmes anzurichten, denn er hatte das Gefühl, etwas Schlimmes anzurichten, wenn er das tat. Er packte das Laken am Zipfel und zog daran. Das Mädchen rührte sich nicht. Ihm stockte der Atem. Er umklammerte den Zipfel des Lakens und zog wieder daran, jetzt aber so stark, als wollte er das Mädchen samt Laken zu Boden reißen. Jucika sprang auf und starrte aus weit offenen Augen in den Garten hinaus.

«Jucika…», flüsterte der Junge und hatte noch immer das Laken umklammert.

«Jóschka! Wie kommen Sie hierher?» sagte das Mädchen laut, und als der Satz aus ihrem Mund heraus war, den Raum füllte und von den dunklen Möbeln widerhallte, kam sie zu sich und hielt sich rasch die Hand vor den Mund.

Der Junge war ganz zusammengesunken vor dem Sofa, zu einem dunklen Knäuel gekauert, nur auf seinem Nacken glänzte das Licht wie auf der Schneide einer Klinge. Jucika biß sich auf die Fingernägel, neigte sich näher zu ihm und wiederholte, jetzt schon flüsternd, die Frage: «Wie kommen Sie hierher, Jóschka?»

Der Junge schaute zu ihr auf, das Mondlicht wischte die Pickel von seinem Gesicht, und dieses Gesicht wand sich zwischen einer schrecklichen Angst und einer schrecklichen Begierde, der Mund öffnete sich und schloß sich wieder, schob dann heiser Laute vor sich her und wiederholte Jucikas Namen, der Kopf senkte sich auf die Brust.

Jucika preßte die Decke an den Körper und zog sich in die Ecke des Kanapees zurück. Da schaute der Junge auf.

«Jucika...»

«Was wollen Sie von mir?» sagte das Mädchen fast weinend.

Die Arme des Jungen streckten sich und näherten sich dem Mädchen, das Mädchen aber versuchte, als hätte sie noch eine Möglichkeit zur Flucht, sich noch weiter zurückzuziehen.

«Was wollen Sie? Was wollen Sie?» flüsterte sie immer panischer, und als die Arme des Jungen sie erreichten, beugte sie sich vor, nahm sein Gesicht ins Visier und haute ihm eine Ohrfeige runter. Der Knall lief durch das Zimmer und kroch wohl auch ins andere hinüber. Jucika ging zum Angriff über und packte den Jungen am Arm.

«Das wollen Sie... Hilfe... Sofort... Was... wollen Sie?»

Und sie hob den Kopf. Und wieder schaute sie in ein zwischen Angst und Begehren schwankendes Gesicht.

«Jucika...»

Jucika biß sich auf die Unterlippe und zog sich wieder in ihre Ecke zurück.

«Jucika... Jucika...»

«Was...»

«Jucika, ich möchte nur eines sagen, nur das... Jucika... Jucika...»

Das Mädchen machte eine Bewegung.

«Jucika... Jucika... Nur das... Es ist alles nicht wahr...»

Sie beugte sich näher zu ihm, weil sie meinte, falsch zu hören oder zu träumen.

«Jucika... Es ist... alles nicht wahr...»

«Was denn?»

«Nichts...»

Die weiß gewordenen Lippen des Jungen bebten.

«Was ich gesagt habe...», stotterte er.

«Ich weiß nicht...», flüsterte das Mädchen, und ihr ganzer Körper krümmte sich zu leibhaftigem Staunen.

«Erinnern Sie sich nicht, was ich gesagt habe? Es ist alles nicht wahr...»

In Jucikas Brust wich die krampfhafte Angst plötzlich der Zärtlichkeit. Ihre Augen schlossen sich. Und das gab auch dem Jungen wieder Kraft.

«Jucika, es ist nicht wahr...» Er holte Atem. «Ich bin kein Polizist...»

Und er ließ den Kopf auf den Rand des Kanapees sinken. Sie schwiegen. Die Stille hatte für beide etwas Reines und Beruhigendes. Jucika hob die Lider, und über ihr Gesicht lief ein leises, qualvolles Lächeln, ihre Hand bewegte sich auf den Nacken des Jungen zu, ihr Körper rutschte auf dem Kanapee zurück, mit der anderen Hand berührte sie sein Gesicht. Beider Atem floß zu einem rasch pulsierenden Keuchen zusammen. Jucika spürte, wie sich der Körper des Jungen mit Beben anfüllte, und dieses Beben lief auf ihren eigenen Körper über. Sie ließ ihren Arm auf die Schultern des Jungen gleiten, auf ihrem Gesicht noch immer das gequälte Lächeln und auf dem Gesicht des Jungen Angst, doch das nahmen sie nicht mehr wahr. Ihre Lippen berührten sich noch immer nicht, nur der zitternde Atem vereinte sich, und seine Hitze strömte über ihre Gesichter, Jucikas Körper rutschte auf dem (Biedermeier-)Kanapee noch weiter zurück, er wandte sich dem Jungen zu und spannte sich, und im selben Bruchteil einer Sekunde berührte einer mit der Zungenspitze die ausgetrockneten Lippen des anderen, ihre Zungen trafen sich, fanden sich, und in der kühlen Tiefe des Gaumens tat sich eine Welt auf, die sie schützte, sie einverleibte, eine Welt, die nur existierte, da sie beide zusammen waren, die feuchten Lippen des Mädchens rutschten zur Nase des Jungen hinauf, berührten seine Augenlider und seinen harten Hals, die Decke rutschte herunter, und die Wärme eines menschlichen Körpers rührte an die geöffneten Sinne des Jungen. Ihm fiel ein, daß er den Hühnerstall nicht zugemacht hatte, und er stand auf… Aber das mit dem Hühnerstall war nur für einen Augenblick, der Körper des Mädchens lag vor ihm ausgebreitet, weiß, er stand auf zitternden Beinen davor, und Jucika sah zu ihm auf, faßte ihn um die Hüfte und zog ihn herunter, die Federung des Kanapees quietschte unangenehm, aber jetzt dachte keiner von ihnen an die Gefahr, die in dem Quietschen lag, sie schmiegten sich aneinander und umarmten sich, preßten Schenkel, Hüften, Rücken mit der Heftigkeit des Begehrens aneinander, und wieder vermengten sich ihre Lippen in hitzigem Atem, sie wälzten sich herum, der Junge spürte jetzt die Brüste des Mädchens, jetzt erst spürte er sie wirklich, wie sie sich leicht an seine Haut schmiegten, und wieder wälzten sie sich herum, Jucikas Finger liefen mit nervöser Hast über den Körper des Jungen und kamen auf dem Gummizug der blauen Kattunhose zur Ruhe, die Lippen des Jungen schlossen sich, sein Körper wurde schlaff, und jetzt lag er mit seinem ganzen Gewicht auf dem Mädchen, doch das störte sie nicht, sie küßte ihn weiter und bemühte sich, ihn von dem einzigen Kleidungsstück zu befreien, das sie noch trennte, sie fühlte eine angespannte Wut auf dieses Kleidungsstück, und das Zittern, das die Muskeln des Jungen ergriffen hatte, wurde immer schwächer, er rutschte vom Kanapee…

Und die Welt, die in ihrem Innern aufgestiegen war, verstummte. Ein Zimmer. Durchs Fenster sah der Mond herein. Hundebellen. Und das andere Zimmer. Sie waren auf einmal ernüchtert.

Jucika riß die Decke an den Körper, stützte sich auf die Ellenbogen und schaute über die Schulter des Jungen hinweg zur Tür.

Im anderen Zimmer war es dunkel und still.

Sie nahm den Kopf des Jungen in die Hände und sah ihm ins Gesicht. Krampfhaft zusammengepreßte Lippen, krampfhaft geschlossene Lider.

«Was hast du mit mir gemacht?» flüsterte das Mädchen.

«Ich?»

«Ach, du...»

Sie schauten einander an, und der Junge schloß wieder die Augen.

«Ich habe es gewußt», flüsterte er. «Ich habe es ja gewußt...»

«Was?»

Er schaute das Mädchen mit angstvoll geweiteten Augen an, und Jucika lächelte zärtlich und wohlgelaunt, sie rutschte näher zu ihm heran, hängte ihre Finger in den Gummizug der Hose und zog sie herunter. Der Junge rührte sich nicht.

«So», sagte Jucika, und da schlüpfte der Junge ohne sich aufzurichten aus der Hose, und die Hose blieb am Boden liegen, er aber kniete sich hin und drückte den Kopf des Mädchens an seine Brust, und wieder wurde ihre Welt um sie herum lebendig, Jucikas Mund glitt über die Brust des Jungen, über seinen Hals, und als ob sie ihn riefe, lockte, rutschte ihr Körper auf der quietschenden Biedermeiercouch immer weiter zur Wand, und der Junge folgte ihr, und dann wußten sie selbst nicht mehr, wie sie wieder nebeneinander geraten waren, ihre Körper verflochten sich einfach und ungehindert.

Der Junge sprang geschickt auf das Fenstersims. Jucika beobachtete ihn, in die Ecke des Kanapees gekauert. Jóschka sprang jedoch nicht in den Garten, sondern hüpfte lautlos ins Zimmer zurück.

«Ich habe doch gesagt, sie ist plemplem!»

«Wer?»

«Die Alte...»

Jucika wand sich die Decke um den Körper und schlich auf Zehenspitzen zum Fenster.

Frau Klára wandte ihnen den Rücken zu, im langen Nachthemd, die Arme unter der Brust verschränkt, und starrte reglos den Mond an.

‹Ich hätte das Recht... ja, ich hätte das Recht...› Zum zehnten, zwanzigsten Mal wiederholte sie das, und als die Formel aus den Tiefen ihrer aufgewühlten Gedanken aufstieg, freute sie sich darüber, doch durch die vielfache Wiederholung büßte auch sie, wie alles andere, ihren Sinn ein. Sie war auch gar nicht imstande fortzufahren. Sie war nicht fähig, genau zu sagen, was für ein Recht sie hätte. Sie zwang sich. ‹Ich hätte das Recht, sie zu...› Dann verschwamm auch dieser Gedanke zusammen mit den anderen im roten Nebel ihres pochenden Kopfes.

Der Mond verschwand langsam, und sie saß noch immer auf dem Bettrand und starrte vor sich hin, auf das einzige Muster des Teppichs. Fröstelnd zog sie sich zusammen und krümmte die Fußsohlen hoch.

Als sich das Fieber, das sie zu der verbissenen Suche nach ihren Rechten aufpeitschte, wieder ein wenig gelegt hatte, empfand sie nichts als öde, graue Einsamkeit, und wie immer in solchen Augenblikken tastete sie, als wolle sie nur ihre Gedanken beglaubigen, ihren alten Körper ab.

So verging die noch verbliebene Hälfte der Nacht.

Schließlich nickte sie im Sitzen ein.

Doch bevor sie im Morgengrauen fast in tiefen Schlaf versunken wäre, schreckte sie auf. Sie wollte nicht vergessen, was ihr angetan worden war. Sie wollte ihre Wut heiß und lebendig erhalten.

Das gelang nicht. Sie dachte nicht mehr an Jucika und auch nicht mehr an den Nachbarsjungen, die langsam versickernde Nacht nahm ihre unartikulierten Rechte und Rachepläne mit. Da war nur noch eine müde Leere.

Als sich aus den Dunstschleiern über dem Fluß die Sonnenscheibe herausschälte, dachte sie daran, daß sie schon seit zehn Jahren hier wohnte und den Sonnenaufgang noch nie gesehen hatte. Sie war lange in das farbige Wunder der auch den bloßen Augen sichtbaren Erdumdrehung versunken. ‹Wie ein Bild von Turner›, dachte sie, und erst jetzt spürte sie, daß sie fror. Sie warf sich den Morgenrock über, zog Pantoffeln an, schneuzte sich und ging dann in die Küche hinaus, um Tee zu kochen.

Hier war es noch dunkel, sie mußte Licht machen. Sie ging um den gefüllten Wassereimer herum und stellte den Kessel aufs Feuer. Setzte sich an den Tisch, stützte den Kopf in die Hand. Ihr weißes Haar war zerzaust, ihr Gesicht zerknittert, unter den Augen blaue Ringe.

‹Ja, so ist das.›

Sie dachte nicht weiter, aber in diesen Worten verdichtete sich ihr ganzes Leben. Alles, was sie auch bisher empfunden, was ihr aber nicht bewußt gewesen war. Alles, was sie, wenn es sich auch nur als Ahnung in ihrem Kopf festgesetzt hatte, mitsamt den

Wurzeln ausgerissen und von sich gewiesen hatte, sich schämend wegen ihrer Kleingläubigkeit. Sie hatte ihre Ahnungen von sich gewiesen, um leben zu können. Jetzt aber hatten die Ahnungen System. Jetzt wußte sie auch, daß sie das Buch nicht beenden würde. Verbrennen würde sie es, oder zerreißen, oder irgendwo einschließen... Damit nie jemand! Oder doch verbrennen... «...kamen wir von ganzem Herzen nach, denn es war uns klar, daß den eigenen Wünschen und Interessen weniger Gewicht beizumessen ist...» Wenn das jemals etwas bedeutet hatte, so bedeutete es nun nichts mehr. Das dachte sie. Und wie sie so dachte, fühlte sie, daß sie sich den letzten geistigen Boden unter den Füßen wegzog. Jenen Nebel, den sie für die Wirklichkeit gehalten hatte und der, wie sich jetzt herausstellte, nichts war. Sie würde allein bleiben, hier, in ihrem Haus, in ihrem eigenen Haus, und nicht mehr fähig sein, Zoltán herbeizubeschwören. Denn es gab keinen Zoltán.

Sie machte den Tee, vergaß ihn dann, wärmte ihn wieder auf. Und je mehr sich ihre Gedanken vertieften, um so mehr fühlte sie, daß sie Jucika brauchte. Natürlich ohne daß sie das so klar in Worte gefaßt hätte. Sie wußte nur, daß sie Jucika nicht mehr böse war. Was immer sie tat. Und Versöhnung bedeutet den ersten Schritt in Richtung Liebe. Doch vor diesem Schritt hatte Frau Klára Angst. Und da sie Angst hatte, und da ihr auf dieser Welt nichts mehr zur Wahl stand außer ihr selbst, und da sie sich auch ihrer Vergangenheit entledigt hatte, wußte sie – hier war das Leben zu Ende.

Sie rührte im Tee, bis er wieder kalt wurde, inzwischen war es auch in der Küche hell geworden. Sie löschte das Licht nicht. Starrte auf den Scheuereimer mitten im Raum.

Eine Weile später hörte sie, wie Jucika aus dem Zimmer kam und an der Haustür vorsichtig die verschiedenen Riegel öffnete, und von diesen vorsichtigen Geräuschen fühlte sich Frau Klára seltsam erregt. Neugierig. Und begierig, Jucika wissen zu lassen, daß sie ihr verzieh. Aber sie rührte sich nicht.

Etwa eine halbe Stunde verging.

Dann quietschte die Haustür wieder leise, dann auch die anderen Türen, schließlich erschien Jucika, ihren schönen Lackkoffer in der Hand, auf der Schwelle zur Küche.

Sie schauten sich an und sagten nichts.

Dann wandten sie die Blicke voneinander ab.

«Also, ich gehe doch...», sagte Jucika.

Stille.

«Gut», sagte Frau Klára.

Jucika drehte sich um und ging hinaus. Schloß die Haustür hinter sich. Und Frau Klára rührte sich immer noch nicht. Obwohl sie sich so gern gerührt hätte. Und Jucika nachgegangen wäre. Aber sie hatte das Gefühl, das sei unmöglich.

Sie rührte wieder in der Tasse, wer weiß zum wievielten Mal. Doch sie trank nicht. Stellte die Tasse auf den Tisch zurück und stand auf. Ging mit schnellen Schritten durch den Flur und trat in den Garten hinaus. Tautropfen saßen auf den Blättern, Vögel sangen, doch der frühe Sommermorgen sagte Frau Klára nichts mehr. Sie ging den Kiesweg entlang, und der offene Morgenrock flatterte einmal hinter ihr her, wickelte sich dann wieder um ihre Beine. Sie wollte nichts als sich verabschieden. Sie öffnete die Gartentür, warf beinahe den Mülleimer um, schaute nach rechts, schaute nach links. Doch auf der Straße spielte nur das durch die Blätter fallende Morgenlicht.

Weiß

Der Autobus bleibt an der Parkpromenade stehen. Die vordere Tür des Busses schlägt auf. Die Tür wartet höflich, bis der einzige Fahrgast ausgestiegen ist, dann schlägt sie wieder zu. Der Autobus dröhnt davon.

Im leeren Licht des Gehwegs ist sie allein zurückgeblieben; schaut irgendwo nach vorn, geht aber nicht dorthin. Sie öffnet ihre weiße Handtasche, als suche sie etwas; beim Suchen stören die weißen Spitzenhandschuhe; sie streift die weißen Handschuhe ab, wühlt tiefer in der Tasche. Findet nicht, was sie sucht, blickt auf;

eine alte Frau auf der Bank im Schatten einer Kastanie, häkelnd; ihr Gesicht ist nicht zu sehen, überschattet von dem großen weißen Hut

sie bekommt in die Finger, was sie sucht, ein kleines Medizinfläschchen, voll mit gelben Pillen. Sie schüttelt es, die glänzenden gelben Pillen klirren im Glas gegeneinander; der Handschuh fällt zu Boden; weißer Spitzenhandschuh auf dunkelgrauem Asphalt; die Finger des Handschuhs nach innen gebogen, wie die Skizze einer Hand, die sich zur Faust schließt; beim Vornüberbeugen geschickt sein, damit sich die Sachen aus der geöffneten Handtasche nicht über den Boden verlieren; auch auf die Phiole, den anderen Handschuh achten. Sie hebt den Spitzenhandschuh auf, schüttelt den Staub ab. Klickt das Schloß ihrer Handtasche zu, will die Handschuhe überziehen, weiß jedoch nicht, welcher der ist, den sie gerade fallen ließ; er erscheint ihr schmutzig; sie zögert; einen so schmutzigen Handschuh möchte sie nicht über ihre Hand ziehen, aber sie ist zu unsicher, ob der, der ihr schmutzig erscheint, auch der schmutzige ist. Sie hängt sich die Handtasche über den Arm, klatscht sich die beiden Handschuhe in die eine Hand, faßt die Phiole mit der anderen und geht los. Drei Wege führen über die Promenade. Den nächsten nehmen, den schattigsten. Unter ihren Füßen knirscht die Promenade, der Kies. Ihr großgeblümtes Seidenkleid zipfelt, flattert um ihre Beine. Der schattigste der drei Wege ist der, der zur Ruine führt

sie hat sich gesetzt, auf eine Bank im Schatten des Baums. Es ist heiß, sie ruht aus. Sie hat den Nylonbeutel aus ihrer Handtasche genommen, aus dem Beutel die Häkelei. Den Faden um zwei Finger gespannt, die Nadel hineingehakt, sie arbeitet mit schnellen Bewegungen. Der Sprenger sprüht eintönig Wasser über den Rasen, ein Windhauch fächelt ihr den feuchten Duft ins Gesicht. Eine halbe Stunde, vielleicht eine ganze, sitzt sie schon hier. Saß hier, als der Gärtner den Sprenger in die Mitte des Rasens spießte, als der Bus anhielt, als Schritte zum Wasserhahn hin knirschten, als der Bus abfuhr, alte Frau mit weißem Hut im leeren Licht des Gehwegs

seither sprüht eintönig das Wasser; der Gärtner ist hinter der Ruine verschwunden. Jetzt zittern ihr die Knie, fast wäre das Knäuel zu Boden gerollt; den um die Finger gespannten Faden fallen lassen, die Nadel, das Knäuel packen. Die Knie beobachten, sie zittern nicht mehr. Den Faden vom Knäuel zurückholen, zwischen die Finger spannen, die Nadel hineinhaken; mit der Nadel den Faden in sich selbst schlingen. Am Rand ihres Blickfelds der graue Block der Kapellenruine

die Eichentür, noch unzerstört, halb offen. Durch den Spalt ist das Innere zu sehen. Das in die Kapelle heruntergestürzte Dachgestühl, Reste von Balken, die wie Knochen aus dem sich hochwindenden Geißblatt, dem wilden Sauerampfer ragen; in den Fugen der rosa Marmorplatten, auf dem Kapellenboden, hüfthohes Unkraut. Drückend die Luft zwischen den zerfallenen Mauern; als glühte das Licht heller. Daß Körper, Kleid die Tür nicht berühren!, schlüpft sie durch den Spalt. Gestank. Der Leichengestank der Ruine, Exkremente und Urin, vermischt mit dem lebendigen Duft des blühenden Geißblatts, des Sauerampfers. Die den blauen Himmel berührenden Mauerkanten. Verlorene Stille. Töne, Bewegung, wenn es sie gibt: nur dort oben, im Blau.

Sie weiß, wie es in der Kapelle aussieht; sie hat durch den Türspalt hineingespäht, den Ort aber nicht geeignet gefunden; sie hat sich hierher, auf die Bank im Schatten des Baums gesetzt, das Häkelzeug herausgenommen, der Gärtner ist gekommen, der Bus hielt, der Gärtner spießte den Sprenger in den Rasen, der Bus fuhr ab, eine alte Frau mit weißem Hut auf dem Gehweg: als sähe sie nicht; suchte etwas in ihrer Handtasche, nahm den Weg, der zur Kapellenruine führt, verschwand, und seitdem knirscht der Kies nicht mehr, obwohl der Weg doch weiterführt, über die ganze Promenade. Vielleicht. Der Windhauch, den sie auf dem Gesicht, ihren bloßen Armen spürt, bewegt kein Blatt. Blätter, die an langen Stielen in den reglosen Hintergrund des blauen Himmels aufragen

als fiele alles Licht auf ihren Kopf. Auf Armeslänge der grobgehauene Klotz des Weihwasserbekkens; das Becken durchzogen von einem dünnen Riß. In dem Becken kann sie ihre Handtasche, die Handschuhe ablegen; in der verschwitzten Hand bleibt nur die Phiole. Sie schüttelt: Klirren. Öffnet die Hand; die Hand zittert. Sie atmet schwer. Nimmt den Hut ab, gibt dem Licht den Weg frei. Auch der Hut wird im Weihwasserbecken abgelegt. Jetzt. Jetzt nur noch die Stelle aussuchen. Umsehen. Über dem Altarplatz steht die Sonne, dort wirft die Mauer ein wenig Schatten. Balken und Steinen ausweichend, durch das meterhoch wuchernde Unkraut hindurch, erreicht sie den Altar. Zwei Stufen. Der Schatten kaum kühler. Sie setzt sich. Kühler Marmor. Zieht den Stopfen aus dem Medizinfläschchen, der gequollene Gummi löst sich vom Druck der gläsernen Wandung, gibt einen leisen Knall von sich

kein Laut; das Licht durchleuchtet die Blätter am Baum, zeichnet das in sich geschlossene Geflecht der Adern nach; als könnte man den Saft in den Adern pulsieren sehen; hoher Blutdruck, in die Höhe geschossener Blutdruck. Sie lauscht: das Pochen des eigenen Herzens in den Adern; doch von der Kapelle kein Laut, kein Knirschen des Weges. Vielleicht, daß sie dort ohnmächtig geworden ist, vielleicht. Ganz ruhig. Ich warte noch etwas, und wenn dann noch keine Schritte zu hören sind, wenn sie nirgends auftaucht, dann das Knäuel, die gehäkelten Sternchen, die Nadel in den Nylonbeutel zurück, den Beutel in die weiße Handtasche; ganz unauffällig zur Ruine schlendern. Die Eichentür, noch unzerstört, der Blick durch den Spalt. Sie liegt bewußtlos zwischen den Mauern. Liegt bewußtlos, weil sie niedergeschlagen worden ist. Hat in der weißen Handtasche die Medizin gesucht, weil sie es kommen spürte. Eine Ohnmacht. Ganz ruhig. Ohnmacht. Die weiße Handtasche, vor dem grünen Rasen, nirgendwo. Der Gärtner, er rennt, verschwindet hinter dem Gemäuer. Rettungswagen. Polizei. Telefonzelle, ist da eine? Münzen? keine da; niemand da,

sie schüttet sich den Inhalt der Phiole in die verschwitzte Hand, gelb die Kugeln gelb; der Schatten, der Marmorbelag jetzt heiß, Schweiß überläuft sie; Stille, vibrierendes Blau; sie blickt in ihre Hand, gelbe Kugeln

gelbe Kugeln im Liniengeflecht des Handtellers;
alles bereit

als bewegte sich jemand hinter der Bank;
Goldregen, seine gelben Blüten im Licht

im Weih-
wasserbecken der Hut, die Handschuhe, die Tasche,
weiß, weiß, weiß; trockener Riß

Minotauros

«Sollten wir ihm nicht lieber ein Zicklein geben, József?» Auch wenn es nicht klingelte, bei Vollmond schreckte József auf, als hätte es geklingelt. Auch wenn sie nicht fragte, József hörte ihre Frage selbst noch im Schlaf. Er wartete, ob es ein zweites Mal klingelte. War er seiner Sache nicht sicher, wartete er immer aufs zweite Mal. Obwohl ihn weder ihre Frage noch das Klingeln geweckt hatten. Leise atmete Mária im Schlaf, ein zweites Mal klingelte es nicht. Das Mondlicht. Er setzte sich auf im Bett. «Hast du das Hühnchen hinuntergebracht, József? Nimmt er es noch, das Hühnchen, József? Sollten wir ihm nicht lieber ein Zicklein bringen, József?» Vorsichtig, um sich keine Fragen anhören zu müssen, stahl er sich aus dem Bett. Im Zimmer der Schlafdunst Márias. Zum Fenster. Schleichend, damit der Fußboden nicht knarrte. Setzte sich hinter den Vorhang. Hier, unter dem Fenster, zwischen Wand und Vorhang, war ihm wohl. Aus der Höhe von sechs Stockwerken blickte der Vollmond in das blaue Rund des Innenhofes hinab. Es war, als säße József auf dem Grund eines Brunnenschachts. Er konnte dort beten. Und auf das Klingeln warten. Könnte es doch in jedem Augenblick klingeln; als wäre es möglich, das vorauszuberechnen. «Gütiger Gott, ich danke dir, daß du mich zu dieser nächtlichen Stunde geweckt hast. Allmächtiger, gib mir Ruhe und Frieden, gib sie allen, die in diesem Hause…, und gib mir die Kraft, mich zu erheben, wenn es klingelt. Und beschütze sie, die nach

Hause zurückkehren und klingeln, und gib mir die Kraft, die heimgekehrten Lämmer liebevoll zu empfangen. Lamm Gottes, erbarme dich meiner. Mein Herr und Vater, erlöse mich von dem Bösen. Und vergib mir meine Schuld.» Wenn es jetzt klingelte, ob er dann aufstehen dürfte, obwohl er gerade mit Gott redete? *Ja.* Wenn es aber der Böse wäre, der Ja sagte? *Nein.* Und wenn ich es selber bin, der sich dieses Nein und Ja einredet, wie es mir gerade paßt? *Wie es geschrieben steht.* Er neigte den Kopf. Auf daß es erfüllt werde. Anstelle des Mondes war jetzt ein stechender Fleck im Dunkel hinter seinen Lidern. Und aus der Tiefe des von Márias Schlafdunst erfüllten Zimmers: «Hast du das Hühnchen hinuntergebracht, József?» «Natürlich hab ich's hinuntergebracht, natürlich!» antwortete József hastig und gequält hinter dem Vorhang. Márias leises Atmen im Schlaf. «Schläfst du?» fragte József hinter dem Vorhang. Der Geruch des von Márias Schlafdunst erfüllten Zimmers und ihr sanftes Atmen im Schlaf. «Sie schläft», sagte József leise. Auch jetzt klingelte es nicht. Er wartete. Auch wenn es klingelte, bei Vollmond machte József kein Licht. Sobald die Zeit des Vollmonds gekommen war, schreckte er auf, als wäre er gefragt worden, als hätte es geklingelt. Er schreckte auf, auch wenn er nicht gefragt wurde, auch wenn es nicht klingelte. Anlässe aufzuschrekken. Er konnte sich unters Fenster setzen, in die Nische zwischen Vorhang und Wand. Konnte das blaue Licht in den sechs Außengalerien betrachten, seine scharfen Schatten. Konnte beten. Nach einem Weg suchen. Den sich mit Sicherheit einstellenden, schrillen Ton heraushören, der ihm unablässig in den Ohren klang. Die erste Schwingung des Tons. Die Gewißheit haben, daß er ihn hört. Den Hals rekken, sein Ohr der Quelle nähern, wenn auch nur um wenige Zentimeter. Wenn er schlief, wartete er im Traum darauf. Wenn er schlief, schreckte er auf. Wenn er aufgeschreckt war, war die Klingel verstummt. Nur in seinen Ohren war ein Nachhall davon geblieben. Hatte jemand geklingelt? Klingelte es? Wenn er seiner Sache nicht sicher war, wartete er auf das zweite Klingeln. Sobald es ertönte, stand er auf. Er schlich nicht, stahl sich nicht davon vor den Fragen. Mária atmete nicht leise im Schlaf. Er schlurfte hinaus in die Küche, nahm den Schlüssel vom Brett. Bei Vollmond machte er kein Licht. Wenn Vollmond war, blieb er am Fenster stehen und blickte hinauf. Die schwarzen Schatten der Außengalerien, der blinde Glanz der Fenster. Als wäre er tief unten auf dem Grund eines Brunnenschachts. Der Vollmond zwischen den gedrungenen Blöcken der Schornsteine, hinter ihnen, über ihnen. Wenn es klingelte, achtete er nicht darauf, ob er Lärm machte. Sobald er zurück war, erwarteten ihn bereits die Fragen. Er wußte, daß er weder von den Fragen noch vom Klingeln geweckt worden war. «Hast du nach der Eisentür gesehen, József? Wer war es, József? Warum antwortest du nicht, wenn ich einmal danach frage?» Bei Vollmond, auch wenn es nicht klingelte, schreckte er auf, als hätte es geklingelt. «Sollten wir ihm nicht ein Zicklein geben, József?» Vorsichtig, um keine Fragen anhören zu müssen, stahl er sich aus dem Bett. Setzte sich hinter den Vorhang. Dort konnte er beten. Sich den Schatten vorstellen, wie er vor dem Tor haltmacht. Um die Ecke biegt. Das Geräusch der Schritte, ihr Aufklopfen, das Flattern der Mäntel. Das Aufklopfen der männlichen, das Trippeln weiblicher Schritte. Trippeln, Aufklopfen vor dem Schaufenster des Schirmmachers. Sich den Schatten vorstellen, wie er vor dem Tor haltmacht, wie er die Hand hebt, den Finger dem Klingelknopf nähert. Den Finger, wie er den Klingelknopf drückt. Er konnte sich auch vorstellen, wie er selber da sitzt. Den Stromkreis, der sich durch den Druck auf den Klingelknopf schließt. Von hier aus konnte er, ohne darauf achten zu müssen, ob er Lärm machte, in die Küche gehen. Vom Brett den Schlüssel abnehmen. Die Tür öffnen. Einen Blick auf die Eisentür werfen, ob sie geschlossen war. Bei Vollmond aber machte er kein Licht. Über die Holztreppe hinunterknarren, über das gelbe Pflaster des Hofs schlurfen. In seinem Rund, als schlurfe er über den Grund eines Brunnenschachts. Das große Tor öffnen, die Hand ausstrekken, seine Finger über dem Geldstück schließen. «Wer war das, József? Warum antwortest du nicht, wenn ich einmal danach frage, József? Hast du nach der Eisentür gesehen, József? Sag, József, warum quälst du mich mit deinem Schweigen? Sag, womit habe ich verdient, daß du mich so quälst, selbst nachts, zur Ruhezeit? Warum machst du das mit mir, József, lebst du überhaupt noch? Manchmal denke ich, daß du gar nicht mehr lebst, József. Daß ich mit einem Schatten zusammengesperrt bin.» Er konnte antworten. Oder nicht. «Es war eine Frau vom sechsten Stock, eine Frau war es, Mária. Siehst du, ich antworte doch. Wenn ich die Antwort weiß, Mária, dann antworte ich auch. Ich habe nach der Eisentür gesehen, sie ist geschlossen. Beruhige dich, Mária, die Eisentür ist genauso geschlossen wie sonst. Es steht nicht in meiner Absicht, Mária, es liegt mir fern, ich will dich nicht quälen mit meinem Schweigen, Mária, keineswegs. Aber was soll ich mit meinem Schweigen machen, Mária, was? Was soll ich machen mit meinem Schweigen zur Schlafenszeit, Mária, was in der Nacht, wenn wir mit meinem Schweigen allein bleiben? Warum quälst du mich mit deinen Fragen, Mária? Sag mir, warum du überhaupt noch lebst? Da ich doch schon seit zwanzig Jahren nicht mehr lebe. Warum muß ich mit einer Lebenden zusammengesperrt sein, Mária, warum?» Es konnte eine Antwort kommen. Oder nicht. «Wieviel hast du von der Frau bekommen, József? Bist du sicher, daß die Frau oben im sechsten Stock wohnt und nicht eine Diebin ist, die sich eingeschlichen und sich deine schlechten Augen zunutze gemacht hat?» «Ich habe von der Frau zwei Forint bekommen, Mária.» «Gib sie her, József.» «Ich hab sie auf den Tisch gelegt.» «Das hätte ich hören müssen.» «Ich habe sie auf den Tisch gelegt, das heißt, nicht auf den Tisch. Ich habe sie in die Sparbüchse geworfen, Mária.» «Ich habe es nicht scheppern gehört. Du lügst, ich habe kein Scheppern gehört. Gott verzeihe mir, wenn ich so etwas sage, aber du lügst, ich habe kein Scheppern gehört, József. Gib sie her, die Büchse, József! Warum rührst du dich nicht, József? Wenn du sie in die Büchse geworfen hast, József, dann gib mir die Büchse. Los, József, rühr dich! Denkst du, du kannst mich hinters Licht führen? Denkst du, du kannst ihm auch noch diesen Happen wegnehmen? Ihm!» «Die Frau ist zum sechsten Stock hinaufgegangen, Mária, zur sechsten Galerie. Ich habe gehört, wie sie den Schlüssel aus ihrer Handtasche nahm. Ich habe gehört, wie sie die Tür aufmachte. Ich habe gehört, wie sie die Tür zumachte.» «Richtig! Sie hat ihren Schlüssel herausgeholt, sagst du. Ihren Nachschlüssel! Du hast dich in Widersprüche verwickelt, József, in Widersprüche, bist, wie immer, in die Falle getappt. Ich komme der Sache auf den Grund, József, diese Frau ist nichts anderes als eine verkappte Diebin! Darüber gibt es nicht den geringsten Zweifel. Wo lebst du eigentlich? Daß sie ihren Nachschlüssel hervorgeholt hat! Du hast es gehört, sagst du. Schön! Sie ist hinaufgegangen zum sechsten Stock, sagst du, na ja. Und inzwischen hat sie die zwei Forint wieder weggeklaut. Wo findest du heutzutage eine Frau, die dir zwei Forint gibt und nicht eine verkappte Diebin wäre, die das Geld sofort wieder wegstibitzt? Hast du einen Beweis, József? Nur das Geld wäre ein Beweis, József.» «Ich finde es nicht.» «Du findest es also nicht.» «Ich habe es hier auf den Tisch gelegt. Ich finde es nicht.» «Das ist ja schön. Vorher hast du gesagt, du hättest es in die Büchse getan, József. Davor hast du gesagt, du hättest es auf den Tisch gelegt, József. Weil du es verleugnen wolltest. Gestohlen hast du es. Es ist nie eine Frau gekommen, sie hat dir nie zwei Forint gegeben. Wenn sie dir das Geld aber gegeben hat, dann hat sie es auch wieder weggenommen. Wenn sie es dir gegeben hat, dann hast du es geklaut. Mein Gott, wovon sollen wir ihm denn Hühnchen, Zicklein kaufen, wenn du das Geld stiehlst, wenn du, ohne mit der Wimper zu zucken, abstreitest, daß du dir in deiner Einfalt das Geld hast aus der Hand stibitzen lassen? Mörder!» Er konnte schweigen. Oder nicht. Er konnte antworten: «Es war eine Frau, Mária. Sie hat mir ein Zwei-Forint-Stück gegeben. Diese Frau. Sie ging zum sechsten Stock hinauf. Ich konnte nicht sicher sein, ob sie mir zwei Forint gegeben hat, fühlte es aber in meiner Hand, ich fühlte es. Ich kann doch eine Zwei-Forint-Münze von einer anderen unterscheiden. Ich bin dazu in der Lage. Allenfalls, wenn wir Unfehlbarkeit ausschließen, hätte ich noch denken können, daß sie mir einen Fünfer gegeben hat, einen Fünfer. Aber das heutzutage von einer Frau, von dieser Frau, die sich zum sechsten Stock hinaufbegibt und ihren Schlüssel hervorholt, ich habe es doch gehört, Mária, ich habe das Klicken ihrer Handtasche gehört, du weißt doch, Mária, diese Art Frauen haben manchmal Handtaschen, die mit einem Metallschloß schließen. Aus so einer Tasche holte sie ihren Schlüssel hervor, ich habe es deutlich gehört. Auch jeden ihrer Schritte habe ich gehört, von Stufe zu Stufe, unverwechselbar mit meinen eigenen Schritten, Mária. Aber das ist unmöglich. Daß sie mir einen Fünfer gegeben hätte, Mária, das ist ganz unmöglich, Mária. Ich bin weggegangen, und während ich wegging, die Holztreppe knarrte, habe ich ihre Schritte gehört, jeden einzelnen ihrer Schritte, oben auf der Galerie im sechsten Stock, trotz meiner eigenen Schritte, Mária. Obwohl von da oben, von der sechsten Galerie, die Schritte kaum noch zu hören sind, es sei denn von Schuhen, wie diese Frau sie trägt. Sie sind kaum noch zu hören von dort oben, gleich unter dem Schornstein, und außerdem knarrt es ja auch unter mir, sosehr ich auch aufpasse, mich anstrenge, alle meine Energie aufbiete, Mária, unsere Holztreppe knarrt und poltert trotzdem bei jedem Schritt von mir, und auf die Eisentür habe ich auch noch zu achten, auf die Eisentür, Mária, aber ich habe es gehört, trotz des Treppenknarrens, so laut das alte Holz auch in seinen ausgetrockneten Fugen geknarrt hat, ich habe gehört, wie sie ihren Schlüssel, jenen bereits erwähnten Schlüssel, Mária, wie sie ihren aus der Handtasche hervorgeholten Schlüssel, den aus der bereits erwähnten Handtasche hervorgeholten Schlüssel, Mária, ins Schloß steckt, aufschließt, wie sie ihn abzieht, eintritt, zumacht, ihn wieder ins Schloß steckt, zuschließt, und da stand ich schon vor der Eisentür, tastete sie ab, sie war geschlossen, wie immer.» «Wenn du sie einmal nicht schließen würdest, József! Wenn du sie einmal offenließest, József! Warum antwortest du nicht, József, warum antwortest du nicht?» «Du hast nicht gefragt, Mária, es war mir, als habest du gar nicht gefragt, Mária.» «Was wäre, József, habe ich gefragt. Was wäre, habe ich gefragt, wenn du es einmal nicht vergessen würdest, wenn du einmal vergessen würdest, die Tür abzuschließen, habe ich gefragt. Wenn du den Schlüssel einmal nicht umdrehen würdest, so wie diese Frau, von der ich eben gesprochen habe. Wenn du einmal das machen würdest, was ich will. Nur einmal, ein einziges Mal. Wenn du das Geld hergäbest. Wenn du es in die Sparbüchse tätest. Wenn du es auf den Tisch legen, es herausgeben würdest, damit wir Hühnchen, Zicklein kaufen können. Hast du ihm das Hühnchen hinuntergebracht, József? Nimmt er es überhaupt noch, das Hühnchen, József?» Es klingelt. «Es hat geklingelt, József. Hast du's nicht gehört? Es hat geklingelt. Warum rührst du dich nicht? Wo bist du, József, warum quälst du mich, wo bist du, József? Es hat geklingelt. Hörst du nicht, daß es geklingelt hat? Los, József, rühr dich. Hörst du nicht?» «Ich kann nicht.» Es klingelt zum zweiten Mal. «Hörst du, József, es klingelt. Hörst du es nicht? Ich frage dich. Hörst du es?» «Ich höre es, Mária.» «Warum rührst du dich nicht? Willst du das Schicksal herausfordern? Geh schon! Hörst du nicht?» Er konnte sich auf den Weg machen. «Paß auf! Das Geld!» Den Schlüssel vom Brett nehmen. «Mörder!» Bei Vollmond machte er nie Licht. Nur einmal hatte er es angemacht. Er konnte die Tür öffnen, nach der Eisentür sehen: Hast du nach der Eisentür gesehen? Konnte über die in allen Fugen knarrende Holztreppe hinunterstolpern, über das gelbe Pflaster des Hofes schlurfen. Im

Rund, als schlurfe er über den Grund eines Brunnenschachts. Konnte die Hand ausstrecken, die Finger um das Geldstück schließen. «Wer war es, József? Hast du nachgeschaut, wieviel? Warum antwortest du nicht? Warum quälst du mich mit deinem Schweigen? Sag, József, womit hab ich das verdient? Selbst noch nachts, zur Ruhezeit, József? Antwortest du nicht?» «Doch, du siehst, ich antworte, Mária.» «Wer war es, József? War es diese Frau? Wieviel hast du von dieser Frau gekriegt? Kannst du nicht antworten?» «Worauf ich antworten kann, darauf antworte ich auch, Mária.» «Hast du das Geld in die Sparbüchse getan?» «Nein.» «Auf den Tisch? Wieso auf den Tisch? Warum antwortest du nicht? Auf den Tisch? Gib mir das Geld, József. Los. Gib mir die Büchse, József. Hörst du nicht? Wo bist du? Antworte!» «Hinter dem Vorhang, unter dem Fenster, in der Nische, wo mir wohl ist. Wo man hinaufschauen kann, über die Schornsteine hinweg, wo man beten, wo man warten kann.» Noch ist der Mond nicht zu sehen. Fetzen grauer Schatten füllen den Grund des Hofes. Niemand klingelt. Márias Atmen im Schlaf. «Schläfst du?» Der Geruch des von Márias Schlafdunst erfüllten Zimmers, ihr leises Atmen im Traum. «Sie schläft.» Ein violetter Strahl kriecht zwischen den Schornsteinen die Dachschräge hinab. Noch bevor er das Geländer der sechsten Galerie erreicht, wird er rot sein. Gelb. Dann das Licht. Trennt mit einem scharfen Schnitt, schneidet mit hartem Strich das gelbe Pflaster des Hofs in zwei Hälften. In zwei Hälften, Licht und Schatten, quer durch. Mária atmet im schlafdunstigen Zimmer leise im Traum. Im Rund des Hofes gleitet ein Kind auf dem Fahrrad dahin, immer rundherum. Taucht auf im Licht, taucht unter im Schatten. Manchmal klingelt es.

Taucht unter im Schatten, taucht wieder auf im Licht, im Rund, immer rundherum auf dem Fahrrad. Das weiche Gleiten der Gummireifen auf den glatten Fliesen. Es klingelt. Mária atmet nicht mehr leise im Schlaf. «Wo bist du?» fragt sie. «Hier, hinter dem Vorhang, unter dem Fenster, in der Nische, wo mir wohl ist.» «Na schön. Aber daß du mir dabei den Vorhang beschmierst, daran denkst du wohl nicht? Den gestärkten Vorhang. Das kümmert dich nicht. Wer geht da auf dem Hof?» «Niemand.» «Wer geht da auf dem Hof, habe ich gefragt. Warum antwortest du nicht? Wer geht da auf dem Hof? Glaubst du, daß du es abstreiten kannst? Ich seh es, sehe seinen Schatten an der Zimmerdecke, da ist jemand auf dem Hof. Er klingelt, hörst du's nicht? Es hat geklingelt. Ich höre es doch, daß jemand auf dem Hof ist. Wer ist es, der auf dem Hof herumstreicht? Wessen Schatten fährt da oben an der Zimmerdecke rundherum? Du antwortest nicht? Hörst du mich überhaupt? Wo bist du?» «Unter dem Fenster, zwischen Vorhang und Wand.» «Willst du immer noch, willst du auch jetzt noch behaupten, daß da niemand ist? Und daß du den gestärkten Vorhang beschmutzt, das kümmert dich nicht. Es hat geklingelt, hörst du? Begreifst du nicht, daß du es ganz umsonst abstreitest. Begreifst du das nicht? Sag, warum sollte ich, József. József, sag, warum sollte ich nicht, József.» Er konnte antworten. «Nein, Mária, warum sollte ich auch abstreiten, wenn jemand auf dem Hof wäre. Das sei fern von mir. Auf dem Hof ist niemand. Ich werde dir erzählen, was auf dem Hof vorgeht.» «Ein Märchen erzählen wirst du.» «Auf dem Hof stehen drei Bäume. Ein Ahorn, eine Eiche und eine Platane.» «Was für Bäume, József? Auf dem Hof waren noch nie Bäume.» «Sie sind inzwischen gewachsen. Auf dem Hof sind ein Ahornbaum, eine Platane und eine Eiche gewachsen. Sie sind inzwischen herangewachsen.» «Gott, József, warum streitest du ab, daß jemand auf dem Hof zwischen den Bäumen herumstreicht, ich sehe doch seinen Schatten an der Decke, wie er sich rundherum zwischen den Bäumen bewegt.» «Warum sollte ich abstreiten, Mária, wenn sich jemand zwischen den Bäumen bewegt?» «Ja, warum?» «Niemand bewegt sich zwischen den Bäumen, Mária, zwischen den Bäumen streicht niemand herum, nur der Wind streicht durch die Kronen, durchs Laub, nur ein Hauch bewegt die Blätter der Bäume, das ist es, was du an der Decke siehst.» «Du lügst.» «Ich will dir erzählen, was zwischen den Bäumen vorgeht.» «Erzählen? Ja, ein Märchen!» «Auf dem Ahorn sitzen Spatzen. Sie zwitschern, so wie Spatzen eben zwitschern. Hörst du's?» «Ich werde dich überführen, József, ich werde deine Lügen aufdecken, József, hörst du, József?» «Auf der Platane sitzen Tauben, sie turteln, hörst du's? Aber jetzt geht gerade etwas oben in der Luft zwischen Platane und Ahorn vor.» «Und die Eiche, du hast die Eiche weggelassen, József.» «Jetzt passiert gerade etwas zwischen Ahorn und Platane droben in der reglosen Luft.» «Du hast von Wind gesprochen, József! Ich werde dich überführen.» «In der reglosen Luft erscheint ein winziger Vogel. Die Spatzen bemerken ihn und verstummen. Von einem der Zweige fliegt einer der Spatzen auf. Ach, könnte ich dir doch beschreiben, Mária, welcher Spatz und von welchem Zweig. Er verfolgt den winzigen Vogel. Jetzt erkenne ich es. Ja! Nein. Ich kann es nicht richtig erkennen. Es ist gar kein Vogel, es ist ein Maikäfer. Ein Maikäfer, wie ungeschickt er doch fliegt. Wie ein Flugzeug kommt er in der reglosen Luft zwischen den beiden

Bäumen daher. Mária, dieser Spatz, dieser bestimmte Spatz, wenn ich dir nur genauer sagen könnte, welcher, er verfolgt ihn. Stürzt sich auf ihn. Verfehlt ihn. Der Maikäfer flieht. Wie ungeschickt. Mária! Er flieht. Der Spatz kommt jetzt von unten. Oh, Mária! Jetzt sind es schon zwei Spatzen, die ihn verfolgen, nein, sogar drei!» «Was geht da vor, mein Gott, was geht da zwischen den drei Bäumen vor, József? Warum antwortest du nicht, József, wenn ich gerade am meisten darauf angewiesen bin?» «Das ist alles.» «Großer Gott! Was ist da passiert, József? Was ist da vorgegangen, warum redest du nicht weiter, József?» «Ich kann nichts sehen.» «Schön, du kannst nichts sehen, sagst du, das ist alles, sagst du. Und das antwortest du, wenn ich so in Not um eine Antwort bin. Schön. Wenn du bis jetzt alles so deutlich gesehen hast, József, warum solltest du dann gerade das Ende nicht sehen können? Es ist genug, József. Schluß! Spar dir die Antwort. Besser, wir schweigen. Glaubst du, József, du könntest mich noch immer betäuben mit deinen Märchen? Du brauchst nicht zu antworten, József. Du kannst nicht weiter erzählen, sagst du, das sei alles, sagst du. Du verwickelst dich ganz schön in Widersprüche, József, in Widersprüche, József, so wie immer. Bist schön hineingetappt in die Falle. Ich werde dich der Lüge überführen. Nehmen wir diese drei Bäume, József! Du sagst, es seien eine Akazie, eine Pappel und ein Nußbaum, du sagst, diese drei Bäume seien inzwischen herangewachsen, du sagst, daß durch ihr Laub, ihre Kronen der Wind streiche, daß der Wind die Blätter dieser Bäume in der reglosen Luft bewege. Aber wie kann der Wind die Blätter bewegen, wenn die Luft doch unbewegt ist? Darauf wirst du wohl keine Antwort haben. Wenn der Wind weht oder sich auch nur ein

Lüftchen regt, spar dir die Antwort, József, ist die Luft dann noch unbewegt? Genug. Besser, wir schweigen, József. Spürst du es? Ist es nicht besser, wenn wir schweigen, findest du nicht auch? Spürst du's? Antworte! Ich habe dich überführt. Antworte! Ich weiß, warum du schweigst. Das Kind. Rede ihn an, den Jungen. Den Jungen, József.» Er verschwindet im Licht, taucht auf aus dem Schatten, gleitet in dem Rund herum. «Was soll ich ihm sagen?» «Zuerst die Anrede, József, man beginnt immer mit der Anrede.» «Erinnerst du dich, Mária?» «Vergeude die Zeit nicht, József, woran soll ich mich erinnern, József? Mit der Anrede mußt du beginnen, so wie im Brief. Hörst du?» «Hallo, Junge!» «Nicht so, József. Du mußt ihn anreden wie in einem Brief. Wenn du so beginnst, verscheuchst du ihn bloß. Hast du verstanden?» «Liebes Kind!» Der Junge dreht seine Runden, die Gummiräder gleiten weich über die glatten gelben Fliesen, manchmal quietscht es. «Antwortet er? Warum antwortet er nicht?» «Er antwortet nicht, Mária, der Junge antwortet nicht.» «Lauter! Du mußt die Anrede lauter wiederholen, József. Mein Kind, laß es uns lauter sagen. Mein lieber Junge, sag es lauter, hörst du?» «Mein Kind! Mein lieber Junge!» «Herrgott noch mal, József! Lauter!» «Mein kleiner Sohn, mein lieber Junge!» «Herrgott noch mal, József! Schweig endlich. Ich kann's nicht mehr hören!» «Mein Junge! Mein lieber Sohn!» «Nicht doch, József! O Gott! Warum quälst du mich, József?» «Mein Junge, mein lieber Sohn! – Umsonst rede ich ihn an, Mária! Ich habe mit der Anrede begonnen, Mária, so wie im Brief. Er will es nicht hören. Ich habe mit der Anrede begonnen, Mária, mit der Anrede, so wie es üblich ist!» «Nicht doch, warum quälst du mich, József. Was geht hier vor, József? Erzähl mir lieber, was passiert mit den Vögeln? József, warum antwortest du nicht?» «Er antwortet mir nicht, Mária, er antwortet nicht. Sonst geschieht nichts, Mária, aber der Junge antwortet nicht, mein kleiner Sohn, mein lieber Junge! Er gleitet im Rund auf dem Hof herum, sonst passiert nichts. Mal gleiten die Gummiräder lautlos dahin, mal quietschen sie. Hörst du's? Jetzt verschwindet er im Schatten. Jetzt taucht er auf im Licht. Er klingelt. Hörst du's?» «Genug! Hast du verstanden, József, ich will es nicht. Hörst du? Wir sollten schweigen von ihm. So ist es besser. Schweigen. Hörst du? Ich hasse ihn. Er hat uns verlassen. Besser, wir schweigen, József.» Er konnte antworten. Oder nicht. «Er hat uns nicht verlassen, Mária.» «Ist er gegangen? Ich sehe ihn nicht mehr an der Decke. Ist er fort?» «Er ist fort, Mária, er gleitet nicht mehr im Kreis herum.» «Zugrunde gegangen ist er, József. Kein Wunder. Warum antwortest du nicht? Ich habe dich überführt. Antwortest du deshalb nicht? Mit den Schächern hat er geendet. Was hast du dazu zu sagen, József? Wenn er doch nur nicht mit den Schächern geendet hätte! Du antwortest nicht, du kannst nicht antworten, weil du darauf nichts zu antworten hast, nicht wahr, József?» «Er ist fort, Mária. Er ist verschwunden. Er taucht nicht mehr auf im Licht und verschwindet nicht mehr im Schatten. Mich hat er nicht verlassen, Mária. Mit den Schächern hat er angefangen.» «Mit den Schächern hat er geendet, József. Was sagst du dazu? Nichts? Warum antwortest du nicht, wenn ich dich frage, József?» Fetzen grauer Schatten füllen den Grund des Hofes. Mária atmet leise im Schlaf. Der Mond. Zwischen den Schornsteinen kriecht ein violetter Strahl über die Dachschräge hinab. Ohne den Grund des Hofs zu erreichen. Dann das Licht.

Trennt mit einem scharfen Schnitt das Pflaster in zwei Hälften, in Licht und Schatten, quer durch. Márias Stimme aus der Tiefe des schlafdunstigen Zimmers. «Hast du das Hühnchen hinuntergebracht, József?» Auch wenn es nicht klingelte, schreckte József auf, als hätte es geklingelt. Wenn er sich seiner Sache nicht sicher war, wartete er auf das zweite Mal. Leise atmete Mária im Schlaf. Ein zweites Mal klingelte es nicht. József setzte sich auf. Vorsichtig, um keine Fragen hören zu müssen, stahl er sich aus dem Bett. Schleichend, damit der Boden nicht knarrte. Blieb vor dem Fenster stehen, schaute hinauf. Aus der Höhe von sieben Stockwerken blickte der Vollmond in das Rund der Außengalerien herab. Als stünde József auf dem Grund eines Brunnenschachts. Von hier konnte er sich auf den Weg machen. Die eiserne Tür öffnen. Hinabsteigen. «Hast du die Eisentür geschmiert, József? Fürchtest du nicht, daß sich eines Tages irgend jemand, vielleicht ausgerechnet diese Frau, dafür interessieren könnte, welche Tür nachts, zur Ruhezeit, so laut quietscht?» Die Stiege. Zwei Stufen abwärts. Die Eisentür hinter sich zuziehen. «Hast du sie geschmiert, die Tür, József? Was tun wir nur, wie stellst du dir das vor, was sollen wir tun, wenn sich eines Tages jemand dafür interessiert, was sich hinter dieser Eisentür befindet, die mitten in der Nacht so aufdringlich quietscht? Selbst zur Ruhezeit, József? Warum antwortest du nicht?» Sechzehn Stufen hinab. Die ausgestreckte Hand stößt gegen die Wand. «Meine rechte Hand ist die, in der ich den Bleistift halte. Meine linke die, in der ich keinen Bleistift halte. Also linker Hand.» Die Hand ertastet die Wand auf der linken Seite, tastet sich links voran. Drei Schritte. Er kannte den Weg. Die ausgestreckte

Hand stößt gegen die Wand. «Die rechte Hand ist die, in der ich den Bleistift halte, also in Richtung der rechten vorwärts.» Die Hand tastet sich rechts voran. Vier Schritte. Trifft dort auf den Spalt. Mit Leichtigkeit preßt er sich hindurch. In gähnende schwarze Leere. Deren Grenzen er noch niemals gesehen hat. Es hätte ein Saal sein können. Oder ein offener Platz. Ein Hof, gelb gepflastert, von dem die Mauern abgetragen waren. Er war sich nie sicher, ob er, wenn er den Rückzug antrat, den Spalt wiederfände, durch den er sich so leicht hindurchgezwängt hatte. Jetzt nichts als vorwärts, wohin auch immer. Nur keine Bewegung. Sobald er sich bewegt, verletzen Geräusche die Stille, und er kann ihn nicht hören. Er hört nur Atemzüge. Seine eigenen. In den kurzen Pausen zwischen den Atemzügen Stille. Bewegte er sich, so würde in den Atempausen die Stille aufbrausen. Es ist keine Finsternis, es ist, als wäre im Dunkel Licht. Nicht auszumachen, wo. In den kurzen Pausen zwischen den Atemzügen den Ton heraushören. In Richtung des Tons losgehen, dem nicht wahrnehmbaren Licht im Dunkel entgegen. Nur vorwärts. Wohin auch immer. Stille. In Richtung des Tons. Losgehen. Die Hände ausstrecken, gleichsam zur Abwehr. Nichts. Vorwärts, mit seinem schutzlosen, blinden Körper, wohin auch immer, nur voran. Noch immer nichts, lange nichts. Als spürten seine Hände die Nähe einer Wand, begrenzten Raum. Nichts. Als könnte ihm jederzeit etwas ins Gesicht klatschen. Eine lautlose Fledermaus, eine Spinne im Netz. Nichts davon. Schnaufen und Schlurfen. Seine eigenen Geräusche. Sonst nichts. «Ich kenne den Weg. Ich kann mich nicht verlieren.» Als könnte irgend jemand ihm das Messer, das er gerade so fest umklammert, in die Brust, in den Rücken stoßen. Als flattere sein Herz, aber es zappelt das Hühnchen im Sack. Als stünde er hier schon seit ewigen Zeiten mit flatterndem Herzen, das zappelnde Hühnchen im Sack. Als bewege sich sein verletzlicher blinder Körper in diesem Dunkel voran. Als wäre die aufbrausende schwarze Stille sein schutzloser Körper. Das Hühnchen zappelt im Sack. Als würde es irgendwo heller, aber nicht wahrnehmbar, wo. Wo auch immer, ob vor ihm oder hinter ihm. Auch das Licht ist nicht verläßlich, der Dämmer unbestimmt. Im zögernd aufdämmernden Dunkel ist alles in Bewegung. Die Schritte hören sich an, als träten sie stets auf derselben Stelle, das Keuchen, als käme es von derselben Stelle, aber es ist sein eigenes Keuchen. Minuten vergehen. Füllen Stunden. Monate, Jahre schwinden im Rhythmus von Sekunden. Weder Hunger noch Müdigkeit können ihn aufhalten. Nur das Dunkel. Das Undurchdringliche. Als bewege er sich durch eine schwarze Masse, und sobald er innehält, schlösse die dichte Schwärze ihn ein. Er schwitzt. Spürt deutlich den unbeirrten Weg der Schweißtropfen, die abwärts fließen. Von der Stirn zu den Jochbögen, von den Achselhöhlen über die Rippen zu den Lenden hinunter, von der Nasenwurzel auf die Oberlippe. Er spürt es. Genauso spürt er es. Die erweiterten Pupillen schmerzen bereits, aber die Richtung des Dämmerscheins ist immer noch ungewiß. «Du kennst doch den Weg.» Er kennt den Weg, aber jedesmal wieder blendet das Licht ihn plötzlich, obwohl die Birne am Ende des Ganges nur klein ist. Der Gang ist endlos. Er windet sich, trotzdem bleibt immer das Licht der kleinen elektrischen Birne am Ende des langen Ganges. Das Hühnchen zappelt im Sack, als hüpfe ihm das eigene Herz. Seine Pupillen sind außerstande, sich weiter zu verengen, ohne daß es schmerzt. «Ich lasse das Licht hinter mir. Ich kenne den Weg.» Er schwitzt. Er ist taub. Er weiß genau, er müßte Geräusche hören, die Geräusche seiner eigenen Bewegungen, aber er hört nur ein Brausen. Der Gang ist lang, grau, er windet sich, aber die kleine Birne blendet noch immer am Ende des langen grauen Gangs. Als brause die Stille so gleichmäßig, die Taubheit. Wie ein unendliches Meer, gnadenlos in eine Muschel eingeschlossen. «Den Weg kenne ich gut. Ich lasse das Licht hinter mir, ich muß auf den Ton horchen.» Es klingelt. Ihm scheint, als hörte er es klingeln. Er wartet auf das zweite Klingeln, aber das erste hört nicht auf, lange Zeit. Die Schweißtropfen streben hinab, unaufhaltsam. Stufen. Sechzehn Stufen hinab und der lange graue Gang mit der kleinen Lichtquelle an seinem unbestimmten Ende windet sich immer noch weiter. Er hat Durst. Spürt weder Hunger noch Müdigkeit, nur Durst, quälenden Durst. Die Trockenheit der Mundhöhle. «Ich kenne das, es geht vorüber.» Der Gang führt vom Licht weg. Als wäre nicht er es, der geht, als würde der Gang ihn führen, als würden seine Windungen ihn umfangen und mit sich nehmen, immer tiefer nach unten, so wie die salzigen Tropfen des Schweißes, abwärts. Die Lampe gerät hinter seinen Rücken, der sich in immer engeren Kurven abwärts windende Gang liegt im grauen Dämmerlicht. Die ferne Lichtquelle in seinem Rücken verheißt eine ewige Morgendämmerung. «Das kenne ich gut. Diese Zeit geht vorüber.» Als ginge er jetzt zurück. Als würden die Windungen des Ganges ihn umfangen und zurückführen zu der kleinen brennenden Lampe. Seine Pupillen weiten sich, es schmerzt. Zurück, nach vorn. «Das kenne ich. Ich muß dieselbe Strecke vorwärts zurücklegen, die ich zurückgegangen bin. Verlieren kann ich mich nicht.» Seine Pupillen verengen sich, erweitern sich wieder. Er spürt weder Hunger noch Müdigkeit, nicht einmal Durst. Er kämpft mit den Augenlidern, die ihm zufallen wollen. Er ist schläfrig. Seine Schritte werden länger, sein seltsames Schlurfen entfernt sich. Als würde es sich entfernen. Ein fernes, unsicheres Schlurfen. Er weiß, daß es sein eigenes ist. Als hörte er in dem fernen Schlurfen und Schnaufen auch das dumpfe Aufprallen von Rinderhufen und das weiche Einsetzen des Morgengeläuts. Er kämpft dagegen an. Er weiß, wenn der Schlaf ihm die Augen schlösse, könnte er einen falschen Schritt tun. Dann würde es von vorn losgehen, ganz von vorn. «Das ist die gefährlichste Zeit. Ich kenne das.» Die Schritte werden kürzer, jeder Schritt muß vorher ertastet werden. «Ich weiß, hier irgendwo müssen die Bodenlöcher sein.» Er muß jeden Schritt vorher abtasten, um nicht zu stürzen. Seine Fußsohlen spüren, der Boden ist eben. Weicher als Beton, härter als niedergestampfte Erde. Seine Sohlen müßten den Rand der Löcher spüren, spüren aber nichts. Fuß um Fuß. Als senke sich Nebel weich und dicht herab. Er scheidet sein Herumsuchen von seinem Schlurfen, seinem Schnaufen. Sein Herz schlägt, als würde es zum letzten Mal das Blut durch die Adern stoßen. Stille. Ihm muß klar sein, daß er hinter den geschlossenen Lidern kein wirkliches Dunkel, kein wirkliches Licht sieht. Er horcht auf das Läuten von Kuhglocken. Es ist kein morgendliches, es ist ein abendliches Glokkengeläut. Ihm muß klar sein, daß es keine wirklichen Töne sind, daß er die herrschende Stille vernehmen müßte, daß das Schlurfen und Schnaufen aufgehört hat. Die Stille. Aber er hört die Stille nicht. «Der Geruch! Ich kenne ihn. Ich erkenne den Geruch, ich kenne ihn.» Sein Herz steht still, das abendliche Läuten der Kuhglocken verliert sich im Nebel, das Hühnchen zappelt im Sack. «Ich bin da.» Stille. Als würde der Wind ihn tragen, steigt der Geruch in kurzen Wellen auf und nieder. Nähert sich, entfernt sich, als wäre er dahingehaucht. Da vor seinen Füßen liegt er. Schnarcht. In langsamem, menschlichem Rhythmus. Sein süßlicher, schwüler Geruch, als ob ein Luftzug ihn näherbrächte oder wegtrüge, ihn ansteigen oder niedergehen ließe. «Ich bin József, fürchte dich nicht!» unterbricht József die Stille. «Ich habe dir ein Hühnchen mitgebracht, hab keine Angst. Wir haben es gerupft, wie du es magst. Ein lebendiges, gerupftes Hühnchen, so wie du es liebst. Hörst du mich? Ich habe ein Hühnchen mitgebracht. Hörst du?» Er liegt vor seinen Füßen, der Geruch seines Körpers steigt auf und nieder, kommt näher und entfernt sich, wie vom Winde bewegt, er schnarcht in langsamem, menschlichem Rhythmus. «Ich bin József, aber nenne mich Vater, hörst du? Hebe den Kopf und sprich mir nach: Bist du gekommen, Vater? Hast du ein Hühnchen mitgebracht, Vater? Ein gerupftes, lebendiges Hühnchen, wie ich es mag? József, mein Vater. Hörst du mich?» Sein Schlaf ist tief, er schnarcht. «Wach auf, mein Sohn! Hörst du, mein Sohn? Wach auf! Fürchte dich nicht. Ich bin es, József, dein Vater. Deine Mutter schickt das Hühnchen gerupft und gebrüht, aber es lebt noch. Wie du es magst. Mária schickt es, deine Mutter. Hörst du?» Das Hühnchen im Sack rührt sich nicht. Er könnte den Sack von der Schulter nehmen, die Schnur mit dem Messer zerschneiden. Er fühlt das Messer in der Hand, wie er den Sack von der Schulter nimmt. Den Griff des Messers, die Schärfe der Klinge, ihre Länge. Fettig glänzt der Körper vor seinen Füßen. Er schnarcht in trägen Zügen. Zusammengerollt schwebt der fettig glänzende Körper im Fruchtwasser seines eigenen Geruchs. Die Rippen heben und senken den breiten Brustkorb. Wenn er das Messer zwischen die vierte und fünfte Rippe führte. *Nein.* Die Länge der Klinge reichte aus. Jetzt. «Los, József, beweg dich!» Der Körper vor seinen Füßen regt sich. Jetzt. *Nein.* «Wenn ich das Messer zwischen die vierte und fünfte Rippe stieße, reicht die Länge der Klinge gerade aus. Unverfehlbar das Herz!» Jetzt schnarcht er nicht mehr. Er regt sich vor seinen Füßen. *Wie es geschrieben steht.* Stille. «Fürchte dich nicht, mein Sohn! Ich bin es, József», unterbricht József die Stille. «Ich hab dir ein Hühnchen mitgebracht, fürchte dich nicht. Hörst du? Ein gerupftes, lebendiges Hühnchen, wie du es liebst. Deine Mutter hat es zubereitet, in heißem Wasser gerupft. Du kannst deine Hörner hineinstoßen, den Blutgeruch spüren, die spritzenden Blutstropfen mit deiner rauhen Zunge auflecken. Blut! Das du doch so liebst! Wach auf, mein Sohn. Hörst du? Ich bin's. Warum sagst du nichts?» Als würde sein Herz sich von neuem regen, neues Blut durch die Adern stoßen, das Hühnchen regt sich im Sack. Er spürt das Messer in der Faust, die Länge der Klinge. «Los, József, beweg dich! Hörst du nicht? Wenn du doch einmal, ein einziges Mal das machen würdest, was ich nicht will. Hörst du?» *Ja.* «Wenn du doch einmal das machen würdest, was ich will, József!» *Nein.* «Willst du das Schicksal herausfordern, József? Warum rührst du dich nicht? Los! Dieses eine, dieses einzige Mal, József. Beweg dich, hörst du? Zwischen die vierte und fünfte Rippe. Es ist nicht zu verfehlen, József, hörst du nicht? Es hat geklingelt. Warum rührst du dich nicht? Willst du das Schicksal herausfordern, József?» Der Körper, da, vor seinen Füßen.

Der Griff des Messers, die Länge der Klinge, er spürt sie. Er könnte die Schnur aufschneiden, mit der der Sack zugebunden ist. Das Hühnchen aus dem Sack lassen. Der Körper vor seinen Füßen erhebt sich. Fettig glänzt er in der Hülle seines süßlichen, schwülen Geruchs. Die mächtigen Bögen seiner Rippen heben und senken den Brustkorb. Die aufgestellten Hörner, die baumelnden Stierhoden. Der fettig glänzende Körper erhebt sich zu seiner vollen Größe. *Wie es geschrieben steht.* Los geht's. Die Stierhörner hinter dem Hühnchen her. Die Füße wollen József nicht tragen. Wäre er bloß schon wieder in dem Gang, umfangen von seinen Windungen, die ihn vor und zurück voranbringen. Er könnte sich umdrehen und gehen. Mit dem süßlichen, schwülen Geruch in der Nase den Rückzug antreten, auf die Geräusche achtend, mit sich verengenden, sich erweiternden Pupillen das Licht suchen und meiden oder im Dunklen tasten. «Ich kenne das. Ich will es nicht. Hörst du? Ich will es nicht. Zuerst würde ich dir das Messer zwischen die vierte und fünfte Rippe bohren, dir die Haut aufreißen, das Fleisch, bevor ich mit meiner Klinge dein Herz erreichte. Hörst du, mein Sohn? Warum sagst du nichts? Ich will es ja nicht.» Es ist still. Nur das Flattern des Hühnchens ist zu hören, und irgendwo in dem unbestimmten Dunkel schlägt sein Herz in erregtem Rhythmus. Er spürt den Griff des Messers. Müdigkeit. Hunger und Durst. Stierhörner keilen sich mit dem in heißem Wasser gerupften Huhn. Er ist schläfrig. Er könnte vor und zurück vorangehen. Er weiß, wenn ihm der Schlaf die Augen schlösse, würde alles von vorn anfangen. «Ich kenne das.» Vorsichtig, damit der Fußboden nicht knarrt. Schleichend, damit er keine Fragen anhören muß. «József, hast du das Hühnchen hinuntergebracht? Nimmt er es noch, das Hühnchen, József?» Auch wenn sie nicht fragte, hörte József sie fragen. Zum Fenster. Mária atmet leise im Schlaf. Hinter den Vorhang. Aus der Höhe von sechs Stockwerken blickt der Vollmond in das blaue Rund der sechs Außengalerien herab. Als säße József auf dem Grund eines Brunnenschachts. Hier konnte er beten. Aufs Klingeln warten. «Gütiger Vater, ich danke dir!» Und aus der Tiefe des von Márias Schlafdunst erfüllten Zimmers: «József, bist du es? Es war mir, als hätte ich Schritte gehört, deine vorsichtigen, ängstlichen Schritte. Bist du zurück, József? Oder ist es nur meine Hoffnung? József, bist du's? Wo bist du? Hinter dem Vorhang, wo dir wohl ist? Schön. Wüßtest du nur, was alles passiert ist, seit du fortgewesen bist. Es hat geklingelt. Diese Frau war es, bestimmt war es diese Frau vom siebenten Stock, diese Nutte. Aber ich hab ihr nicht aufgemacht, József, ich war auf der Hut. Ich weiß, sie hätte mir zwei Forint gegeben, um sie mir dann wieder wegzustibitzen. Eine Diebin ist sie, die sich einschleicht, József, da gibt es gar keinen Zweifel. Ich bin ganz erschöpft, József. Ich habe alle meine Kräfte gebraucht, um das Klingeln nicht zu hören, nicht den Schlüssel aus der Küche zu holen, wenn ich es hörte. Nicht über den Hof zu schlurfen. Nicht das Tor zu öffnen. Nicht das Geld anzunehmen, das sie mir doch wieder abgeluchst hätte. Ich habe alle meine Kräfte gebraucht, sie sind aufgebraucht. Ich bin erschöpft. Es wäre nötig auszuruhen, wir sollten ausruhen, József, aber langsam nähert sich die Zeit des Saubermachens. József, warum antwortest du nicht? Du warst so lange fort, laß mich deine Stimme hören. Na gut, ich werde nichts verschweigen. Wenn ich schon einmal dabei bin, werde ich dir alles erzählen. Unser kleiner Sohn war da, József. Sein Schatten oben an der Decke, immer im Kreis, rundherum. Und deine Vögel. Auch deine Vögel waren da, hörst du? Auf den Bäumen, zwischen den Bäumen. Ich habe unseren Sohn angesprochen, aber er hat nicht geantwortet. Er ist gegangen. Er hat mich verlassen. Umsonst hoffst du, József, umsonst sitzt du dort hinter dem Vorhang, umsonst beschmutzt du mir die Vorhänge, er kommt nicht wieder. Zugrunde ist er gegangen. Mit den Schächern hat er geendet. Er hat uns verlassen. József, hast du das Hühnchen hinuntergebracht? József, ich habe Angst vor dir. Gott verzeihe mir, aber ich muß dich der Lüge bezichtigen. József, ich habe die Eisentür nicht quietschen gehört. Warum hast du sie nicht zugemacht, die Tür? Ich meine die Eisentür. Hast du sie geschmiert, die Eisentür? Ich habe kein Quietschen gehört, József, was denkst du denn, was sollen wir machen, wenn eines Tages jemand nachfragen sollte, was für eine Tür es ist, die so ärgerlich quietscht, mitten in der Nacht? Nur er ist uns noch geblieben, József, wir dürfen ihn nicht töten. Hast du sie geschmiert, oder hast du sie zugemacht, József? Hast du sie zugemacht oder offengelassen? Oder gar nicht aufgemacht? Hast du das Hühnchen selber vertilgt? Ich habe Angst. Vor dir habe ich Angst, József. Ich bitte dich, zeig deine Hand. Ich möchte sichergehen. Warum rührst du dich nicht? József, ich bitte dich, dieses eine Mal. Wo bist du? Ich weiß, hinter dem Vorhang, zwischen Vorhang und Wand, wo dir wohl ist, wo du dich ausruhen kannst. Die Vorhänge werde ich, wenn's sein muß, täglich waschen und stärken. Dein Ziel wirst du nicht erreichen, József. Noch ist die Zeit nicht gekommen, auszuruhen, József, es ist Zeit, sauberzumachen. József, ich möchte deine Hand sehen. Deine blutige Hand. Ich möchte das Blut kosten, weil ich mich fürchte vor dir. Dies ist kein Hühnerblut an deiner Hand, József, das ist Menschenblut. Kannst du es leugnen? Oder hätte ich dich entlarvt? Sprich mir nach: Nein, Mária, das ist kein Menschenblut an meiner Hand, du irrst, Mária, das ist kein Menschenblut. Du verwechselst den Geschmack von Hühnerblut mit dem von Menschenblut: Sprich es mir nach, József, warum antwortest du nicht? Ich flehe dich an. Ich habe dir doch auch alles erzählt, was geschehen ist. József, ich möchte wissen, was passiert ist. Du schweigst? Ich möchte wissen, ob du ein Mörder bist. Möchte wissen, was nun werden soll. Du schweigst? Ich weiß, ich rede zuviel, aber das Schweigen hilft uns auch nicht weiter. Du antwortest nicht? O weh! Wie soll ich so weiterleben! József, es muß Schluß sein, laß uns jede Verbindung abbrechen. Nach dem Gesetz Gottes müssen wir uns trennen. Es ist genug. Wir sollten uns aufs Allernötigste beschränken. Hören Sie, was ich sage?» Ein scharfer Strich teilt das Pflaster des Hofs in zwei Hälften, quer durch. «József, es ist Zeit, sauberzumachen. Oder wollen Sie, daß wir im Dreck ersticken? Da sind Sie bei mir an die Falsche geraten. Das wäre eine läppische Rache, József. Hören Sie, was ich sage? Los. Stehen Sie auf, da hinter dem Vorhang, auf, József! Beginnen wir mit dem Saubermachen. Zuallererst den Staubsauger. Holen Sie ihn her, József. Zunächst wird der Staub entfernt. Los, auf, hören Sie? Bringen Sie den Staubsauger her. Schalten Sie den Staubsauger ein. Auch unter den Möbeln, József. Unter den Möbeln verfilzt sich der Staub, zuerst müssen die Staubflusen entfernt werden, József. Bringen Sie den Staubsauger hinaus. Haben Sie ihn hinausgebracht? Bringen Sie den Besen herein. Los, beginnen wir mit dem Fegen, József!

Auch unter den Möbeln, die Staubflusen. Rühren Sie sich, es muß schneller, gründlich und sorgfältig gearbeitet werden. Oder meinen Sie, ich will in Ihrem Dreck ersticken? Da sind Sie bei mir an die Falsche geraten. Bringen Sie den Besen hinaus. Haben Sie ihn hinausgebracht? Einen Scheuerlappen, holen Sie einen Scheuerlappen, József. Wischen Sie den Boden mit dem Scheuerlappen, damit auch die letzten Staubkörnchen entfernt werden. Etwas gründlicher, József, umsichtiger. Keuchen Sie nicht so. Atmen Sie mit Bedacht. Arbeiten Sie! Sie putzen schließlich Ihren eigenen Dreck weg. Ich habe Ihren Dreck lange genug weggeputzt. Bringen Sie den Scheuerlappen hinaus. Haben Sie ihn hinausgebracht? József, ich bin müde, sehr müde. Noch ist nicht Zeit, auszuruhen. Holen Sie einen Staublappen. Die Möbel. Die glatten Flächen. Überall sitzt dicker Staub. Öffnen Sie das Fenster, ich ersticke. Bringen Sie den Lappen hinaus, holen Sie einen anderen. Haben Sie ihn hinausgebracht? Bringen Sie einen anderen. Wo sind Sie? Warum rühren Sie sich nicht? Noch ist nicht Zeit auszuruhen. Wollen Sie das Schicksal herausfordern, József? Los! Warum antworten Sie nicht? Warum quälen Sie mich mit Ihrem Schweigen? In Ordnung. Alles in Ordnung. Wir haben gearbeitet. Jetzt können wir ausruhen. Die Zeit ist da, auszuruhen. Wir haben es verdient. Endlich können wir ausruhen. Lesen Sie mir aus der Zeitung vor, József. Was gibt es Neues? Das Wichtigste bitte, aber nur kurz. Was geht auf dem Hof vor, József? Ich will es wissen. Hören Sie? Verschweigen Sie mir nichts. Ich sehe doch den Schatten an der Decke, leugnen Sie nicht, József. Hören Sie, was ich sage? Ich sehe es doch, József, irgend etwas geht auf dem Hof vor. Leugnen Sie's nicht. Haben Sie es hinuntergebracht? Haben Sie sich umgeschaut? Wer ist da? Ich sehe seinen Schatten an der Decke. József, sagen Sie nicht, es sei das Kind, nein, das ist nicht das Kind, sprechen Sie es nicht an, Schluß mit dem Lügen, es gibt keine Bäume. Erzählen Sie, József, würden Sie bitte erzählen? Das ist nicht das Schattenspiel der bewegten Blätter in der reglosen Luft. Jemand streicht auf dem Hof herum. Warum schweigen Sie? Antworten Sie. Dieses einzige Mal. Hat es geklingelt? József, antworten Sie, dieses letzte Mal. Hören Sie, was ich sage?» Der Vollmond zwischen den Schornsteinen. Sein helles Licht teilt das Pflaster des Hofs mit einem scharfen Strich in zwei Hälften. Schwarz, gelb. «Doch, Mária. Er steht im Schatten. Er ist da. Er sieht ins Licht, er blinzelt. Setzt sich in Bewegung. Taucht auf im Licht.» «Ich sehe seinen Schatten an der Decke. Sein Schatten, József! Was ist geschehen? Antworten Sie, József. Seine Stierhörner. Er hat sich in Bewegung gesetzt. Taucht er auf im Licht? Ich sehe seinen Schatten. An der Decke. József, Sie schweigen? Was ist passiert? Herrgott, József, warum fährst du nicht fort?»

Plötzlicher Spaziergang

Wenn man, in einer Winternacht, plötzlich von der Rákóczi-Allee in die Klauzál-Straße einbiegt, niemandem begegnet, innehält, weitergeht, auf den Klauzál-Platz hinaustritt, wo die Marktstände jetzt, zwischen halb zwei und zwei, so ausgestorben dastehen, dann, gewisse Gefühle vergessend, ganz andere auf der Zunge balancierend oder in der Kehle erstickend, den kurzen Abschnitt der Dob-Straße überquert, über den man vom Klauzál-Platz in die Kertész-Straße kommt, und bevor man abbiegt, noch kurz zu den erleuchteten Fenstern des Nest-Clubs hinaufblickt, aber unausgesetzt weitergeht und auch nicht in die Auslagen des Papierladens an der Ecke gafft; wenn man also in ebendieser Weise vorgeht, dann muß einem zwangsläufig auffallen, daß in der Kertész-Straße unvergleichlich mehr Autos abgestellt sind als in der Klauzál-Straße, wenn auch zum größten Teil alte und zumeist schmutzige, was jedoch niemand davon abhalten dürfte, meinem Beispiel – selbstverständlich unter Berücksichtigung eigener Bedürfnisse – folgend, seinen empfindsamen Spaziergang von der Rákóczi-Allee nachts zwischen halb zwei und zwei über die Klauzál-, dann Dob-, dann Kertész-Straße fortzusetzen, und falls man dabei nicht zu langsam geht, man muß sich freilich auch nicht beeilen, dann kann man getrost damit rechnen, daß man in etwa acht Minuten an der gegenüber dem dunklen Gebäude der Musikakademie gelegenen Kreuzung Kertész-Straße und Majakowski-Straße angelangt ist.

Anm. d. Red. Der beschriebene Weg führt durch das jüdische Viertel von Budapest, während der deutschen Besetzung Ghetto.

Berliner Grau

Hier, an der Ecke *Stargarder Straße*, wird manches vorstellbar.

Das Geplapper der alten Frauen im Selbstbedienungsrestaurant.

Oder wenn du verweilst zwischen dem Zeitungsstand und der Würstchenbude.

Hier tropft es, auch wenn es nicht regnet, immer irgendwoher. Unter dem Eisenträger der Hochbahn noch die gleiche Pfütze wie letztes Jahr. Wenn du hochschaust, während die Bahn über dich hinwegrattert und das ganze Eisengerüst bebt, kannst du es sehen: das Wasser tropft von dort oben. Es tropft immer noch, wie letztes Jahr. Die tote Möwe jedoch liegt nicht mehr in der Pfütze. Ist sie verwest? Wurde sie endlich weggeräumt? Keine Spur mehr von ihr.

Jeden Tag zweimal sah ich die tote Möwe, einen ganzen Monat lang. Wenn ich kam und wenn ich ging. Und es kam mir vor, als würde nichts sich verändern. Oder besser: doch, alles. Am Tage ihres Todes – war sie von einem Auto überfahren worden? von der Straßenbahn? oder war sie unversehens im Flug gegen den Hochbahnpfeiler geprallt? – an dem Tag hatte der Kadaver noch etwas Edles; die starren langen Füße, der weiße Leib, der lachsfarbene Schnabel und am Bauch ein Fleck geronnenen Bluts. Drei Tage und sie war schmutziggrau, grau wie der Eisenpfeiler, nur der Schnabel war lachsfarben geblieben; dann noch einmal drei Tage und nichts mehr veränderte sich, trotz des tropfenden Wassers, trotz

Qualm und Ruß, trotz des Matsches, der von den Autorädern aufspritzt, trotz der unaufhaltsam darüber hinweggehenden Zeit. Der Schnabel jedoch blieb lachsfarben.

M.s Beschreibung der Leiche eines kleinen Mädchens auf der Seite eines zu Eis gefrorenen Schneehaufens, als er vor dreißig Jahren in *Stargard* ankam; er sah ihr Gesicht nicht, doch die Umstände, unter denen sie zu Tode gekommen war, waren vorstellbar; es war so, als hätte er selbst den Soldaten getötet, der das Mädchen tötete; denn es gab nur eine einzige Schußwunde, über dem Mantelkragen, genau in der Mitte zwischen den beiden Zöpfen – im Genick, natürlich. Und nun, dreißig Jahre später, dieses und letztes Jahr, zweimal täglich an der Ecke *Stargarder Straße*; über der Bude, wo die Würstchen gebraten werden, kreischen die Möwen auch diesmal so wie im letzten Jahr. Sie lauern auf Wurstzipfel wie auf Fische, die an die Meeroberfläche kommen; meist bleiben nur Brotrinden für sie. Wie sie im Sturzflug geschickt den Köpfen, Hüten, den Schultern und den Eisenträgern der Hochbahn ausweichen, mit ihren langen Schnäbeln das Brot stibitzen – ein einziger, genauer Bogen.

Das alles aber ist bei weitem nicht so erstaunlich wie die Staffel von Schwänen.

In der Abenddämmerung fliegen die Stadtschwäne in regelrechten Verbänden über die Autos hin, nicht höher aber als die vorüberratternde Hochbahn. Und Schwäne überall auf den Gewässern. Und Wildenten.

«Sie haben sie eingefangen und gegessen, nach dem Krieg hat man auch Wildenten gegessen. In der Hungersnot war das eine Delikatesse», sagt Leni mit einem Lachen. Ein Satz, als habe sie nicht auch selbst davon gegessen. Wäre nur unser, was wir erinnern? Auch sie hat davon gegessen, Leni, die in zwei Monaten dreißig wird.

Schwäne und Wildenten auch auf dem Ravensbrücker See.

G.s Beschreibung, wie sie dort ankam. Und dann, dreißig Jahre später, am gleichen Tag, zur gleichen Stunde, stehe ich am Ufer des Sees, dessen Kiefern nach G.s Beschreibung so schön sein sollen, und sehe den zur Ruhe kehrenden Wildenten und Schwänen zu. In den Kiefern Wind. Dämmerung bricht ein. Allein. Die Szene ist ein wenig theatralisch. Nein, auch wieder nicht, ich inszeniere ja nur für mich selbst Ergriffenheit. Am Ufer des Sees das Krematorium. Hier also kann G. nicht gestanden haben, da sie lebt; ich kann mir die Stelle, wo sie gestanden hat, nicht vorstellen. Aber sehr wohl die Gleise, die Kipploren und die Bewegung, mit der sie Asche in den See kippen. Knochenmehl für die Fische. Fette Fische für die Wildenten.

Welch schöne Bewegung, mit der die Wildente nach Fischen taucht.

Für mich selbst inszenierte Ergriffenheit – ist das nicht doch Theater? Was anders wäre das Schauspiel als die krampfhafte Anstrengung der unüberwindbaren Gegenwart, Vergangenheit oder Zukunft zu erleben? Der Versuch, nicht diesen heutigen Wind zu spüren, obgleich ich nur diesen spüren kann, und nicht die heutige Kälte; nicht diese heutigen Schwäne und Enten zu sehen, sondern in den heutigen die vor dreißig Jahren, also nicht ich zu sein, sondern jetzt plötzlich zu G. vor dreißig Jahren zu werden. Die damals hier nicht gestanden haben kann.

Das Schauspiel macht nichts weiter sichtbar als

diese ständige Verwirrung von Raum und Zeit. Es ist die Unüberwindbarkeit der Gegenwart, aus der heraus sich diese, von einer vorgestellten Zukunft ausgehend, in die eigene Vergangenheit zurückzuversetzen wünscht. Wenn ich mich nun selbst versuchsweise aus meiner eigenen Gegenwart entferne! Sie auf die Bühne setze.

Ein See aus Blech, das Wasser ein Kunststoffspiegel, im Hintergrund, hinter den gemalten Kiefern, setzt der Inspizient den künstlichen Wind in Gang, und aus dem Kunststoff-Krematorium steigt Rauch auf. Und Requisitenschwäne und Requisitenenten schwimmen auf dem Kunst-See. Wie ekelerregend banal.

Wäre jedes Erlebnis, das wir nicht erinnern, so ekelerregend banal?

Und wäre genauso ekelerregend banal, wenn sich das Gefühl, nach einer Erklärung suchend, hier und jetzt mittels der Phantasie in die nicht vorstellbare Vergangenheit hineinversetzt?

Was anders könnte die Phantasie tun? Ihr Spielraum – die Dekoration – ist unverändert. Straßen, Kiefern, Wildenten, Städte, Pfützen, alte Weiber. Nur stehe ich jetzt anstelle von G. in der Dekoration. Und ich stehe mit meinen dreißig Jahren dort an der Ecke Stargarder Straße, anstelle von M., der sich vor dreißig Jahren, dreißigjährig, in einer der Straßen von Stargard das Mädchen vergegenwärtigte, das noch ein paar Stunden zuvor lebte.

«Welch ein Schauspiel! Aber ach! ein Schauspiel nur!» Soweit Goethe.

«Und ich will dazu nur eines sagen: die Stunde der Vergeltung wird kommen!» krächzt Hitlers konservierte Stimme, als ich das Radio einschalte.

«Erzähl du ihm, Leni, wer das auf dem Bild ist»,

sagt Lenis Mutter und zieht das Fotoalbum zu sich heran.

«Guten Appetit», nicken die alten Frauen und äugen, was ich auf dem Teller habe.

An der Ecke Stargarder Straße, im Selbstbedienungsrestaurant; die alten Frauen tragen schwarze, dunkelgrüne oder dunkelbraune Hüte. Sorgfältig gebürstete, mit Essigtüchern aufgebügelte Hüte. Historische Hüte.

«Eine schöne Portion Fleisch», beginnen die alten Frauen ihr Geplapper. «Wie man sieht, läßt es sich gut schneiden», fahren die alten Frauen fort. «Ist es das zu vierfünfzig? Teuer, sehr teuer!»

Möwen über der Bude, wo die Würstchen gebraten werden.

Die alten Frauen im Selbstbedienungsrestaurant essen die billigsten Speisen. Kaffee und Käsetorte. An besseren Tagen Fleischklops mit Kartoffeln. Der Klops muß gut in der Soße zerdrückt werden; auch von der Soße darf nichts auf dem Teller bleiben. Und unter ihren historischen Hüten hervor sehen sie mit verständnisvollen Blicken auf die großen Fleischportionen auf den Tellern der jungen Männer.

«Das Fleisch ist sicher gut durch. Oder ist es zäh?»

Wenn ich die Antwort vorsichtig formuliere, merken die alten Frauen den fremden Zungenschlag nicht und reden ruhig weiter. Und dann wird manches vorstellbar.

Die Rente, weil mein Mann.

Kriegsgefangener. Die Versicherung hat eine Handprothese übernommen.

Ja, richtig, in dieser Nacht, dreißig Jahre ist das her, mein Gott! Als mein Sohn, mein Vater, meine Tochter, meine Mutter.

Stalingrad.

Ja, nach dem Krieg, die Wildenten.

Er ist vermißt. In dem braunen Pullover, schön warm war der, ich hatte ihn selbst gestrickt.

Mir ist nur eine einzige Kiste geblieben, die hatte ich in den Keller gebracht, die mit dem holländischen Porzellan.

Meiner ist erfroren.

Und sie schauen zu, wie ich die Bissen zum Munde führe. Und wieviel er auf dem Teller zurückläßt. Und ausgerechnet die schöne Soße lasse ich zurück.

Auch bei Lenis Mutter muß ich mir das Familienalbum zeigen lassen. Bildunterschriften geben an, was auf den Fotos auch so zu sehen ist. Und Zahlen die Zeit. Ich spiele Klavier. Die Verlobung meiner Schwester Karin. Schlachtfest 1933. Mein erstes Klavierkonzert. Die goldene Hochzeit der Großeltern. Das erste Kind meiner Schwester Karin. Mein Schwager Werner rückt ein. Mein Schwager Werner auf Heimaturlaub. Karins zweites Kind. Das letzte Foto von Werner. Meine Verlobung. Standesamtliche Trauung. Kirchliche Trauung. Hochzeitsreise. Mein Klaus rückt ein. Mein Klaus in Uniform.

«Er war bloß einfacher Soldat», sagt Lenis Mutter.

Mein Klaus auf Heimaturlaub. Klaus an der Front, auf Etappe. Maskenball. Wir ziehen ins neue Haus. Unser Kirschbaum blüht, 1943.

«Erzähl du ihm, Leni, wer das auf dem Bild ist», sagt Lenis Mutter und zieht das Fotoalbum zu sich heran.

Aber Leni erzählt nicht. Sie hat es schon erzählt. Auf dem Bild ist ein Mann. Er lächelt. Ein französischer Kriegsgefangener. Der Vater von Leni. Claude. Aus dem Lager haben jeden Abend vier Musiker Ausgang. Dem Theater fehlen deutsche Arbeitskräfte. Nach der Vorstellung dürfen die Musiker noch ins Gasthaus. Das Gasthaus befindet sich im Erdgeschoß des Hauses, in dessen Garten unser Kirschbaum blüht. Die Wohnung im Obergeschoß. Die Nachbarn beobachten: deutsche Frau spielt auf dem Klavier französische Lieder, und vier Franzosen singen. Sie erkennen die Melodie der Marseillaise. Verhaftung. Als die deutsche Frau nach sechs Monaten freikommt und die Stadt verlassen muß, bewegt sie sich schwerfällig. Claude ist verschwunden. Leni wird geboren.

Unterdessen trifft die Nachricht ein: Klaus ist den Heldentod gestorben. Später stellt sich heraus: Claude wurde ein Jahr danach umgebracht. Klaus erfror.

Familienbild in lila Dämmerung

Wenn ich mit dem Bus komme, muß ich mich nach dem Aussteigen erst einmal gründlich umsehen. Als ob sich die Seite mit den geraden Nummern in der mit den ungeraden spiegelte, so gleichen sich die Häuser der engen Straße. Die Nummer weiß ich nicht, meinen Sinnen aber werde ich – auch wenn sie verwirrt sein mögen – vertrauen können, denke ich. Also losgehen. Hinaufblicken und nach dem Fenster im dritten Stock suchen. Nach zwei sich gegenüberliegenden Fenstern, denn anders finde ich es nicht heraus. Doch jedesmal muß ich hinübergehen auf die andere Seite – als würde die Straße ihre beiden Seiten jedesmal vertauschen, als wollte sie mich jedesmal absichtlich täuschen, um mich zu mahnen, meinen Sinnen doch nicht zu vertrauen –, ich muß also auf die gegenüberliegende Seite, auf die, wo im Fenster des dritten Stocks Topfblumen zu sehen sind.

Im Treppenhaus wuchten zwei ältere Männer mit roten Gesichtern und angehaltenem Atem ein Kanapee hinauf, ein junges Mädchen begleitet sie. Ich muß mich in die Ecke drücken, um sie vorbeizulassen. Ich spüre den Geruch der beiden Männer; das Mädchen ist ohne Geruch. Dann klingle ich.

Meine Tante mütterlicherseits – zum Zeitpunkt meines Besuchs gerade siebzig Jahre alt – sitzt, als wäre sie unwirklich, in einem mächtigen, mit bordeauxrotem Samt bezogenen Lehnsessel, direkt vor dem Fenster, dem Fenster aber den Rücken zugekehrt. Der Lehnsessel hat seit langem, jedenfalls so lange ich mich erinnern kann, dort seinen festen Platz. Auch alles andere hat seinen festen Platz. Meine Tante weist mir, wie jedem ihrer Besucher, einen unbequemen Stuhl an. Ihre Krücken sind schräg gegen das Klavier gelehnt, und wenn sie oder der auf ihre kaum wahrnehmbare Bewegung reagierende höfliche Besucher den Arm ausstreckt, sind die Krücken leicht zu erreichen. Ich habe meine Tante noch nie aufstehen gesehen.

Die Tür wird von Adél, der Nachbarin, geöffnet – auch sie ist irgendeine Verwandte –, und während wir den langen dunklen Flur entlanggehen, ohne auch nur ein einziges Wort zu wechseln, sind wir uns in vielem einig.

In dem weichen Samt des roten Lehnsessels, unmittelbar unter der Hand meiner Tante – sie braucht mit dem Finger nur unter die Armlehne zu fassen –, ist ein Klingelknopf verborgen. Eine Art Alarmglocke. Zu verschiedenen Zwecken. Unten beim Hausmeister gibt sie Alarm. Wenn meine Tante jedoch allein ist, dann sitzt, der größeren Sicherheit wegen, auch Adél neben dem Ofen, sie häkelt. Die fertigen Spitzenkörbchen härtet sie in Zuckerwasser und pfercht sie voll mit Spitzenblumen und Spitzenvögeln, nicht ohne Geschmack. Sie sind zum Verkauf bestimmt, doch zwei besonders gelungene Stücke sind im Zimmer aufgestellt, eines in der Vitrine, das andere – als sollte es an die glanzvolle Jugend der Tante erinnern, ein mumifizierter Blumenkorb, der nach einem Galakonzert überreicht worden ist – auf dem Klavier. Adél sitzt auf einem Fußschemel, verbirgt den stechenden Blick hinter ihren Falten und lächelt, auch wenn sie mit sich allein ist, mit zusammengekniffenen Augen manisch vor sich hin, doch die Tante braucht nur zu nicken, dann fängt sie an zu reden, hastig und ohne Unterbrechung. Mit einem ebensolchen Nicken ist sie auch wieder zum Schweigen zu bringen. Ist ihr aber nicht gestattet zu sprechen, stört sie mit ihrem Dasitzen nicht, sie lehnt sich an den Ofen, kuschelt sich ein, und wenn sie aufblickt, trifft ihr Lächeln bloß den Rücken des Besuchers, der meiner Tante gegenübersitzt. Oder den Blick meiner Tante.

Das Gegenlicht leuchtet an trüben Tagen schwächer, an helleren Tagen stärker durch das zu einem schweren Kranz aufgesteckte Haar meiner Tante, deren Gesicht immer im Schatten bleibt. Meine Tante lebt von ihrer Vergangenheit. Sie ist nicht nur im Besitz einer hohen Auszeichnung – die sie den gleichen Verdiensten verdankt wie ihre Lähmung –, sondern auch einer weit über dem Durchschnitt liegenden Pension. Und ihrer ausgezeichneten Erziehung ist es zu verdanken, daß sie Latein, Griechisch und Deutsch unterrichten kann. Daher und unter Berücksichtigung der Tatsache, daß sich auch das Familienerbe in ihrer Hand befindet, ist sie beinahe reich zu nennen. Auf seinem Stuhl zwischen Ofen und Lehnsessel wird der Schüler oder der Besucher von einem unsichtbaren Augenpaar überwacht. Wenn die Aufmerksamkeit des Schülers oder Besuchers aber genug Ausdauer hat, der Kraft des Gegenlichts zu trotzen, um in dem Schatten des Gesichts die Augen zu ermitteln, dann wird er im Laufe seiner Ermittlung ein knochiges, beinahe männliches, hartes Gesicht sehen und einen dünnen, farblosen Mund, der einen sich in jedem Augenblick erneuernden, sich zu irgendeinem Stimmausbruch auftürmenden Schmerz zurückpressen zu müssen scheint, über dem Mund ein sich deutlich abzeichnendes

Bärtchen – die Alterswucherung jenes zarten Flaums, der über den Lippen einer jungen Frau so aufregend sein kann –, eine kräftig gebogene Adlernase und schließlich, am Ziel der Prüfung angelangt: einen gelblichen Augapfel, übergehend in eine farblose, verschleierte Iris, die dem gewalttätig erscheinenden Gesicht doch noch etwas von der milden Unbestimmtheit des Greisenalters verleiht. Meine Tante ist so unbeweglich, als sei sie am ganzen Körper gelähmt. Aber ihr Blick ist nicht nur wegen des Dämmers nicht zu fassen. Er blitzt nicht auf, bewegt sich langsam, meidet lebendige Objekte und kantige Gegenstände. Er fühlt sich am wohlsten in der Luft.

Im gegenüberliegenden Haus, hinter dem Fenster des dritten Stocks, wird der Spitzenvorhang weggezogen, aber eine ganze Weile passiert nichts.

Ich betrachte die Hand meiner Tante auf dem roten Samt des Lehnsessels und schätze die Entfernungen ab.

Jetzt öffnet überraschenderweise doch noch ein Mann im Unterhemd das Fenster – vom Gesims und dem nachgedunkelten Stuck der Vorderfront fliegen die Tauben träge hinaus auf die Straße. Der Mann beugt sich hinaus, schaut sich um, spuckt aus und schließt das Fenster schnell wieder.

Kein Laut ist zu hören. Auch im Zimmer ist es still, weil keiner etwas sagt, solange ich schweige. Die ans Klavier gelehnten Krücken sind auf Armeslänge zu erreichen. Meine Tante scheint noch nicht einmal kurzsichtig zu sein, sie hat noch nie über eine Krankheit geklagt. Die Tür ist ziemlich weit entfernt. «Da bist du ja, willkommen!» sagt sie erleichtert wie jemand, der gewartet und sich Sorgen gemacht hat, und siehe da, nun bin ich gesund ins Zimmer getreten. Wenn ich jetzt die Krücken packte und sie ihr über den Kopf schlüge! Ich beobachte die Hand meiner Tante. Eine Bewegung würde nicht genügen; ich müßte die Krücke mit einer zweiten Bewegung gegen ihren Kopf richten, erst dann könnte ich den Schlag ausführen. In der kaum wahrnehmbaren Pause zwischen den Bewegungen, und diese Abfolge wäre durch keine Geschicklichkeit zu übergehen, würde nicht nur Adél aufschreien, aber selbst wenn ich mit ihrem komplizenhaften Schweigen rechnen könnte, der Finger meiner Tante würde auf den Klingelknopf drücken, falls nicht beide von Entsetzen gelähmt wären. Ich rühre in meinem Tee.

«Wenn nicht einmal des Geldes wegen, warum dann?» frage ich.

Der Schnee fällt langsam in gemächlichen Flokken.

Bei meiner Tante bekomme ich nicht nur einen vorzüglichen Tee – kandierte Früchte, Weichsel, Aprikosen, Kirschen werden dazu gereicht, und das sogar im Sommer –, man versteht sich auch auf das Servieren. Auf meine Frage jedoch erfolgt keine Antwort. Das auf Rollen bewegliche Tischchen – auch die Schüler ziehen es zu sich heran – ist gedeckt mit elfenbeinfarbigem Porzellan auf einem Tischtuch aus goldgelbem Brokat, einer Kristallschale und einem zweizinkigen silbernen Gäbelchen, mit dem man die vom Zucker glasierten Früchte aufspießen kann.

«Magst du einen Buttertoast?» fragt meine Tante, und es sieht aus, als würde sie mir dabei zunicken.

«Wie einfach wäre alles!» beginnt Adél. «Wirklich, wie einfach! Möglich, daß ich es noch nicht einmal Henriette erzählt habe, es ist so schrecklich, so demütigend, etwas Derartiges zu hören, und bestimmte Dinge sollte der Mensch lieber auf ewig begraben sein lassen, nicht wahr, Henriette?»

Sie verstummt, und meine Tante bleibt ohne Regung.

«Ich halte es nicht aus, ich ertrage es nicht, ich kann es nicht in mir ersticken, es tut mir leid, Henriette, ich erzähle es doch. Als er sagte, daß er jetzt, obwohl ihm sein Verteidiger sicher davon abraten würde, doch wenn er damit in irgendeiner Weise helfen könnte, da doch sowohl die Anklage als die Verteidigung am toten Punkt angelangt seien, daß er jetzt über sein Gefühlsleben ein Bekenntnis ablegen möchte, und bisher habe ich euch davon nur nichts erzählt, weil ich Angst habe, beim Erzählen seine Gedanken und Gefühle zu verfälschen und die Fakten nach meinem Bild umzumodeln, meine Person hineinzuvermengen, deshalb habe ich lieber leise über ihn nachgedacht, nein, es ist nicht vergessen, im Gegenteil, ich habe versucht, es deutlich festzuhalten, es sei aber so beschämend, daß in ihm, so sagte er, daß in seinem Gefühlsleben Zärtlichkeit und Tod, Grausamkeit und Leben in Beziehung miteinander stünden, so, als ob sich ein Engel ständig mit dem Gehörnten paaren müßte, und so etwas habe er zum ersten Mal damals gespürt, und jetzt wolle er nicht auf andere, frühere, zur Sache gehörende Erinnerungen ausweichen, als nämlich die Leiche seiner Mutter gewaschen wurde, etwas Verwirrenderes habe er niemals gesehen, der ins Wasser getauchte Waschlappen hinterließ in den Körperfalten Wassertropfen, die Schamhaare waren betaut, und nie hätten ihm Lebendiges und Lebloses deutlicher ihre Verschiedenheit gezeigt, da doch die Materie des Körpers sich vergeblich auf eine geheimnisvolle Weise so hochkompliziert gemacht habe, wenn nun einmal das

Wasser das Unvergängliche sei, und dabei wäre es nötig, hier noch eine Einfügung über das Einfache und das Zusammengesetzte zu machen, aber er wolle ohnehin beim Recht des letzten Wortes darum bitten, daß ihm in der Armsünderzelle Gelegenheit gegeben werde, die bis kurz vor seinen letzten Minuten entstandenen Gedanken zu Papier bringen zu können, die abstrakteren, jetzt bleibe er aber noch auf der Ebene der Empirie, der Erinnerung, denn als er dahintergekommen sei, daß der Körper diese Tropfen nicht mehr aufsauge und daß die Poren für alle Ewigkeit das Fleisch in sich einschlössen und niemals mehr Tropfen herauspressen würden, so als habe der Tod den Körper eingeölt, damals, ja damals habe er zum ersten Mal gespürt, obwohl er noch ein Kind war, oder vielleicht gerade weil er noch ein Kind war, ohne daß er freilich begriffen hätte, was er gespürt habe, daß man einen lebenden Körper so hinstrecken müßte oder er selbst so hingestreckt würde, so, völlig nackt, und mit dem Messer hinein, wie in die Wurst beim Scheibenschneiden, um die Macht zu spüren, die den Lebenden in einen Toten und den Toten in einen Lebenden verwandelt, nur in der Verwandlung sei ja diese Macht zu spüren, und, wollte er seine Aussage mit einer gewissen Spiritualität würzen, so habe er sich wohl vorstellen können, doch noch Gott zu werden. Deshalb habe ihn der Seziersaal kaltgelassen, deshalb habe es ihn stärker zum Experimentieren, zur Vivisektion gezogen, zu den Borstenwürmern zum Beispiel, dieser nicht sonderlich wichtigen Tierart, dem einfachen Regenwurm zum Beispiel, dessen Zerschneidung kein Mord sei, sondern eine Mehrung von Leben, weshalb das göttliche Gesetz, nach dem der Regenwurm geschaffen ist, auch in aller Freiheit studiert werden dürfe, obwohl, da man schon einmal dabei sei, vom moralischen Standpunkt auch das ein Mord sei, da der Regenwurm nur in seiner ursprünglichen, sozusagen gattungsgeschichtlichen Existenz ein natürliches oder göttliches Geschöpf sei, wir müßten daher, wenn wir ihn zerschneiden und damit sein Leben vervielfältigen, wohl auch von einer aufregend paradoxen Form des Mordes sprechen, denn Moralität könne sich nie vom Ziel oder vom Ergebnis her rechtfertigen, es dürfe keine revolutionäre Moral geben, die Moral müsse das Einzelwesen, das Individuelle vor Augen haben und jedes Leben auf eine asketische Art ehren, auch wenn niemand die Frage beantworten könne, ob jedes organische Gebilde als Individuum zu betrachten sei. Bis zu dem Augenblick, da er den Regenwurm erwähnte, hatte Ruhe geherrscht, dann aber brach Empörung aus, es wurde getrampelt, und der Richter, dem dieses Geständnis ebenfalls riskant und ohne den geringsten Gebrauchswert erschien, ließ den Saal räumen, obwohl der Angeklagte erklärte, daß er, im Gegensatz zu dem Märchen, das sein Anwalt so freundlich gewesen sei zu erfinden, nicht nur sein Opfer nicht gehaßt habe, sondern daß er, wenn wir unter Liebe eine jede Vernunft übersteigende tödliche Leidenschaft für ein Lebewesen, welchen Ranges und Standes auch immer, verstünden, von diesem Augenblick an sogar so etwas wie Liebe gespürt habe, und er bat, nicht nach tiefenpsychologischen Zusammenhängen zu suchen, denn, auch wenn der Vergleich mit seiner Mutter eine Rolle spiele, viel stärker habe ihn doch die Problematik der Verfügungsgewalt über das Leben fasziniert, der Verwandlung und ihrer Phasen, und wenn man ihn jetzt hänge, dann geschehe ihm nur das, was jeder Liebende unablässig ersehne, der jedoch in seiner Angst, da das, was er ersehne, letztendlich nur durch den gemeinsamen Tod zu verwirklichen sei, seine Liebe besudele, sie in den Schmutz des Lebens ziehe, das aber habe er nicht gewollt, für ihn sei die Angst nur eine gnädige Zugabe, eine Wollust, geeignet, in die Psychologie der Verwandlung hineinzuleuchten, eine Verzückung, wie man sie nicht einmal annähernd durch das Aneinanderreiben der Geschlechtsorgane zu erreichen vermöge.»

Als ob ich sie körperlich berührte, trifft mein Lachen in eine merkwürdige Stille. Adél läßt den Zwirn benommen vom Finger spulen und in ihren Schoß fallen, zieht ihren dunkelbraunen Flanellhausmantel am Halse zusammen, lehnt sich an den Ofen, wobei der Schemel mit einem unangenehmen Knirschen gegen die Kacheln stößt. Meine Tante sitzt regungslos, den Kopf allerdings ein wenig erhoben. Als stimmte nicht, wie ich mir auf Grund von belanglosen Mitteilungen ihr Leben vorstelle: vormittägliches Getrödel bis zum Mittagessen, Eintreffen der Schüler, Milchkaffee mit Brioche nach Einbruch der Dämmerung, Aufdecken des Bettes, Adéls Weggang, beglaubigt durch das Einschnappen der Sicherheitsschlösser im Flur, die von den Autos auf der Straße vorüberhuschenden Lichter an der Zimmerdecke, das sich im Dunkel behäbig ausdehnende Klavier und die Nacht.

«Warum lachst du?» fragt meine Tante, und ihre Stimme klingt heiser.

«Hab ich gelacht? Nein! Vielleicht nur, weil mich die Geschichte so unvorbereitet traf, auch scheint sie nicht ganz überzeugend, obwohl sie mir recht amüsant vorkommt, und du weißt vielleicht auch warum, vielleicht hat Adél sie auch nur erfunden.»

«Adél!» ruft meine Tante.

Adél antwortet nicht, und meine Tante ist ärgerlich, man hört es an ihrer Stimme.

«Hör zu!» sagt sie vielleicht eine Nuance lauter als beabsichtigt, doch dann stockt sie und lehnt sich hilflos in den dunkler werdenden Samt des Lehnsessels, besinnt sich aber und wendet überraschend den Kopf zu mir, ihr Gesicht jedoch ist nicht mehr erkennbar, nur ihr Haar leuchtet.

«Für deine Besuche siehst du im allgemeinen anderthalb Stunden vor, und wenn ich richtig rechne, sind davon noch ungefähr zehn Minuten übrig. Ich möchte dich bitten, diese zehn Minuten mir zu widmen. Mehr will ich nicht beanspruchen, dazu habe ich kein Recht. Deshalb schweige ich. Ich tue nichts weiter als zu leben. Weder mehr noch weniger. Ich esse nicht mehr, als ich brauche, um diesen Zustand aufrechtzuerhalten. Und finde nichts Besonderes an meiner Situation. Jeder ist in der gleichen Lage wie ich, nur hat er nicht die nötigen Konsequenzen daraus gezogen. Er ist noch nicht soweit zu bedauern, was er ausscheidet. Nichts als Verschwendung der Materie, und deshalb bemühe ich mich auch, damit so sparsam wie möglich umzugehen. Und wenn jemand, der so jung ist wie du, diese Vorsichtsmaßnahme außer acht läßt, die wir als zielbewußte Materialwirtschaft, das heißt zur Aufrechterhaltung des Lebens als nützlich bezeichnen, sich nicht nur sinnlos den Bauch vollschlägt, beobachte ich doch, wie du das ganze Schüsselchen kandierter Früchte verschlingst, die ich dir aus bloßer Höflichkeit auftischen lasse, sondern sich der Sinneslust bis zum Überdruß hingibt, und leider finden sich immer fragwürdige Existenzen, die dazu verführen, Hetären!, dann wird er mit Sicherheit aus dieser Welt verschwinden wie ein herrenloser Hund. Schnell und spurlos. Was an sich nicht im geringsten zu bedauern ist. Und deshalb habe ich dir eigentlich auch nichts weiter zu sagen. Daher sind mir selbst diese zehn Minuten zu schade, um sie an dich zu vergeuden. Stopf nur alles in dich hinein! Du hast noch eine Kirsche übriggelassen!»

Ich spüre, wie Adél hinter meinem Rücken aufsteht.

«Dich müßte man wirklich umbringen, Henriette!»

Unter vorwurfsvollem, aber genüßlichem Stöhnen läßt sich meine Tante in ihren Sessel zurückfallen. Wir schweigen lange.

«Jetzt hast du dich endlich verraten, Adél», sagt meine Tante nach einer Weile. «Ich werde nicht klingeln, sind doch alle in deinen Plan eingeweiht. Erschlagt mich also. Aber die Krücke ist nicht hart genug. Neben dem Ofen steht ja schon das Beil bereit. Du hast mich täuschen wollen, Adél, hast gesagt, du brauchtest es zu meinem Schutz, aber ich hab gewußt, wozu du es brauchst. Und du, warum sagst du nichts, mein lieber Neffe? Hast du die Geschichte nicht verstanden? Zwar muß ich zugeben, daß ich ein paar Jahre lang selber geglaubt habe, Adél sage die Wahrheit, denn eines Nachts bin ich von einem schrecklichen Gepolter aufgewacht, doch sie hat das Ganze nur für dich erfunden. Als ich damals am Morgen Adél danach gefragt habe, erzählte sie mir die Geschichte von dem jungen Mann, der über uns wohnt und der, sagte sie, so alt ist wie dein Neffe, Henriette, und ebenfalls Waise und den jedermann bisher für einen ernst zu nehmenden Menschen gehalten und der im Treppenhaus immer gegrüßt und vor einer großen wissenschaftlichen Karriere gestanden habe, der schon in so jungen Jahren Doktor der Naturwissenschaften sei, und wenn wir das jetzt deinem Neffen erzählen würden, Henriette, dann könnte es uns gelingen, ihn zu vergraulen, dann würde er endlich abhauen, würde glauben, wir verdächtigten ihn, Mordabsichten zu haben, denn solchen jungen Herren versicherst du vergeblich, daß du keinen roten Heller unter dem Kissen versteckt hast und daß es angesichts des Silbers, mit dem wir aus purer Höflichkeit den Tisch decken, schade wäre um die Liebesmüh und auch schade, Geld für die Vertrauen erweckenden Nelken hinauszuschmeißen, jetzt im Winter, wo das Stück mindestens zwölf Forint kostet; du hast recht, Adél, und meine Gefühle erwärmten sich für Adél, das könnte tatsächlich Erfolg haben, denn sie kennt mich ja, dachte ich, sie weiß, welche Qualen es mir bereitet, daß du hier völlig unnötigerweise meine kandierten Früchte wegißt, kannenweise englischen Tee trinkst und immer noch nicht ordentlich Deutsch gelernt hast, obwohl du weißt, wie wichtig mir das ist. Und welchen Wert ich darauf lege. Aber hier lernt ja keiner wirklich gewissenhaft. Sie stottern bloß herum, weil sie faul sind und dumm. Wo bin ich bloß stehengeblieben? Adél! Ich wollte doch etwas sagen. Weißt du nicht, was ich sagen wollte?»

Die Laternen auf der Straße brennen noch nicht. Im Zimmer ist es dunkel, nur die Krücken sind schattenhaft zu erkennen. Der Schnee wird liegenbleiben. Und ich werde bald aufstehen können.

«Darf ich einschenken? Er ist bestimmt noch nicht ganz kalt.»

«Ja. Bitte. Schenken Sie nur ein, Adél.»

«Ja, jetzt weiß ich wieder, was ich wollte», hebt meine Tante von neuem an, und der Schnabel der Kanne in Adéls Hand stößt gegen den Rand meiner

Tasse. «Ich habe noch ein paar Minuten, nicht wahr, Adél? Meine Stunden richte ich auch so ein, daß nichts an Zeit verlorengeht. Und jetzt spreche ich nur deshalb, weil ich in deinem Lachen jene Gier verspüre, die dich vor der Zeit vernichten wird. Um Adél mache ich mir keine Sorgen, sie wird noch eine Weile durchhalten, wenn ich aufpasse und ihren Wünschen nicht freien Lauf lasse, auch wird sie ohnedies früh sterben. Ich werde länger leben, weil ich vorsichtiger bin. Mich juckt es nicht mehr. Diese Klingel hier kann ich jederzeit betätigen, und ich bezweifle, daß es dir gelingen würde, meinen Hausmeister zu gewinnen, hat er sich doch einst um meine Gunst beworben, aber ich habe ihm nicht nachgegeben, weil ich wußte, wenn sein Begehren erhalten blieb, könnte er mir nützlich werden. Du aber gehörst zu der dümmsten Sorte unter den Lebenden. Du bist dümmer noch als Adél. Du fürchtest dich vor der Angst, deshalb gibst du dich so wollüstig dem Genuß der kandierten Früchte hin, deshalb lachst du so lebensgierig, deshalb leerst du den Tee bis auf den letzten Tropfen. Du hältst dein Phantasieren für Denken und möchtest alle deine Phantasien in Taten umsetzen, damit sie sich nicht zu Gedanken verdichten. Deshalb hast du auch keinen einzigen Gedanken. Du vermißt ihn freilich nicht. Dein ganzes Leben ist trügerischer Schein, nichts als Schall und Rauch. Und doch gibt es die Vollkommenheit des Denkens, in der die Einzelheiten, die Zusammenhänge und sogar das Ganze als solches zu erkennen sind.»

Meine Tante verstummt, weil ich die letzte Kirsche auf das zweizinkige Gäbelchen spieße, die Kristallschüssel aus dem Silberkorb hebe und ihr entgegenstrecke. Ich beuge mich vor, halte die Kirsche hoch, ganz nah, damit sie sie auch wahrnimmt. Sie lächelt traurig, die Konturen ihrer Lippen treten hervor; die Hand auf die samtbezogene Armlehne gestemmt, dirigiert sie sich zu mir hin. Wir schauen uns an, und der lila Widerschein des Schnees macht alles noch deutlicher.

«Ich neide dir doch diese letzte Kirsche nicht, du Dummkopf. Iß sie nur weg, schluck sie runter! Ich sehe gern zu, wenn's jemandem schmeckt. Es ist nur, weil ich Angst habe. Vor dir. Vor Adél. Vor allem und jedem. Ununterbrochen. Weil niemand seine Grenzen kennt und ich selber nicht weiß, was mit mir noch geschehen könnte, hasse ich alle. Daher freue ich mich so sehr, daß mit Adél nun endlich Schluß ist. Wenn ich dich also bäte, schließlich habe ich dich noch nie um etwas gebeten, niemals, und über die Enthüllungen sind wir ja inzwischen hinaus, sei gut zu mir, würdest du meine Bitte erfüllen?»

Sie muß ihr Körpergewicht verlagern, um mit ihrer beringten Hand mein Gesicht zu streicheln.

«Ich weiß doch, daß du nicht töten willst, nur mit dem Feuer spielen! Antworte, ich will es wissen!»

«Quäl dich nicht», flüstere ich.

Trotzdem bläst ihr mein Atem ins Gesicht, und ihr Mund öffnet sich, bereit zu einem Kuß, aber so weit kann sie sich mir nicht entgegenstrecken und fällt in Dämmerlicht zurück. Dann lacht sie noch einmal auf.

Als auf der Straße die Lampen angehen und blaues Licht die Räume zwischen den Möbeln füllt, stehe ich auf. Meine Tante scheint zu schlafen. Dabei hätte ich so gern noch das Bild angesehen. Das Bild ist in der Kassette, die Kassette im mittleren Fach des Schubladenschranks, unter den Bettüchern. Die Schlüssel zum Schrank und zur Kassette bewahrt meine Tante in einem bestickten alten Samttäschchen auf, im anderen Zimmer, unter dem Sofa.

Wenn die Kassette sich auftut und das Bild mir vor Augen kommt, ist mir, als sähe ich mich selbst, mit ernstem Gesicht, auch wenn ich nicht mit meinen eigenen Sachen gekleidet bin, eher wie zu einem Maskenball, und die Dame, die vor mir auf einem Sessel sitzt, in ihrem Schoß das Täschchen, in dem jetzt der Schlüssel zu dem Bild aufbewahrt ist, gleicht zwar meiner Mutter, auch meiner Tante, dennoch ist sie mir allzu fremd oder allzu bekannt, um sie in Besitz nehmen zu können; eine Hand steckt lässig in der Hosentasche, die andere lasse ich auf der Sessellehne ruhen, und ich brauchte nur den Finger auszustrecken, um den Hals meiner Dame zu berühren – wenn sich die Kassette auftut, kann ich für einen Augenblick auch den Schmuck meiner Großmutter sehen. Ich habe einen schönen, dichten dunklen Schnurrbart auf dem Bild, der meinen strengen Mund betont, aber meine Augen sind sanft. Ich sehe ungefähr aus wie mein Großvater. Und in einigen Monaten werde ich auch so alt sein, wie er damals war, denn viel früher kann die Aufnahme nicht gemacht worden sein.

Ich stütze meine Hand genau neben der Hand meiner Tante auf die samtbezogene Armlehne, beuge mich über sie und küsse sie auf die Stirn. Auch Adél steht von ihrem Fußschemel auf.

Als würde ich zum letzten Mal über diese Schwelle treten.

«Wenn Sie im Frühling wiederkommen, werde ich weitererzählen. Bringen Sie lieber eine Topfpflanze, eine Hyazinthe oder ein Alpenveilchen. Etwas, das hält», flüstert Adél im Flur, bevor ich auch sie auf die Stirn küsse.

Inhalt